GERAÇÃO SUBZERO

ORGANIZAÇÃO: FELIPE PENA

GERAÇÃO SUBZERO

20 AUTORES CONGELADOS PELA CRÍTICA, MAS ADORADOS PELOS LEITORES

EDITORA RECORD
RIO DE JANEIRO • SÃO PAULO
2012

CIP-BRASIL. CATALOGAÇÃO NA FONTE
SINDICATO NACIONAL DOS EDITORES DE LIVROS, RJ

G311   Geração subzero: vinte escritores congelados pela crítica, mas adorados pelos leitores / Felipe Pena (org.). - Rio de Janeiro: Record, 2012.

ISBN 978-85-01-09914-3

1. Conto brasileiro. I. Pena, Felipe, 1971-.

12-2719
CDD: 869.93
CDU: 821.134.3(81)-3

Copyright © by Felipe Pena, 2012

Capa: Diana Cordeiro

Editoração eletrônica: Abreu's System

Texto revisado segundo o novo Acordo Ortográfico da Língua Portuguesa.

Direitos exclusivos desta edição reservados pela
EDITORA RECORD LTDA.
Rua Argentina, 171 – Rio de Janeiro, RJ – 20921-380 – Tel.: 2585-2000.

Impresso no Brasil

ISBN 978-85-01-09914-3

Seja um leitor preferencial Record.
Cadastre-se e receba informações sobre nossos lançamentos e nossas promoções.

Atendimento e venda direta ao leitor:
mdireto@record.com.br ou (21) 2585-2002.

"O mau da literatura brasileira é que nenhum escritor sabe bater escanteio."
NELSON RODRIGUES

"O grande perigo para a literatura mundial é não mais participar da formação afetiva do cidadão."
TZVETAN TODOROV

"Criam-se em torno de certos autores elites que se comprazem por penetrá-los e sabem que eles se comprazem por serem impenetráveis."
ÉMILE FAGUET

SUMÁRIO

Felipe Pena: Introdução 9

Juva Batella: O cão 23

Pedro Drummond: Cristais de prata 31

André Vianco: A canção de Maria 47

Thalita Rebouças: Na maternidade 69

Eduardo Spohr: Fogo e trevas 79

Luiz Bras: O índio no abismo sou eu 95

Luis Eduardo Matta: A filha do diabo 111

Sérgio Pereira Couto: Dê-me abrigo 121

Estevão Ribeiro: Ao cortar os cordões 139

Raphael Draccon: O primeiro dragão 149

Ana Cristina Rodrigues: O preço de uma escolha 175

Julio Rocha: Polaco 189

Helena Gomes: Para sempre em um dia 197

Carolina Munhóz: Outra vez na escuridão 209

Vera Carvalho Assumpção: A sabedoria de Clementina ... 237

Martha Argel: Entrevista com o Saci 245

Janda Montenegro: Outras onomatopeias 259

Delfin: O escritório de design probabilístico 269

Eric Novello: Um chá com Alice 285

Cirilo S. Lemos: A lua é uma flor sem pétalas................................. 297

INTRODUÇÃO

Felipe Pena*

I. O conceito

Boa parte da literatura brasileira contemporânea presta um desserviço à leitura. Os autores não estão preocupados com os leitores, mas apenas com a satisfação da vaidade intelectual. Escrevem para si mesmos e para um ínfimo público letrado e pretensamente erudito, baseando as narrativas em jogos de linguagem que têm como objetivo demonstrar uma suposta genialidade pessoal. Acreditam que são a reencarnação de James Joyce e fazem parte de uma estirpe iluminada. Por isso, consideram um desrespeito ao próprio currículo elaborar enredos ágeis, escritos com simplicidade e fluência. E depois reclamam que não são lidos. Não são lidos porque são chatos, herméticos e bestas.

Usei as palavras acima em uma entrevista concedida a um jornal carioca em 2008, quando fui injusto e deselegante com diversos autores brasileiros de ficção que não se encaixam no perfil descrito. Minha generalização, no entanto, foi retórica, estratégica. Tinha como objetivo levantar a discussão sobre a formação de um público

---

* Felipe Pena é jornalista, roteirista de TV, romancista, professor da Universidade Federal Fluminense e Doutor em Literatura pela PUC-Rio, com pós-doutorado em semiologia da imagem pela Université de Paris/Sorbonne III. Autor de 12 livros (entre eles, os romances *Fábrica de diplomas*, *O verso do cartão de embarque* e *O marido perfeito mora ao lado*, todos editados pela Record) e dezenas de artigos científicos publicados no Brasil e no exterior, também escreve crônicas para o *Jornal do Brasil* e coordena o Grupo de Pesquisa de Teoria do Jornalismo da Intercom. Foi sub-reitor da Universidade Estácio de Sá, repórter da TV Manchete e comentarista da TVE Brasil. www.felipepena.com

leitor no país e contestar o predomínio de uma parte da crítica acadêmica que ainda vê na anacrônica experimentação e em conceitos ligados aos formalistas russos do início do século passado os valores supremos do texto literário.

Como eu disse naquela entrevista, são os doutores universitários (e me incluo na lista) que prejudicam a formação de um público leitor no país. A linguagem da academia é produzida como estratégia de poder. Quanto menos compreendidos, mais nossos brilhantes professores se eternizam em suas cátedras de mogno, sem o controle da sociedade. E isso se reflete na literatura.

Em polêmica envolvendo uma crítica da professora Beatriz Resende ao seu último livro, o escritor João Ximenes Braga desabafou: "Críticos de cinema e música entendem que há espectadores e ouvintes com desejos diversificados. Chegamos aos livros e, danou-se, os acadêmicos e certos críticos que sempre falam em 'a literatura' com artigo definido, como se houvesse um único cânone a ser seguido, não fazem cerimônia em dizer que o leitor que não lhes obedece é burro ou pouco exigente."

Braga pondera que, pela premissa da crítica brasileira, dificilmente haveria uma versão brasileira contemporânea de fenômenos de qualidade e popularidade como o inglês Nick Hornby e o americano David Sedaris. Segundo ele, certos críticos locais os matariam no nascedouro e trucidariam sua linguagem simples, pois negam a possibilidade de uma literatura que não seja dirigida a uma casta de leitores que habita uma torre de marfim.

Os argumentos de Braga são pertinentes. É fácil perceber que grande parte da nossa ficção é elitista e pretensiosa. Os autores (estou generalizando de propósito novamente) não se preocupam com o principal, que é contar uma história. Alguns livros nem história têm, limitando-se ao já mencionado experimentalismo linguístico.

Isso não significa, no entanto, que não sejam boa literatura. Pelo contrário, alguns são obras de arte de relevante valor. Só não são acessíveis. Eu, por exemplo, leio esses autores, mas tenho doutorado em Literatura. Aliás, isso é parte do problema: a academia e uma elite leitora convencionaram que só tem valor aquilo que está na elipse, que força o leitor a encontrar sentido onde poucos conseguem enxergar. Por essa premissa, o que é fácil de ler não tem valor literário. E quem discorda dela é tachado de superficial.

Voltemos, então, à injustiça que cometi. Quero citar alguns autores que defendem o retorno ao compromisso narrativo e não se encaixam no perfil de herméticos. Um deles, o jovem Rodrigo Lacerda, deixou isso claro em entrevista ao jornal *Rascunho*: "Busco uma história bem-contada, isto é, aquela que constrói um fluxo envolvente e cujas situações transmitem eficientemente os dramas dos personagens, estabelecendo contato emocional com o leitor."

A definição de Lacerda é primorosa e, como ele, há diversos escritores brasileiros que enveredam pela mesma estratégia. Fernando Molica, Tatiana Salem Levy, Homero Senna, Edney Silvestre, Bernardo Carvalho, Cristovão Tezza, Livia Garcia-Roza e Sérgio Rodrigues estão entre eles. E me perdoem todos aqueles que não mencionei.

Concordo que cada um escreva como pode, como diz o André de Leones, mas alguns podem mais do que outros. O que proponho não é desvalorizar os autores que seguem a verve intelectual da crítica especializada, muito menos desarticular seus grupos de influência que se eternizam em elogios mútuos (e, às vezes, justos) pelos cadernos de cultura do país. O que desejo é apenas abrir espaço para um outro tipo de literatura, cuja proposta de retorno ao compromisso narrativo inclua mais um conceito demonizado pela crítica: o entretenimento.

Para os doutores da Academia, entreter significa passar o tempo. É um termo pejorativo, aviltante, usado para diminuir uma obra. Mas não é o que ele significa para quem se envolve com um livro e não consegue largá-lo. Em literatura, entretenimento é sedução pela palavra escrita. É a capacidade de envolver o leitor, fazê-lo virar a página, emocioná-lo, transformá-lo.

É esse o conceito de entretenimento que defendo para a ficção brasileira. Tenho a impressão de que todas as outras artes já o utilizam dessa forma, mas a literatura ainda parece padecer da velha dicotomia entre o erudito e o popular. O paradigma do biscoito fino é uma falácia de quase cem anos na cultura deste país. É o argumento da exclusão. São os brioches da nossa literatura, difundidos pelas

Marias Antonietas encasteladas na linguagem empolada do hermetismo. Mas a guilhotina já chegou.

Ao contrário do que apregoaram certos apocalípticos, a popularização da tecnologia valorizou a escrita e, portanto, aumentou o interesse pelo texto, pela palavra. Há leitores neste país, mas é preciso respeitá-los. É preciso produzir narrativas que não sejam meros exercícios de egocentrismo e/ou missivas elípticas endereçadas aos pares. Escrevemos para sermos lidos, o que deveria ser óbvio, mas parece um pecado mortal no sacro universo de nossa literatura. Precisamos de livros de ficção que sejam acessíveis a uma parcela maior da população. E isso não significa produzir narrativas pobres ou mal elaboradas. Escrever fácil é muito difícil.

Minhas reflexões não enveredam pela negação das qualidades e da diversidade da literatura brasileira, mas por uma discussão sobre a formação de um público leitor no país. Mesmo quando classifico boa parte dos autores contemporâneos como chatos, herméticos e bestas, faço-o do ponto de vista da disseminação da leitura, não da análise estética, embora esta última esteja intrinsecamente ligada à minha crítica.

Não se trata de colocar o desejo soberano de ser lido na origem do processo criativo, mas de entender por que não há espaço para aqueles que têm tal desejo. A literatura brasileira contemporânea tem poucos autores dispostos a contar uma boa história, sem a preocupação de produzir experimentalismos e jogos de linguagem, mas eles convivem com o receio de serem arbitrariamente rotulados como superficiais.

Apesar da tão apregoada diversidade da prosa nacional, a crítica acadêmica dividiu-a em polos antagônicos. Quem não é moderninho é superficial. E ponto final. Essa é a generalização leviana da nossa literatura. É ela que produz distorções, afasta leitores e joga sua névoa sobre o mundo literário, além de disseminar o terror entre os escritores.

E quando falo em terror, não estou exagerando. Vários escritores já me procuraram para dizer que concordam com as ideias aqui apresentadas, mas afirmam que jamais as defenderiam em público com medo de serem rotulados pela crítica. Recentemente, um grupo de autores assinou um manifesto em defesa da popularização e do entretenimento na literatura. Quando o documento foi divulgado na imprensa, metade do grupo retirou a assinatura. É verdade que outros se juntaram ao manifesto, mas a dissidência confirmou que o receio de "brigar" com o pensamento dominante ainda é muito forte na comunidade literária.

Mesmo assim, sou um otimista, pois já há um movimento contrário ao "*status quo* literário" no interior da própria crítica. O recente livro do ensaísta búlgaro Tzvetan Todorov, um dos herdeiros mais ilustres do formalismo, é um exemplo. Em *A literatura em perigo* (Difel, 2009), Todorov afirma que o principal risco que ronda a literatura é o de não participar mais da vida do indivíduo, do cidadão. E isso acontece, segundo o autor, porque os escritores não se preocupam com a afetividade e o prazer do leitor, limitando-se apenas a aspirar ao elogio da crítica.

Em um mea-culpa corajoso, Todorov conclui: "A história da literatura mostra bem: passa-se facilmente do formalismo ao niilismo ou vice-versa. (...) Numerosas obras contemporâneas ilustram essa concepção formalista de literatura; elas cultivam a construção engenhosa, os processos mecânicos de engendramento do texto, as simetrias, os ecos, os pequenos sinais cúmplices. (...) Para essa crítica, o universo representado no livro é autossuficiente, sem relação com o mundo exterior."

Outro crítico de renome, o professor Émile Faguet, ex-titular da cadeira de Literatura Francesa na Sorbonne, também enveredou pelo mesmo caminho no ensaio *A arte de ler* (Casa da Palavra, 2009), quando deu a um capítulo o título de "Escritores obscuros": "Esses autores desfrutam sempre de enorme reputação. Têm um bando e um sub-bando de admiradores. O bando é composto por aqueles que fingem entendê-los, o sub-bando por aqueles que não ousam dizer que não os compreenderam e que, sem os lerem, declaram que são primorosos."

Mas também há exemplos mais antigos. O irlandês C. S. Lewis dizia que a grande leitura não exige perícia ou força; exige, ao contrário, desarme e paixão. Lewis era um defensor do leitor leigo, "comum", ou seja, "aquele que lê sem nada esperar, que lê simplesmente porque o livro o agarra e ele não consegue mais largá-lo".

É em busca desse leitor que vai a literatura que considera o entretenimento valor estético. E não custa repetir: entretenimento não é passatempo, é sedução pela palavra. É um conceito ao qual se deve atribuir fundamento artístico. É um termo que não pode ser rotulado ou tratado com preconceito. É um gênero cuja boa tecelagem está entre as mais difíceis e trabalhosas.

Tudo é linguagem, mas a narrativa é a base da literatura. Uma história bem contada é a meta que perseguimos.

II. A seleção

Este livro não é uma antologia. Os contos e autores aqui reunidos não têm a pretensão de figurar entre os melhores de sua geração ou estilo, que é o princípio básico de qualquer antologia. Tampouco foram escolhidos exclusivamente pelo organizador da obra, o que seria seu princípio editorial. Na verdade, coube-me apenas observar os nomes comentados em redes sociais, blogs, salas de aula e grupos de discussão cujo objeto era simplesmente o prazer da leitura, além de ouvir os signatários do manifesto a que me referi no item anterior. A partir desta observação, elaborei alguns critérios que me pareceram pertinentes para a montagem da coletânea e não me preocupei com julgamentos estéticos, pois não havia qualquer motivo para que o gosto pessoal do organizador fosse levado em conta, ou seja, a minha (imensa) pretensão foi tentar traduzir as escolhas dos leitores leigos (conforme a definição de C. S. Lewis), mesmo que elas contrariassem meus próprios juízos de valor. E, algumas vezes, eles foram contrariados. Tampouco exigi textos não publicados. Os autores selecionados é que escolheram os contos que deveriam enviar, fossem eles inéditos ou não.

O primeiro critério de seleção dos autores foi que cada um tivesse pelo menos uma obra de ficção publicada em "gêneros" tradicionalmente menosprezados pela crítica literária, como fantasia, terror, fábula, espionagem, folclore e ficção científica, entre outros. Coloco a palavra *gêneros* entre aspas porque sei como ela pode ser equivocadamente utilizada. Seu objetivo é fornecer um mapa para a análise de estratégias do discurso, tipologias, funções, utilidades e outras categorias, propondo uma classificação *a posteriori* com base em critérios *a priori*. Mas, desde Platão, a classificação em gêneros carrega problemas incontornáveis e só é aplicada na falta de uma sistemática melhor.

Como nos alerta Dominique Maingueneau, no livro *Análise de textos de comunicação*, todo texto pertence a uma categoria de discurso, a um gênero específico, embora não possa ter sua análise restrita a estas classificações: "Tais categorias correspondem às necessidades da vida cotidiana, e o analista do discurso não pode ignorá-las. Mas também não pode contentar-se com elas, se quiser definir critérios rigorosos." Em outras palavras, tanto os critérios como as classificações têm múltiplas variações, pois esta é sua própria dinâmica. O que torna a tarefa muito mais complexa do que parece, com fronteiras tênues e conceituações diversificadas. Daí os motivos de minhas aspas intermináveis. Por favor, não as ignorem.

O segundo critério, como já explicitei, foi encontrar os nomes dos autores em discussões formadas por leitores não especializados tanto na internet como nas oficinas literárias que ministro, nas rodas de leituras, nas bibliotecas, nas livrarias, nos bares e em outros lugares menos óbvios. Nestes fóruns, ouvi opiniões, colhi dados e tentei elaborar uma primeira lista. Em seguida, conversei com autores que já conhecia, como André Vianco e Eduardo Spohr, por exemplo, cuja consagração vinha das listas dos mais vendidos, embora não fosse este um critério essencial, conforme se pode ver na relação de nomes deste volume. Eles também emitiram opiniões e comentaram as obras de outros escritores.

Como terceiro critério, utilizei os preceitos descritos no Manifesto Silvestre, em especial o que foi extraído do discurso de Isaac Bashevis Singer durante a premiação do Nobel, quando ele afirmou que a responsabilidade primária de qualquer contador de histórias é entreter. Neste livro, todos têm uma história pra contar. Todos querem entreter. Todos se preocupam com a formação de leitores.

O quarto critério seguiu a lógica da diversidade. Com quarenta e dois autores mapeados, foi preciso escolher vinte que transitassem por diferentes estilos e narrativas, evitando, na medida do possível, a repetição de temas. Espero contar com os demais autores para um segundo volume desta coletânea.

Por último, submeti os originais à competente edição de Ana Cristina Rodrigues e Priscila Corrêa, que leram todos os contos, propondo alterações e ordenando o sumário. Foram elas que deram formato final ao livro.

Todos os autores aqui reunidos cederam seus direitos autorais para a ONG Ler é 10 — Leia Favela, que forma leitores no complexo de favelas do Alemão, no Rio de Janeiro. A eles e à editora Luciana Villas-Boas, que se encantou com a ideia no primeiro instante, fica o meu eterno agradecimento.

III. O Manifesto Silvestre

O termo *silvestre* designa algo que brota de forma espontânea, natural. Foi assim que surgiram as linhas deste manifesto, cujo propósito é valorizar as narrativas que formam leitores e popularizam a literatura. Os signatários não negam as qualidades literárias dos textos que enveredam por outro caminho.

1. Em literatura, entretenimento não é passatempo. É sedução pela palavra.
2. Tudo é linguagem, mas a narrativa é a base da literatura. Uma história bem contada é o objetivo que perseguimos.
3. A ficção brasileira precisa ser acessível a uma parcela maior da população. O que não significa produzir narrativas pobres ou mal elaboradas. Rejeitamos o rótulo de superficialidade. Escrever fácil é muito difícil.
4. Os academicismos, jogos de linguagem e experimentalismos vazios não nos interessam. Respeitamos a produção que segue estes parâmetros, mas nosso caminho é inverso.
5. Estamos preocupados com a formação de leitores assíduos e frequentes para a ficção brasileira.
6. A literatura não pode se limitar a uma elite que dita regras, cria rótulos e se autoenaltece em resenhas mútuas, eventos e panelas.
7. O autor pode e deve se esforçar pela disseminação de sua obra, o que significa se envolver com a distribuição, o marketing e demais processos da produção.
8. Gostamos de enredos ágeis e cativantes. E valorizamos títulos que chamem a atenção do leitor e despertem a vontade de chegar até o livro.
9. Não colocamos o desejo soberano de ser lido como única origem do processo criativo. Mas queremos espaço para aqueles que têm tal desejo.

10. Apesar da tão apregoada diversidade da prosa nacional, uma parcela da crítica acadêmica dividiu-a em polos antagônicos. Quem não é moderninho é superficial. E ponto final. Rejeitamos esse maniqueísmo que produz distorções, afasta leitores e joga sua névoa sobre o mundo literário.

IV. A invenção do cânone

O carro de luxo cruzou a avenida Saint Germain e dobrou na rua Monge. O motorista, com seu impecável terno azul e o tradicional quepe com bordas de acrílico na cabeça, olhou discretamente pelo retrovisor. O patrão admirava o bracelete de diamantes usado pela mulher, enquanto balbuciava algumas palavras sobre o tempo frio e seco do local. A neve dos anos anteriores ainda não começara a cair. Talvez nem começasse. Efeito estufa. Gás carbônico. Sei lá! As questões ecológicas não interessavam à patroa. Nem ao motorista.

As rotações do motor denunciavam a redução da marcha para a subida do antigo Monte Santa Genoveva. Passaram pela rua des Écoles, pela praça Cardinal Lemoine e pela arena romana, um dos poucos vestígios da velha cidade de Lutécia. Ao chegarem à rua Saint-Médard, viraram à direita e pararam em frente ao que parecia ser um restaurante ou uma casa de vinhos. O atendente veio recebê-los à porta.

— *Bonjour, Madame. Bonjour, Monsieur.* Vieram para a degustação?

Madame e Monsieur se limitaram a balançar a cabeça positivamente. Atravessaram a porta de vidro e escolheram a mesa ao lado do longo balcão de madeira cujo brilho chegava a espelhar o revestimento do teto. O lugar era pequeno, mas o pé-direito alto dava a impressão de amplitude ao espaço. Centenas de latas estavam arrumadas nas prateleiras espalhadas pela parede de seis metros de altura por 12 de largura, onde também havia pequenos bules e xícaras de terracota.

O garçom se aproximou e forneceu um cardápio para cada cliente. As outras mesas estavam vazias. O casal desfrutava de atendimento exclusivo, o que incluía não apenas a atenção completa como também explicações detalhadas sobre o menu, cujas 18 páginas se limitavam a apenas uma iguaria.

— *Je voudrais...*

O garçom percebeu o leve sotaque latino do cliente que deslizava os dedos pelo cardápio. Não era francês, tinha certeza, o que, de fato, não fazia a menor diferença, já que o texto estava em mandarim. As únicas palavras que Monsieur compreendeu foram as do título, referentes ao nome do estabelecimento: Maison des Trois Thés. Mesmo assim, fez sua escolha, envaidecido por demonstrar conhecimento do produto e pela pronúncia perfeita na língua de Mao Tsé-Tung.

— *Wen Shan Bao Zhong.* O número quatro, por favor! É mais alegre do que o número três.

— Perfeitamente — respondeu o garçom.

O chá escolhido levava o nome da proprietária da Maison, Madame Zhong, uma chinesa de 37 anos cuja fama internacional devia-se à mistura de plantas na composição das infusões servidas em seu bistrô parisiense. Personalidades do mundo inteiro passavam pela rua Saint-Médard apenas para provar aquelas ervas banhadas em água quente. A casa não servia qualquer outro produto. Nem pequenos tira-gostos eram permitidos. Nada deveria interferir na degustação do chá.

O ritual também era importante. O garçom colocou um punhado da erva no bule de terracota, enquanto a água fervia no pequeno fogão ao lado da mesa. Cada cliente recebeu uma xícara e a explicação sobre o método de consumo, que era obrigatório mesmo para frequentadores assíduos. A água fervente foi colocada no bule até transbordar. Em seguida, o garçom tampou o recipiente e esperou durante exatos 37 segundos, tempo ideal da infusão, para servir o casal, que precisaria esperar quatro minutos e meio para sorver o líquido.

— Querido, a escolha foi perfeita.

— Eu sei. Já tinha ouvido falar nessa safra. Ela tem substância. Causa um estranhamento sólido. É inovadora, experimental, sensível.

— A erva pertence a que gênero?

— É um gênero híbrido. Transita pelas margens. Rompe barreiras. Mas essa erva já pode ser considerada um novo clássico.

— Por quê?

— O *New York Times* deu o conceito máximo para a mistura. Não foi à toa que Madame Zhong colocou o próprio nome no chá.

— Conceito máximo?

— Não podia ser diferente. Ela ganhou todos os prêmios no ano passado.

— E o que disse o crítico do *Le Monde*?

— Nada ainda. Como o *Times* já publicou uma crítica, acho que o sujeito vai esperar até a semana que vem. Eles são compadres. Mas eu li resenhas em jornais alemães, espanhóis e até ingleses. Todos têm a mesma opinião: é um novo clássico. Não há dúvidas.

— Hummmm! Agora está ainda melhor.

— É verdade. O aroma é ótimo. Há um buquê de sol poente, um gosto romântico, um sentimento de vanguarda. É a desconstrução dos chás anteriores. Uma nova tendência efusiva.

— Sinto a mesma coisa.

— O palato fica encharcado. Percebo um antirracionalismo em cada gole. A extraterritorialidade invade a garganta. As estruturas estão delineadas. O estranhamento permanece na boca. É perturbador!

— Isso me lembra o Romanée-Conti que bebemos ontem.

— O de ontem foi da safra de 1956. Não era tão bom.

— Como não? Custou mais caro que a garrafa de Château Pacas 1947.

— É mesmo?

— Éééééééééééééééééééééééé!

— Incrível. Devo ter comido alguma coisa que interferiu no gosto.

— Acho que foi o Manifesto.

— Deve ter sido. O tempero estava muito forte. Não dá pra comer Manifesto em qualquer lugar.

— Não dá mesmo.

E passaram a tarde na Maison des Trois Thés, degustando os cento e cinquenta mililitros do melhor chá que podiam beber.

Um novo clássico.

JUVA BATELLA nasceu no Rio de Janeiro em 1970 e mora em Lisboa. Formou-se em Jornalismo na PUC-Rio, onde também concluiu o mestrado e o doutorado em Letras. Estreou na literatura com o livro *O verso da língua* (Revan, 1995). Depois publicou *A cabine/ O trânsito* (7Letras, 2002), que foi adaptado para a série *Brava Gente*, da TV Globo; *Confissões de um pai doméstico* (Planeta, 2003); *Quem tem medo de Campos de Carvalho* (7Letras, 2004); *O menino que guardava as palavras na barriga* (A Girafa, 2006); *O labirinto da cabeça de Matilde* (A Girafa, 2008) e *A língua de fora* (Vieira & Lent, 2011).

O CÃO

Contaram-me.
Reconto.

Desde que a mais nova se mudou para a casa ao lado e se tornou vizinha da mais velha, as duas nunca trocaram mais que um aceno — o primeiro. Não se falam porque a Gisela tem medo de olhar nos olhos da dona Rosinha, de fazer amizade com a dona Rosinha, de deixar os portões abertos por engano durante uma conversa com a dona Rosinha — e num relance a coisa toda acontecer. A coisa toda, se um dia acontecer, e um dia a coisa toda vai acabar acontecendo, como de fato aconteceu, que a coisa toda não aconteça na frente dela, Gisela, porque não haverá de sua parte qualquer gesto que preste — e nem depois, porque ela também não vai saber como se dirigir à dona Rosinha e nem como pedir desculpas: "A senhora me desculpe, isso não vai acontecer novamente." E a Gisela, com metade de um sorriso, pensou nas suas próprias palavras descabidas: não vai acontecer novamente de os meus dois pastores caçarem, morderem, matarem e engolirem o seu minúsculo poodle, dona Rosinha, e balançou a cabeça, imaginando a cena; a senhora pode ficar sossegada.

Sossegada a dona Rosinha era mesmo. Morava naquela casa desde menina, quando era então a menina Rosinha. Hoje a chamam dona Rosinha, ou Rosa, a vizinha. Logo à chegada da moça, tomou todas as iniciativas que se esperam de uma vizinha como dona Rosinha: aproximou-se da bem-cuidada cerca viva, território de ambas, afastou um pouquinho a massa de arbustos cerrados, mostrou a cara e acenou para a nova moradora, que estava postada à janela da cozinha e não deu um minuto apareceu à porta. Veio devagar a moça, e veio sorrindo, mas um sorriso que foi encurtando à medida que se aproximava da cerca; foi encurtando e encurtando, até que sumiu de todo quando ela desviou o olhar do minúsculo poodle sentado à entrada da casa, a abanar o rabo e a olhar para a sua dona, a dona Rosinha. Quando se encostou à cerca, a Gisela apertou a mão da dona Rosinha e voltou a olhar para o cachorrinho. Depois murmurou algumas palavras convencionais, gritando-as quando percebeu que a dona Rosinha era surda, e sem saber mais o que dizer deu-lhe as costas. Só pensava no dia seguinte, quando os seus pastores enfim chegariam, a acompanhar o resto da mudança.

A Gisela morava sozinha, trabalhava o dia inteiro e só chegava em casa à noite. A dona Rosinha vivia em casa, saía muito pouco e adorava assistir à televisão em alto volume. À exceção dos finais de semana, em que a Gisela passeava os cães da manhã à noite e bem longe de casa, todos os dias eram de tumulto, um tumulto que dona Rosinha não escutava ou ao qual parecia não dar muita atenção. O que acontecia nos jardins das duas casas chegava a divertir um ou outro passante, e nada mais. A principal ocupação dos pacientes pastores era a espreita, a contínua vigilância ao momento exato em que o pequeno poodle da dona Rosinha realizaria as suas poucas saídas diárias de xixi e cocô — as únicas reais oportunidades que tinham os pacientes pastores de tentar ultrapassar a fronteira de arbustos e fazer daquele minúsculo bicho escandaloso uma bolinha, uma bolinha a ser mordida e arranhada até que não mais latisse ou se mexesse. Corriam os três, ao longo da cerca, para cá e para lá, dois de um lado e um do outro, em grandes latidos, e o mais que conseguiam os pastores era enfiar os focinhos e as patas dianteiras pelo meio da moita, sem qualquer sucesso, e cavar alguns pequenos buracos que talvez um dia os conduzissem para o lado de lá da cerca. O poodle, quando não estava às carreiras para cima e para baixo, latia — latia a plenos pulmões, estridente e esperneante. Não tinha medo.

Ao final do dia, e à medida que se aproximava de casa, chegando a pé do trabalho, a Gisela sentia o peito apertado e uma vontade danada de fazer xixi. Era do tipo que não perdia a oportunidade de imaginar, sempre que possível, o pior, acreditando ao mesmo tempo, no fundo da sua alma, que o pior nunca haveria de acontecer, justamente porque as coisas nunca aconteciam do modo como as imaginamos. E era essa a sua fórmula: imaginar o pior justamente para que o pior não acontecesse. E lá vinha a Gisela pelo caminho, imaginando o seguinte pior, que poderia variar em alguns detalhes, conforme caminhava a sua imaginação, mas era, em essência, o mesmo pior: ela olhando por cima do portãozinho e vendo a coisa toda, a terra esparramada, a cerca destroçada, o sangue respingado, os pastores dando voltas ao redor do corpinho do poodle da dona Rosinha, e ela, Gisela, tendo de fazer alguma coisa. A vontade de fazer xixi, por mais que fizesse todo o xixi que tinha em si antes, crescia com a ansiedade, que por sua vez também crescia ao ponto máximo quando a Gisela estava a dois passos da entrada. Daí conseguia vê-los diante da porta da cozinha, dormindo inocentes, e a vontade de fazer xixi, pronto, sumia. Foi sempre assim, às vezes mais e às vezes menos, e o cotidiano encarregou-se de ir aos poucos enfraquecendo a carga desse sofrimento, que no entanto nunca cessou.

Foi sempre assim, até que um dia não foi mais. Gisela, estrategicamente pessimista, mas no fundo uma otimista incurável, não imaginou que o pior que persistentemente vinha imaginando há semanas, em alguma de suas variantes, poderia de fato realizar-se, porque esse pior imaginado, por mais vivas que fossem as sua cores, só era imaginado porque era provável. Dito de outro modo, Gisela, antes de estrategicamente pessimista e, num segundo olhar, incuravelmente otimista, não passava de uma irremediável realista. E assim, num belo final de tarde de um dia qualquer, vinha a Gisela pela calçada, já depois de ter dobrado a última esquina, quando ouviu um bulício incomum. Aproximou-se quase correndo, a bexiga subitamente cheia, olhou por cima do portãozinho e viu a coisa toda: a terra esparramada, a cerca destroçada e os pastores dando voltas ao redor do corpinho do poodle da dona Rosinha. Ela, Gisela, tinha de fazer alguma coisa.

E fez, tão rapidamente e com tal empenho que, mais tarde, bem mais tarde, madrugada adentro, já na cama, depois de um belo banho, alguma comida e dois copos e meio de vinho, não soube explicar para si mesma como pudera ter feito o que fez e com tanta diligência. Não soube como conseguira tanto sangue-frio, como mantivera sem perceber toda a calma do mundo para iniciar a série de pequenas tarefas que agora rememorava com algum orgulho, alguma culpa, algum medo e muita convicção de que não poderia ter feito diferente. Depois de olhar para os quatro lados para ver se não via ninguém, mandou os pastores às favas, enxotando-os com dois pedacinhos de pau que encontrou junto à terra revirada, pegou com as duas mãos o corpo inerte do poodle, sopesou-o como se sopesam salames e, com um único suspiro, constatou que o bicho já estava morto há algum tempo. O corpinho estava frio e sujo, mas felizmente inteiro e sem um único corte. Meteu-o debaixo do casaco e entrou em casa. Voltou para o jardim, varreu o chão, espalhou e aplainou toda aquela terra denunciadora e entrou. Lavou o cão na pia da cozinha, secou no banheiro e penteou no quarto. Depois de um minucioso exame para certificar-se de que não havia no corpo defunto do bichinho nem um único indício do que de fato acontecera, a Gisela esperou que caísse a noite. Enquanto esperava, espreitava — não tirava o olho da janela para ver se a dona Rosinha por acaso não estaria à cata do cão. Não estava. Nada se mexia, nem mesmo os pastores, nada se ouvia, nem mesmo a televisão do outro lado da cerca. Quando notou que a última mancha de luz na casa de sua vizinha se havia apagado, a Gisela, com o poodle novamente escondido no casaco e uma escova no bolso, esgueirou-se para fora, saiu de casa, pulou a cerca viva utilizando as traves do portão como suporte para os pés, deslizou até a pequena escada de três degraus que levava à soleira da porta de entrada da casa de dona Rosinha e lá deitou delicadamente o cãozinho, não sem antes o pentear novamente e lhe dar três amigáveis tapinhas na cabeça, tomando o cuidado de posicionar suas patinhas de modo que parecesse estar dormindo. Tentou não ficar sentimental diante daquele montinho de morte que acabava de sair de suas mãos, desejou-lhe mentalmente uma boa viagem e desapareceu em segundos. Em 17 minutos já estava de banho tomado e sentada no sofá com um copo de vinho à boca. Comeu em seguida e, em seguida, foi para a cama, adormecendo sem perceber, para depois, bem depois, madrugada adentro, acordar sobressaltada e lembrar-se — lembrar-se, com algum orgulho, alguma culpa, algum medo e muita convicção de que não poderia ter feito diferente — da sua diligência, do seu sangue-frio e da sua calma. "Pobre cãozinho", diria à dona Rosinha. "Pelo menos morreu dormindo..."

Passaram-se os dias e, sempre ao final da tarde e à medida que se aproximava de casa, chegando a pé do trabalho, a Gisela sentia o peito apertado e uma vontade danada de fazer xixi só de imaginar que poderia encontrar-se casualmente com a dona Rosinha e esta lhe perguntar se por acaso sabia a querida Gisela das razões da morte de seu pequenucho — ou, ainda, utilizando-se a estratégia de sempre imaginar o pior, encontrar-se com a dona Rosinha e esta, com o dedo em riste, aos berros e aos prantos, lhe atirar à cara a terrível acusação. Mas nada disso acontecia. A Gisela, desde o lamentável acidente com o cãozinho — que no dia seguinte à tarde já não estava mais onde o tinha deixado, ali à porta, a dormir —, nunca mais encontrou, sequer viu ou ouviu falar da dona Rosinha. Era como se ela tivesse deixado de existir, só existindo a casa e o seu silêncio. E assim foi, até que um dia não foi mais. Num belo final de uma tarde qualquer, Gisela vinha pela calçada, já depois de ter dobrado a última esquina, quando viu a vizinha do lado de lá da casa da dona Rosinha. Como era mesmo, como era mesmo o nome dela? Não ia se lembrar de jeito nenhum. E ela vem sorrindo — sinal de que vai falar, não apenas menear a cabeça, mas falar. Mas falar de quê, se as duas nunca trocaram mais que um ou outro barulhinho de bom dia e como vai?

— Eu vou bem, e a senhora?

— Vou bem, minha filha, vou bem. A Rosa é que...

— O que houve com a dona Rosinha?

— A menina não soube o que aconteceu?

— Não.

— Foi internada... A pobre sofreu um ataque dos nervos e está internada.

— Por quê? O que houve?

— Não fala com ninguém, olha para as paredes...

— Mas por quê? Por quê?

— Você conheceu o cachorrinho dela?

— Conheci, conheci.

— Bom, o cachorrinho dela morreu.

— Morreu? Puxa... Ela deve ter ficado mesmo muito abalada...

— Com a morte dele?! Não, não. Ele estava velho... Ela ficou abalada com o que aconteceu depois.

— O que aconteceu depois?! Depois do quê?

— Bom, o cãozinho morreu. Até aí, tudo bem. Todos nós um dia morreremos... Fazer o quê? E ela fez o que tinha de fazer: enterrou o bichinho no jardim, pôs até dois pauzinhos em cruz no montinho, realizou lá uma cerimoniazinha de adeus, e foi dormir. No dia seguinte, abre a porta para pegar o jornal, e... A menina não vai acreditar...

PEDRO DRUMMOND nasceu em Brasília, em 1964, e mora em São Paulo. Formou-se em Engenharia Eletrônica e fez cursos de especialização na Intel, na Motorola e no MIT. Administra o portal Mesa do Editor e publicou o thriller *Lemniscata: O enigma do Rio* (Objetiva, 2007).

CRISTAIS DE PRATA

"As fotografias nos mostraram que não se pode entender a vida vendo-a através de um único cristal."

Disfarço-me do que já sou. Não há melhor forma de enganar o mundo. E como é bom fingir. Estas palavras podem não caber a uma jornalista, mas explicam meus tentames literários. Dedicando minhas férias na emissora ao arroubo de produzir um livro, procuro acomodar meu ofício e minha paixão ao usar a verdade para ocultar a verdade. É quando sou completamente eu e quando sinto que posso enfrentar a vida. Nada, porém, havia me preparado para o que aconteceria nos dias seguintes àquela tarde de domingo.

A velha casa que eu havia alugado meses antes, na zona leste de São Paulo, era equipada com diversos móveis antigos. Sabia que o locador os havia comprado todos juntos, no intuito de torná-la habitável rapidamente e sem grandes despesas. Um destes móveis era uma penteadeira de madeira clara, cor de caramelo. Não saberia dizer que madeira era aquela, mas tinha seu apoio principal bastante arranhado, denunciando décadas de uso. Suas gavetas tinham puxadores que chamavam a minha atenção: eram notas musicais, em um latão que um dia já fora dourado. O problema foi que, ao arrastar esta penteadeira pelo quarto, acabei causando a mais corriqueira das maldições: quebrei o espelho oval que dava personalidade ao móvel. Um pedaço afiado caiu da peça e a rachadura, larga, permitia ver a madeira que a sustentava. Não era algo que pudesse passar despercebido.

Providenciei a troca do espelho e, no dia seguinte, distraída, acompanhava o vidraceiro que retirava a peça presa ao fundo. Ao deixar a madeira exposta, ele parou por alguns segundos e chamou minha atenção:

"A senhora viu isso?"

Olhei para o móvel e o que vi era realmente curioso: havia ali uma fotografia. Não havia caído acidentalmente entre o espelho e o fundo que o sustentava. Não. Ela havia sido cuidadosamente colada lá, posicionada um pouco acima do centro do espelho, mas escondida atrás dele. A imagem da foto voltada para a frente, como se em uma zelosa exposição impossível. No tamanho, nada de especial. Era pouco maior que meu telefone celular. A margem branca, artisticamente cortada em pequenas ondas, já indicava a antiguidade do retrato. Na imagem, um jovem rapaz me sorria do passado. Mesmo sem cores, era possível presumir que seu paletó era realmente cinza-escuro, como aparecia. E também que o dia nublado fazia da estação ferroviária da Luz um passeio menos convidativo do que seria o provável costume da época. O rapaz estava um pouco distante do edifício, inconfundível para qualquer paulistano. Não fosse sua pose ali, e o retrato poderia passar por um cartão-postal da época. Sua aparência era alegre, sorriso ainda na validade dos primeiros segundos. Cabelo moreno e bastante curto, sugerindo seus vinte e poucos anos. O nariz fino ressaltava o rosto magro e denunciava o paletó ao menos um número acima do adequado.

Com cuidado quase científico, retirei a fotografia da madeira. A cola era fraca, como se contasse com a definitiva pressão do espelho para não sair do lugar. Atrás da foto, duas palavras escritas à mão, em tinta borrada:

"Espero você."

Este foi meu primeiro contato com ele.

★★★

Não era fácil separar-me do retrato. Estava ao meu lado durante o jantar, e revia-o nos intervalos do filme da noite. Pouco depois, sequer precisava segurá-lo para conseguir olhar por aquela janela do passado. A intrigante imagem se fixara em minha mente. Quem seria aquele homem? Quem ele esperava? Por que motivo era aquele o seu esconderijo?

Ao me deitar, imaginava a dona daquela penteadeira ao abrigar ali a imagem de um amor impossível. Ao se observar, ela olhava diretamente para o ponto onde a foto estava. De certa forma, ela o via sempre que via a si própria e acreditava que ele também a enxergava. Sem sono, eu imaginava a dona daquele móvel sonhando dia após dia com um amor da juventude que provavelmente teria deixado escapar pelas frestas do tempo. Aquelas que sempre estão entre nossos espelhos e o mundo atrás deles.

A jornalista e a escritora perderam o sono ao mesmo tempo.

∗∗∗

As manhãs são bem mais interessantes quando se está de férias.

Atrás ou embaixo de quase todos os móveis antigos da casa havia uma pequena etiqueta de papel com a identificação do antiquário onde haviam sido comprados. O mesmo, para todas as peças. Como eu imaginava, o local não era muito distante.

A loja tinha pilhas de velharias formando verdadeiros desfiladeiros, e, para chegar até alguém que pudesse me atender, eu precisava primeiro conseguir ser vista.

"Senhor, diversos móveis do local onde moro foram comprados neste antiquário", dirigi-me propositalmente à pessoa mais idosa que encontrei lá. Um jovem em um antiquário não inspira confiança.

O homem olhou os números que eu trouxe, anotados a partir das identificações de cada peça. Preferi levar todos os que encontrei, achando que assim teria mais chances de conseguir alguma informação. Abrindo um livro de capa dura que bem poderia estar também à venda, ele consultava uma longa lista fora de sequência.

"É para alguma reportagem?", perguntou sem tirar os olhos do livro.

"Não", respondi. "É mesmo um assunto pessoal. A peça que realmente me interessa é esta aqui", completei, mostrando a ele o primeiro número da lista.

Já havia me acostumado com este tipo de reação. Após anos como repórter na televisão, meu rosto era familiar a muitos. Ser reconhecida era quase sempre uma vantagem, e poucas foram as vezes em que cheguei a ter qualquer problema com isso.

Após alguns minutos, o homem desistiu.

"Sinto muito", desculpou-se. "Tudo deveria estar anotado, mas sabe como é. Nem sempre nosso controle é perfeito."

Eu estava preparada para esta possibilidade. Embora sem grande esperança, saquei meu celular e mostrei a ele a fotografia que tirara do móvel pouco antes de sair de casa.

Ao ver a imagem, ele levantou as sobrancelhas.

"As notas musicais...", disse, referindo-se aos puxadores. "Sim, eu me lembro desta peça. Ficou comigo muito tempo e eu a havia comprado de outro antiquário. Os dados deste móvel estão em um registro mais antigo. Você precisa apenas trocar o espelho?"

Ante minha negativa, levantou-se e foi buscar outro livro, ainda mais velho.

"Não haveria de ser tão fácil", pensei.

No segundo antiquário, fui atendida por um senhor judeu austríaco que mal falava o português. Percebendo que explicar códigos e datas não iria ser tarefa simples, resolvi mostrar logo a fotografia do móvel em meu celular. Poucos minutos depois, saí de lá com o que eu queria: o endereço da antiga dona. A música é mesmo o idioma universal.

★★★

Era no bairro do Bom Retiro, em uma rua que já teve seus dias de tranquilidade. Mesmo assim, quando os ônibus permitiam, ainda era possível ver ali diversas casas bastante antigas. Aquela que eu buscava, no entanto, não estava mais lá. Em seu lugar, um pequeno sobrado abrigava um decadente escritório de contabilidade.

Se não houvesse ninguém no alpendre da casa ao lado, talvez eu até tivesse desistido de minha pequena investigação. Sempre que revisito esta história em minha memória, agradeço por ter me dirigido àquelas senhoras que me olhavam com curiosidade.

Expliquei a elas que, mesmo a casa não mais existindo, eu procurava a antiga moradora, chamada Justina.

"Dona Justina não era da casa vizinha", disse a senhora. "Dona Justina mora aqui." E saiu, chamando pela mãe.

Minutos depois, uma senhora bastante idosa me recebeu na sala, com um brilho fraco nos olhos e um sorriso no rosto. Contei a ela que hoje eu tinha um dos móveis que estiveram naquela casa.

"Quem cuidou de vender os móveis da vizinha fui eu", esclareceu. "Isso foi há muito tempo. Houve algum problema?"

Resolvi dar o próximo passo. Saquei de minha bolsa a fotografia antiga e entreguei-a à velha senhora.

"Dona Justina, a senhora já viu este homem?"

Enquanto olhava a imagem, os olhos da senhora viajaram lentamente da curiosidade ao sorriso.

"Ora, veja...", comentou, falando bem devagar. "Antero foi mesmo um belo rapaz. Simpático e cativante. Hoje em dia, coitado... não é sequer uma sombra do que já foi", e olhou-me, novamente curiosa. "Você o conhece?"

"Não, senhora", respondi. "Na verdade eu encontrei esta fotografia e estou fazendo uma... digamos... uma pequena pesquisa."

Dona Justina levantou as rarefeitas sobrancelhas.

"Sabe de uma coisa?", reagiu com interesse. "Já era mesmo hora de esta história acabar na televisão."

E saiu lentamente, balbuciando que buscaria algo para me mostrar. Retornou em seguida com dois papéis nas mãos. Um deles, uma fotografia antiga, emoldurava os sorrisos de duas jovens moças.

"Esta sou eu", ela mostrava com o indicador trêmulo. "E aqui é Isadora, minha vizinha e grande amiga. Ela é o motivo de seu interesse...". E, segundos depois, completou: "e do sofrimento de Antero".

Isadora era uma mulher bonita, de traços delicados e olhar sereno. Era fácil imaginá-la na frente daquele espelho. Fiquei curiosa por aquela outra foto ser tão antiga, e não pude me conter:

"Senhora, Isadora já é falecida?"

Foi quando ela me estendeu o segundo papel que continha um endereço.

"Eu poderia falar muito, mas fui apenas uma espectadora. É com ele que você deve conversar."

Ao sair, ainda pude ouvir do alpendre a voz de dona Justina:

"Se aceita um conselho, não demore a ir lá."

★★★

Não demorei. O tal endereço ficava em Jundiaí, cidade próxima. Já no dia seguinte, parei diante de um casebre malcuidado, em que a pintura descascada não se envergonhava de deixar ver os tijolos quebrados. Peguei a fotografia e olhei o moço novamente, duvidando que aqueles olhos felizes pudessem imaginar o futuro decadente que um dia iriam testemunhar. Bater palmas para me fazer notar parecia ali uma provocação jocosa, e talvez por isso não tenha havido nenhuma resposta. Certa de que não havia nenhum cão ali dentro, trespassei o portão enferrujado e preferi chamar em voz alta:

"Senhor Antero! Gostaria de falar com o senhor!"

Depois de alguma insistência, uma voz fraca reagiu do lado de dentro:

"Ele não está aqui! Não há ninguém. Vá embora!"

"Desculpe, senhor, mas não vou incomodá-lo por muito tempo", tentei, já encostada à porta de madeira.

"Vá embora, não tenho nada para você. Vou chamar a polícia!"

Só me restava uma bala contra aquela fera:

"É sobre Isadora!", gritei.

Depois de um longo silêncio, o rangido da porta lembrava o protesto de um animal ferido.

★★★

A casa por dentro causava uma impressão ainda pior. O homem levou-me até a sala escura, onde me apontou uma poltrona puída, e, tossindo, deitou-se no sofá, onde já o aguardava um velho cobertor. Ao lado, uma sacola de plástico translúcido permitia ver que estava repleta de remédios. Ele aparentava mais de 90 anos de idade, e não tinha como esconder que era uma pessoa doente. A casa tinha um ar pesado, um cheiro estranho. Meu primeiro pensamento foi abreviar aquela visita e sair logo dali. No entanto, como já havia viajado para chegar àquela casa, resolvi tentar mais um pouco.

Com a voz ainda mais fraca pelo esforço recente, ele comentou: "Conheço você. Você é da televisão. O que sabe sobre Isadora?"

Esticando meu corpo, entreguei a ele a fotografia que ainda trazia entre os dedos. Não pude deixar de pensar que ele foi mais feliz atrás daquele espelho do que em sua vida de carne e osso. Ele olhou longamente para a imagem e para as palavras que lhe davam voz: "Espero você." Então, devolveu-me a foto.

"Na verdade, preciso que o senhor me conte. Sei que viveram uma bela história, senhor Antero." E, aproveitando a compreensiva disposição dos mais velhos a falar do passado, continuei: "Quero conhecer cada detalhe, se o senhor puder me contar."

Seu rosto enrugado escondia olhos acesos e, deitado, ele me olhou por um longo período. Depois, piscando os olhos demoradamente, impôs:

"Com uma condição, moça."

Ajeitei-me na ponta do assento para ouvi-lo melhor.

"Você vai ter que contar esta história para todo mundo. Na TV, no rádio, no computador, em todos os lugares."

"Eu prometo fazer o possível", respondi.

"Você vai ver que esta história não é bonita, como você disse. Mas entenderá que eu tenho que contá-la. E eu não vou durar muito tempo mais."

Acionei meu gravador e, após um longo suspiro, aquela voz fraca parecia ganhar mais força a cada lembrança:

"Aconteceu em 1946. Isadora era uma moça linda, professora de piano no bairro do Bom Retiro. Eu tinha um trabalho burocrático dentro do escritório de arquivos da Estação da Luz, e a conheci ali mesmo, pelo bairro. Começamos nos cumprimentando, depois conversamos na padaria, e logo já éramos amigos. Era um contato cordial, a princípio. Eu tentava não me aproximar demais, e ela também chegava algumas vezes até a mudar seu caminho quando me via."

"Por que este comportamento?", perguntei.

"Isadora era casada, você não sabia?"

Antes que eu pudesse responder, ele continuou:

"Casada com o maior mau-caráter que podia existir. Anote aí o nome do bandido: Leôncio Sampaio. Um destes casamentos arranjados, em que a opinião da moça nem sequer era considerada. Mas...", ele continuou, "chega um momento em que não se consegue lutar contra um sentimento forte, especialmente quando é correspondido."

"Por que o marido dela era tão ruim? O que ele fez?"

"Para começar, ele surrava Isadora. Sempre que eu a via com o corpo machucado, ficava desnorteado. Não sabia mais o que fazer ou a quem recorrer. Procurar a delegacia não era uma opção na época, porque o crápula era um comerciante corrupto e tinha muitos amigos na polícia. Só havia uma opção..."

Eu começava a simpatizar com meu entrevistado. Ao ouvi-lo, fechei os olhos da jornalista e abri a mente da escritora.

★★★

"Vamos fugir, meu amor! Amanhã mesmo! Tenho família em Jundiaí, pegamos o primeiro trem. Depois de alguns dias vamos sumir pelo mundo!"

"É tudo o que eu quero." Isadora não escondia a esperança. "Mas se Leôncio descobrir haverá uma tragédia."

"Ele não vai descobrir. Ouça aqui o que você vai fazer..."

Na manhã seguinte, um táxi para em frente à casa de Isadora. Sem buzinar, a porta traseira se abre e duas jovens carregam algo pesado para o automóvel. Estava dentro de um saco, mas parecia ser algo rígido. Uma voz ecoa de uma janela próxima: "Está de mudança, Isadora?"

Isadora empalideceu. A resposta veio da amiga Justina: "Estamos doando para os pobres do convento, dona Aurélia! Podemos pegar seu pacote agora?"

Antes de ir embora, o motorista estendeu um envelope a Isadora. Dentro dele, uma fotografia de seu amado com o local do encontro ao fundo. Ela leu o verso da foto e respondeu em voz baixa: "Não faltarei."

Ao cair a noite, Isadora pediu ao marido permissão para sair. Era comum encontrar-se por alguns minutos com Justina naquele horário. Aquele dia, porém, ela sabia que era especial: ela iria despedir-se da vizinha e amiga. Por isso, demorou um pouco mais que de costume e voltou para casa com os olhos inchados. Leôncio estava ao telefone, mas não deixou de notar a pressa da moça em direção ao banheiro.

Durante o jantar, Isadora transpirava entusiasmo. Esforçava-se, no entanto, para emprestar àquele momento a tristeza de sua rotina.

Ela rezava para Leôncio não forçá-la a tocar alguma coisa ao piano, até que, finalmente, o taciturno marido desligou o rádio e foi para a cama.

Isadora deitou-se pouco depois, tentando segurar a respiração ofegante. Enquanto esperava a hora certa, olhava para o quarto, para as paredes, para o corpo imóvel do outro lado da cama. Não via em lugar algum qualquer motivo para cancelar seus planos.

Na hora certa, levantando-se com muito cuidado, Isadora seguiu até a sala. Abrindo o piano, tirou de dentro uma muda de roupas leves, condizentes com a noite quente que a esperava lá fora. Vestiu-se da forma mais silenciosa que pôde e passou pela porta como quem se joga de um despenhadeiro.

Corria feliz, sentindo o vento morno no rosto. Logo chegou na Estação da Luz, onde a escuridão era completa. Ofegante, viu junto a uma porta o vulto de seu amor.

"E agora, como faremos?", ela perguntou, com um sorriso apreensivo.

"Entramos com a minha chave. Nossas malas já estão na contadoria. É só esperarmos o primeiro trem."

"Mas se Leôncio descobrir...". Isadora tremia.

"Quando ele acordar, estaremos longe", comentou. "Não me importo sequer com meu emprego. Em dois dias isso tudo passa para o governo federal e com certeza estaria demitido de qualquer jeito."

Antero abraçou a moça e entraram na estação sem luz.

★★★

"Algo me diz que esta fuga não deu certo", comentei, enquanto empurrava o gravador na mesa para que ficasse mais perto de sua boca.

"Não, não deu", foi só o que ele disse.

Pedi uma pausa para ir ao banheiro. Após molhar o rosto, percebi que não havia ali um espelho. Também não havia visto nenhum na sala ou no caminho que percorri. "Irônico", pensei, considerando a forma como havia conhecido aquele homem.

"O crápula não permitiu nossa fuga", ele disse ao me ouvir voltar.

"Como ele soube?"

"Uma aluna de piano ligou naquela mesma noite para Isadora. Como ela tinha saído para ver a vizinha, a moça resolveu falar com o marido. Disse que um parente seu poderia consertar o piano e ela não precisaria interromper as aulas agendadas. Leôncio achou estranho não ter sido informado sobre um problema no instrumento. Testou o som, abriu a tampa e viu ali as roupas da mulher. Verificou o armário, e viu que faltavam muitas outras. Deve ter sentido um ódio que apenas ele era capaz de sentir."

"Mas não fez nada a princípio", presumi.

"Não. Ele esperou para segui-la. Queria saber quem deveria matar."

★★★

Na porta da estação, três vultos sussurravam. O único sem uniforme disse aos outros:

"Podem ir. Agora é comigo."

Leôncio entrou em silêncio. O vazio da grande plataforma denunciava as vozes que vinham de seu lado direito, de uma das salas enfileiradas junto à base da torre. Ouvir a voz de sua mulher em declarações de amor a outro homem era algo que ele não suportaria, e logo sentiu o sangue ferver. Estava armado, e matar aquele sujeito não seria difícil. Caminhando na direção das vozes, passou por uma pequena oficina e viu alguns galões de querosene junto à porta. Levou-os até uma sala próxima de onde vinham as vozes e jogou o líquido em pilhas de papel, em uma mesa velha, uma estante de madeira, e tudo o mais que encontrava por ali. Fez o mesmo em outras duas salas, até acabar o estoque de querosene. As palavras que ouvia com facilidade pareciam perceber algo errado e agora eram apenas sussurradas.

Os fósforos eram riscados com tanta raiva que pareciam desnecessários. Ele talvez conseguisse acender aquelas chamas só de olhar para o combustível jogado nos objetos. Logo já eram três salas tomadas pelo fogo, cujo ruído era assustador.

★★★

"Novembro de 46", eu o interrompi.

Ele parou, olhando para mim.

"É um fato histórico", continuei. "O incêndio na Estação da Luz. Nunca foi desvendado. Disseram que foi uma queima de arquivos, com a São Paulo Railway sendo absorvida pelo governo federal."

"Pois Leôncio Sampaio é o criminoso. Anote aí."

E ajeitou-se no sofá.

"Mas o pior veio a seguir. Eu e Isadora saímos da sala para saber que barulho era aquele. O fogo já tomava as salas quase completamente, e as labaredas alcançavam parte do corredor. Eu não acreditava no que via. Foi quando senti um golpe forte na cabeça e fui pressionado contra a parede quente. Tentei reagir, mas ele estava possuído. Empurrou-me para dentro da sala e acabei caindo no meio das chamas."

Continuei ouvindo, hipnotizada.

"Saí de lá logo que pude, mas tonto e com muita dor. De novo ele me empurrou para o fogo e de novo voltei. Sentia meu corpo doer, meu peito ardia muito. Foi quando Leôncio resolveu terminar logo o serviço e apontou o revólver para mim. Tossindo, caí de joelhos e não tive dúvidas de que iria morrer naquele momento. Então, por algum motivo, ele demorou um segundo. Acho que matar alguém não deve ser tão fácil assim, nem mesmo para alguém como ele. Mas a raiva voltou a seus olhos logo que viu Isadora se colocando à minha frente. Ela, completamente fora de si, segurou o cano da arma com tanta força que ele não conseguiu arrancar sua mão de lá... até que ele resolveu disparar assim mesmo."

Percebi que sua voz, agora embargada, passava de fraca a quase vazia. "Não foi um disparo acidental?", perguntei.

Balançando negativamente a cabeça, a resposta veio bem devagar. "Eu estava lá, moça... sei que foi sua raiva que puxou o gatilho."

"E o tiro acertou alguém?"

"Acertou os dois... não nos matou... mas acabou com nossas vidas."

Esperei em silêncio um bom tempo, até que ele resolvesse continuar.

"O tiro atravessou a mão direita de Isadora e acertou-me no pescoço. Acordei no hospital, sem voz e já com a prisão decretada como responsável pelo incêndio na estação."

"Mas não houve ninguém condenado por este incêndio. Até hoje este caso é..."

"Moça, hoje eu não sei, mas naquela época não era difícil prender alguém sem provas. E mais, eu sei que Leôncio trabalhava com seus amigos policiais para me manter na cadeia. Fiquei esquecido lá por oito anos. Sequer tinha minha voz para me defender como deveria."

"E Isadora?"

"Com ela foi pior", ele agora chorava. "Sem poder usar o piano e levando uma vida miserável ao lado daquele bandido, ela acabou preferindo se matar. E fez isso com a mesma arma que já havia iniciado nosso fim."

Eu imaginava que algo assim havia acontecido. De qualquer forma, achei que deveria tentar acalmá-lo de algum jeito.

"Senhor Antero, ao menos sua vida não acabou. O senhor viveu até..."

"Isadora morreu e minha vida acabou", ele me interrompeu. "Mas a história não termina aí."

Confirmei que o gravador ainda estava em operação, enquanto ele continuava.

"Anos depois eu me reaproximei de Leôncio."

"O senhor buscava vingança?"

"Moça, eu não sei por que fiz isso, mas não foi por vingança. Talvez porque eu visse neste contato uma estranha forma de me aproximar de Isadora. O homem estava doente, e eu o visitava com frequência. Cuidei deste criminoso até seu último dia de vida."

"O senhor cuidou do homem que tentou matá-lo?", aquilo me impressionou profundamente. "Por que alguém faria isso?"

"Eu não sei. Já pensei demais nisso. Depois de muito refletir, cheguei à conclusão de que existem dois tipos de pessoas: as que vêm ao mundo para destruir as outras, espalhar o mal... e outras, que não conseguem odiar. Só fazer o bem. Deve ser isso."

Olhei para ele com admiração.

"Não pude passar minha vida com quem eu queria", ele resumiu. "Mas isso não fez de mim uma pessoa diferente."

"Senhor Antero, o senhor é sem dúvida uma pessoa diferente", eu disse, fazendo questão de que o respeito que eu imprimia a minha voz fosse gravado pelo aparelho.

A pessoa que deixou aquela casa não foi a mesma que entrou. Fui embora dali com a sensação de ter visto um filme do qual jamais me esqueceria. Mas ele ainda não havia terminado.

★★★

Alguns dias depois, voltei a Jundiaí para perguntar ao senhor Antero detalhes sobre o ocorrido. Levava o gravador e algumas pastas, pois queria buscar confirmações antes de levar a história a público. Ao chegar, vi que a casa tinha a porta aberta e diversas pessoas entravam e saíam carregando pastas e móveis. Estava claro que, agora sim, eu havia demorado mais do que deveria. Aquele homem admirável havia falecido poucas horas antes. A casa, ao contrário, parecia injustamente mais viva.

Dois homens, de costas para mim, observavam tudo de perto. Um deles segurava um elegante chapéu cinza sobre a cabeça, protegendo-o do vento. O outro, logo que olhou para trás, veio em minha direção:

"Foi a senhora que o entrevistou, há alguns dias?"

"Sim", confirmei, sendo mais uma vez reconhecida.

"Estou aqui ajudando uma pessoa que gostaria de conversar com a senhora. Ele emprestava a casa ao falecido." E, virando-se, chamou o homem de chapéu:

"Antero! A jornalista está aqui!"

Demorei para entender o que estava acontecendo. O homem idoso andou em minha direção já tirando o chapéu, em um cumprimento polido. Ninguém deixaria de notar uma ampla cicatriz de queimadura que cobria quase todo o seu rosto.

"Ele não pode falar", disse o ajudante. Mas tem algo do falecido para entregar a você.

Sua mão trêmula me estendeu um bilhete, onde eu podia ler:

"Obrigado, moça. Graças a você pude me olhar no espelho uma última vez."

ANDRÉ VIANCO nasceu em 1975 em São Paulo e mora na cidade de Osasco. Além de escritor, é roteirista de cinema e TV. Publicou 13 romances e é um dos autores mais lidos do país, com cerca de 700 mil exemplares vendidos. Entre suas obras mais conhecidas estão os livros *Os sete* (1999), *A casa* (2002) e a trilogia *Turno da noite* (2006-7), todos publicados pela editora Novo Século.

A CANÇÃO DE MARIA

Ezra suava frio. Não que fosse um dos mais ortodoxos de sua religião. Contudo, era obrigado a parecer, caso não quisesse ser considerado maldito pelas ruas. Já havia olhos demais julgando suas últimas atitudes. Por conta disso, ninguém ficaria sabendo sobre aquela nova decisão. Bastavam seu primo e o velho ambulante, que tinha indicado as ferramentas nas mãos e vendido por alguns asses um ídolo Baal pendurado no pescoço. Os amuletos protetores comercializados pelo beduíno na encruzilhada, antes de os romanos passarem no meio da tarde, não levantariam tantas suspeitas quanto sua simples presença ali, na boca do campo sagrado, àquela hora da noite. Para entender por que Ezra estava ali, a despeito de suas fortes superstições, seu desejo de ser invisível perante a comunidade e o avançado da hora, é necessário lançarmos mão de um artifício deveras comum neste tipo de narrativa: vamos voltar ao dia em que ela surgiu na porta dele.

A menina grávida que tinha fugido do apedrejamento meses atrás — numa cidade localizada duas semanas acima — vagara às escondidas pelas trilhas negras que beiravam o rio Jordão. Ezra não precisava ser um supersticioso arraigado para saber que mulher grávida trazia azar. No entanto, o lenhador tinha mais coração que juízo. Naquele fim de tarde, chovia tanto que o viúvo não teve outro remédio senão deixar entrar a menina com um fruto quase maduro no ventre. Tão a termo que ela começou a se contorcer em gritos e a parteira da vila quase não acreditou quando viu o viúvo lívido, nervoso, na porta da sua casa, como alguns dos pais de famílias novas costumavam ficar. Ezra disse que uma irmã distante por parte de pai tinha aparecido em sua porta e que não teve coragem de negar abrigo, mesmo porque a situação lembrava muito seus últimos dias com Saienne, sua esposa, morta durante o trabalho de parto daquele que seria seu primogênito.

A parteira atendeu Ezra. Como tinha feito dois anos antes, a velha correu até a humilde casa do lenhador, muito solicitado pelos agricultores das margens do Jordão por ser um exímio abridor de corta-fogo nas florestas que circundavam o vilarejo. Lá pelas tantas, parteira e lenhador souberam que a mulher chamava-se Maria e que era seu desejo que a menina se chamasse Miriam. A parteira, mulher muito vivida nesses momentos de aflição, não perguntou nada. Ela sabia que, desde o tempo de Adão, os mistérios entre homem e mulher eram assim, com entranhas veladas e lábios calados, e cabia a ela apenas guardar mais um de tantos segredos que marcavam a alvorada dos que chegavam ou o crepúsculo dos que partiam. A parteira proferiu uma oração de boas-vindas e pousou a mão sobre os olhinhos da pequena Miriam. A mãe, Maria, transitou entre a consciência e a inconsciência em longos turnos, quase deixando louco o lenhador, que ficava às voltas com a pequena Miriam chorando de fome, enchendo a casa de berros, esparramando sua agonia para todos os lados.

Ezra não detestava aqueles momentos. Foi em um deles, dias depois, enquanto tentava servir leite de cabra diluído em água mineral vinda das fontes hipotermais do Jordão, repetindo a receita que a parteira ensinara, que imaginou como seria se sua amada Saienne não tivesse perecido naquele crepúsculo tão semelhante ao de poucas noites atrás. Chegou a vê-la sorrindo e fazendo cachinhos nos cabelos noviços do bebê Tiago. O sorriso sumiu quando voltou a ver apenas Miriam em suas mãos fortes. Ela era tão pequena que seu corpo cabia quase todo na mão esquerda do lenhador. Apesar dos calos, ele sabia como tocar com delicadeza tanto a pele fina da recém-nascida como a testa da mãe que queimava em febre enquanto o homem trocava suas compressas. Num dos turnos em que Maria permaneceu alerta, Ezra providenciou água morna tanto para o banho de Miriam quanto para o de Maria. Segundo as crenças da época, a pequena não poderia ser submersa em seus primeiros sete banhos e a mãe deveria ser muito diligente durante o asseio. Aquelas terras eram forradas de crenças e ideias a respeito das vontades inacessíveis dos deuses. A vida era rígida para os fiéis que tentavam seguir rigorosamente os comandos escritos na lei.

Miriam dormia. Contrariando o sábado, Ezra havia saído para apanhar madeira no barracão e alimentar o fogo. Não queria que aquele dia frio trouxesse desconforto para a jovem convalescente. Teimoso e desobediente, Ezra assou pão com frutas. A mulher, com olheiras fundas, insistiu em ajudar o bom homem que a tinha acolhido no meio da tempestade. Ezra gastou muito do seu aramaico para convencer a menina a permanecer deitada. O lenhador sentou-se à beira da cadeira rústica construída com suas próprias mãos e vigiou o desjejum dela. Depois, calado e de olhos arregalados, viu a bebê fartar-se no leite materno. Maria, com o passar das horas, mostrava um aspecto melhor. Quando o sol avançava para o horizonte querendo deitar e jogar sombra no mundo, a mãe até arriscava um ou outro sorriso.

Ezra colocou azeite nas lamparinas. Já não era contra a lei voltar aos trabalhos. Alimentou o fogo e assou uma ave. A casa simples teria mergulhado no mais profundo silêncio, com a aconchegante penumbra a cercar o trio de moradores, não fosse a doce voz de Maria a embalar a bebê, que tinha desatado a chorar. Miriam se acalmou lentamente e a voz perene, enfeitada pelo canto materno, ressoou até que Ezra, da mesma forma, tombasse de sono na cadeira à beira da mesa, observando mãe e filha.

Maria foi baixando o tom da cantiga de ninar. Era uma de suas favoritas. Seu pai, quando ainda vivo, a cantava ao lado de sua cama para acalmar os espíritos que circundavam o leito da criança e acalmava tanto seus ouvidos quanto o de seus três irmãos homens. A jovem mãe fitou longamente aquele estranho lenhador que nunca antes vira na vida. O fato de ele a ter acolhido na noite de chuva o transformava da condição de homem estranho. Só um anjo do Senhor teria tanta bondade. Acolher uma parturiente desconhecida revelava um coração sem tamanho. Maria orou para que aquele lenhador fosse sempre iluminado, fosse sempre um bom anjo em sua vida. A mãe só dormiu depois de deitar centenas de beijos sobre a cabeça delicada de sua amada Miriam.

No amanhecer do domingo, Ezra saiu para a floresta com as ferramentas no ombro. O machado começou a bater cadente contra o tronco de uma frondosa oliveira que tinha crescido junto a uma segunda. Essa era uma mania de Ezra, tão acostumado aos campos de oliveiras nas verdejantes margens do Jordão: sempre derrubar a árvore menor quando duas delas estavam juntas. Oliveiras grudadas não prestavam. Uma sempre roubava o sol da outra, que ia ficando cada vez mais atrofiada. Então o lenhador separava aquela oliveira pequena e daninha, para que a maior vicejasse e cumprisse seu destino.

Quando passou pela vila, muitas línguas perguntaram sobre a mulher. Já sabiam que Ezra acoitara uma menina grávida. O homem, mais uma vez esquecendo a Torá e protegendo quem começava a ser querido, disse que era uma irmã há muito distante, filha de seu pai com outra mulher e que, vendo-se viúva e órfã, sem ter a quem recorrer, lembrou-se no fim do penoso caminho até a porta do irmão esquecido. Ezra falou a todos que encontrou sobre como era linda a pequena Miriam. Uma dádiva vinda dos céus para brindar seu coração triste e maltratado pelo destino.

Com o passar de poucas semanas, a pequena Miriam começou a ganhar peso e a mudar de tamanho. As bochechas inchavam e enrubesciam, transbordando vida. O choro já tinha tomado uma cadência no diminuto organismo que ia se acostumando às necessidades. Choro de bebê. Ezra, um gigante robusto e grosseiro, descobriu-se emotivo. Fazia tempo que não ficava ansioso em voltar para casa. Normalmente, batia-se contra as árvores e as árduas caminhadas nas montanhas da região até o sol começar seu mergulho para o horizonte, sem ter por quem ou por que voltar ao lar. Não eram raras as noites em que o lenhador acendia fogo e dormia encoberto no meio das pedras ou sob a copa das árvores na floresta. Agora, quando ainda era metade do dia, seu peito já apertava com vontade de voltar logo a casa só para dar uma espiada na menina e passar a mão com cuidado em seu rosto. Por certo e justo, é bom saber que quando ele sentia aquela agonia em retornar ao lar era para ver "as meninas". Um carinho fraternal crescia entre Ezra e Maria. Quando o lenhador entrava em casa, não demorava a perguntar como ia a menina-mãe. Também afagava-lhe a cabeça muitas vezes. Ia percebendo que, com o passar dos dias, apesar de seu restabelecimento mais lento que o comum, Maria também ia recuperando a beleza. A mulher de pele branca e olhos verdes intensos era dona de cabelos negros cacheados que desciam até os quadris. Tinha modos tão atraentes e inocentes que era fácil sentir a fragrância da boa desgraça pairando ao redor de sua pele, seus seios volumosos e seus olhos magnéticos. Ezra chegou a sentir o rosto queimar e talvez tenha até ficado vermelho quando por momentos imaginou aquela mãe morando em seu lar, sendo, além de mãe, mulher. Justamente quando pensava nisso, Maria, agora sem precisar arquear o corpo para caminhar, enquanto mexia com uma panela ao fogo preparando o jantar para o lenhador, veio ter com ele.

— Senhor Ezra, preciso lhe falar.

O lenhador, experiente da vida, chegou a sentir um frio na espinha. Não pela oração em si, não pelas palavras escolhidas, mas pelo tom de voz da menina que trazia no bojo o som da tristeza anunciada e as ruminações.

— Estou melhor a cada dia, tudo graças ao senhor e sua providencial acolhida. Não sei o que seria de mim e de minha Miriam não fosse sua bondade.

— Não precisa agradecer, meu anjo. Você era uma alma precisando de amparo. Meu primo muito falou sobre o amor entre os homens... e mulheres nessa situação. Caridade nunca faz mal.

Maria abriu um sorriso e tocou o rosto barbudo do lenhador. Os olhos castanhos do homem refletiam muito mais que a luz dos candeeiros, mas, infelizmente, a menina de vida curta não sabia ler todas as luzes. Ela logo tirou a mão do rosto de Ezra e tornou a falar.

— Sei o quanto a língua das pessoas dessas paragens pode ser cruel e tornar o que é santo e amoroso em algo sujo e perverso. Não quero que eu e minha Miriam sejamos problemas para o senhor. Peço só mais uma semana em sua casa. Nem sairei desta cozinha para que ninguém me veja no seu quintal ou ao redor de sua propriedade.

— É ajuizada sua preocupação, Maria. Só ressalta seu senso de responsabilidade.

— Pedirei ao senhor a bondade de trazer água do poço. Ainda tenho dores nos quartos e sei que não é bom carregar peso durante o resguardo.

Ezra aquiesceu e sorriu novamente para a jovem mulher.

Maria baixou a cabeça.

— Não quero que você se vá. É boa alma. Boa mãe. Boa menina.

Ela começou a chorar e deitou a cabeça no colo do lenhador.

Ezra assustou-se mesmo sabendo que as lágrimas e soluços eram coisas normais em situações como aquela, quando uma pobre alma sente estar num beco sem saída, sem lembrar-se de olhar para trás.

— Fosse eu responsável e boa menina não teria vindo até a porta de um desconhecido às vésperas de ter minha bebê. Não teria ouvido a voz suave dele em meus ouvidos removendo toda minha vontade de me ater à moral. A língua de uma serpente, ele tem.

— Não diga mais nada, Maria. Quando bateu em minha porta, eu não fiz julgamentos. Eu apenas te acolhi.

— Sinto-me uma coruja, esquiva e rapineira. Nunca me dê ouvidos, bom Ezra. Nunca.

— E não é justamente isso que faço agora? Estou tapando minhas orelhas. Não quero saber de nenhum pio dessa corujinha esquiva e rapineira — sorriu Ezra, cobrindo os ouvidos com as mãos e depois colocando uma delas sobre a boca da menina que ainda choramingava. — Não pense nisso. Fortaleça Miriam, fortaleça também seu corpo. Logo seu coração se aquieta e então veremos que providências hão de ser tomadas.

Foi a vez de Maria tocar a face do homem maduro com suas mãos finas e frias. Acariciou o rosto e ficou mirando os olhos do lenhador.

— Se estivesse em casa de meu pai, meu amigo, dar-lhe-ia três carneiros.

Ezra sorriu.

— Não preciso de carneiros. Preciso de descanso.

Maria apressou-se em levantar para colocar água no fogo. O lenhador segurou seu braço e recomendou que descansasse. Cuidou ele mesmo de seu banho e em pouco tempo estava sentado na tina, sentindo a água quente relaxar seus músculos. Tão confortável ficou que dormiu. Quando despertou, chegou a assustar-se, levantando-se de um pulo. Apanhou panos para secar o corpo e deitou em sua estreita cama de palha. Quase dormia novamente quando ouviu a doce voz de Maria cantando para a pequena Miriam. Sempre a mesma, suave e melancólica canção de ninar. Uma canção para levar as crianças ao sono transmitindo imagens que os pequenos ainda não conheciam, falando de lugares sombrios, de trilhas perigosas, lugares onde certamente criança alguma quereria pisar. A canção de um boi negro. A canção de Baal. O lenhador, vencido pelo cansaço, com a voz encantadora da jovem mãe, mais uma vez, adormeceu.

Ezra despertava sempre muito cedo, mas naquela manhã foi diferente. Acordou quando o bode de um vizinho passava do lado de fora da casa ainda fechada. Além do balido, o bode inconveniente vinha com um sino pendurado ao pescoço. Ezra tossiu e levantou-se, estranhando tanto silêncio do lado de dentro. Teria acordado se Maria tivesse ido à cozinha preparar o desjejum. Vestiu-se lentamente, ainda tonto de sono. O cotovelo direito doía. O machado parecia pesar cada dia mais, conforme os anos se juntavam em suas costas. Parecia carcomer seus músculos por dentro. O trabalho que antes executava em duas horas levava agora quase o dia todo. Não brincavam quando diziam que a idade era uma senhorinha ocupada que não dava descanso a ninguém, empurrando e fustigando nossos corpos todos os dias em direção ao abismo.

Ezra praguejou duas vezes e foi até o fogão de lenha. Praguejou novamente. Maria podia muito bem ter acendido as brasas. Fazia tempo que não saía para o trabalho de barriga vazia. Quando passou o umbral da porta, estacou. Seus olhos quase saltaram. Ezra correu até o berço e um novo susto tomou sua alma. A bebê estava morta! Apanhou-a nos braços e saiu da casa aos prantos. Caiu de joelhos no chão de terra seca na frente da porta, derramando lágrimas sobre a pequena Miriam. Olhou para o bode negro que ainda balia e fazia bater o sino. A criatura mascava grama e mantinha os olhos escuros fixos em Ezra. O lenhador, ainda afundando num poço profundo, ficou hipnotizado por aquelas gemas sem luz. O bode regurgitou uma baba verde e deu um passo, fazendo o sino no pescoço bater. Apontou com a pata para a bebê e disse:

— Ela ainda está aqui.

Ezra recebeu outro jorro de adrenalina no sangue e tombou para o lado. Seus olhos foram para a bebê. Ela chorava a plenos pulmões. Ezra apanhou uma pedra enorme e ergueu acima da cabeça, arremessando-a de encontro ao corpo do bode. O quadrúpede fugiu levantando poeira e balindo desesperado. Ezra embrulhou Miriam no lençol que estava junto a seu corpo e cobriu seus olhos para que não fossem incomodados pelo sol. O lenhador voltou para dentro de casa. Como queria que também estivesse enganado quanto à jovem Maria!

Não estava. O corpo pendia suspenso no meio da sala, com o pescoço laçado por uma corda velha. O fardo se mostrara pesado demais para a jovem mãe durante a madrugada. A língua da serpente tinha vindo lhe visitar. Jovens tolos! Ezra queria fazer tanto por ela. Fazê-la entender que nada estava perdido. Jovem orgulhosa! Poderia muito bem ficar vivendo ali, em sua casa. Cuidaria das duas meninas com muito prazer. Para que mais serviriam aquelas mãos que não cuidavam de ninguém? Para que serviriam toda a temperança e sabedoria acumuladas com as experiências e com o tempo? Para nada!

Ezra apanhou um facão e suspendeu o corpo leve da menina com seu braço forte. Deu uma passada da lâmina acima da cabeça da mulher e segurou-a antes que batesse contra o chão. Ezra ainda chorava. Cobriu a mulher com os couros de cabra que lhe serviam de cama. Voltou para o lado de fora. Os olhos arderam com o sol novamente. Apanhou a pequena Miriam e colocou-a de volta em seu berço rústico. A bebê ressonava, sem desconfiar que aquela que fazia cafunés em sua cabecinha e passava horas embalando-a com cantigas jamais tornaria a tocar-lhe os cachos. A anjinha, de suspiros tão profundos, não sabia que era órfã e que a vida seria muito mais difícil a partir de agora, naquela terra de estranhos. Motivado por esse pensamento, Ezra fechou a face e passou a esmurrar o peito da jovem mãe morta. Ela não podia ter feito aquilo. Não podia ter deixado sua menina para trás. Estava tudo tão bem! O lenhador não conseguia enxergar o que faltava a Maria. Seriam cuidadas e amparadas.

Ele afundou a testa no colo da morta. O corpo frio e rijo não recusou a aproximação. O homem pensou em gritar e sair dali, buscando ajuda, buscando a parteira, chamando os vizinhos. Controlou o desespero. Se quisesse ficar com a pequena Miriam teria de engolir a dor e elaborar um engodo. Esconderia o corpo de Maria! Era isso! O plano sombrio veio de pronto e também não poderia ser diferente. Se desse à vila a nota da morte da irmã falsa, logo seria inquirido de todas as formas, e quando descobrissem o pecadilho da mentira tola seria ele complicado. O jeito era partir ao cair da noite com o cadáver nas costas para sepultá-lo nos arredores da vila. O homem enxugou o suor que brotava-lhe na testa, sentindo as veias de seu pescoço saltarem a cada rápida pulsação. Lá fora o bode balia e o sino tocava assombrando seus pensamentos.

Na manhã do sétimo dia, Ezra acordou sobressaltado. O céu ainda estava escuro, plúmbeo, e o primeiro fio vermelho rajava no horizonte. O lenhador olhou para os lados. Seu rosto estava encovado. Desde o suicídio de Maria não conseguia dormir bem nem se alimentar de forma decente. Às vezes, sentia-se tonto e o estômago nem mais roncava. Uma pressão invisível que tinha se instalado em seu peito ia se reduzindo dia a dia, diluindo-se com o avançar das horas, mas naquela manhã, por alguma razão, pulou da cama. Jurava ter alguém deitado do seu lado. *Sentia* uma presença, fria, ameaçadora. Levantou-se da cama. A casa em silêncio total. Ezra suspirou. De fato havia alguém. A pequena Miriam. O lenhador tinha colocado o berço da bebê em seu quarto. Ela dormia profundamente. O leite de cabra, diluído como recomendara a parteira e depois confirmaram as lavadeiras na fonte da vila, tinha funcionado bem. Ele tinha usado um artifício tolo, mas que ao menos surtira o efeito desejado. Perguntava, por curiosidade, o que alguém faria para alimentar um recém-nascido caso secasse o leite nos peitos da mãe. Bastou isso para as mulheres começarem uma algazarra danada, cheias de suas crendices, dizendo que coisa assim só acontecia quando havia na casa uma presença maligna, ou a visita da invejosa Lilith, ou quando a mãe violava as leis do livro sagrado. Para o bem do lenhador e da pequena Miriam, pelo menos todas concordaram que a melhor saída era misturar água limpa ao leite de cabra e pedir a Yahweh para que o bebê aceitasse o leite de outras tetas. As cólicas, mesmo sendo razão de dores lancinantes, seriam o menor dos problemas para se preocupar. Relembrando as mulheres agitadas e vendo o rosto calmo da pequena, Ezra chegou a esquecer o fantasma de Maria por um instante e pegou-se sorrindo. Alisou o rostinho da menina que agitou os bracinhos repetidas vezes, espichando-os e recolhendo-os rapidamente, como se estivesse a ponto de cair do berço. Ezra sorriu de novo. Como era espertinha aquela pequena! Abriu as janelas da casa, apanhou o balde na cozinha e foi caminhando até o poço. Estava lá puxando a cabaça com água quando uma grande e gorda coruja pousou nas madeiras que guarneciam a mureta de pedra ao redor do reservatório. Ezra assustou-se com a chegada repentina e o farfalhar insistente da ave. Deu passos para trás e acabou por tropeçar numa pedra, indo ao chão. Lembrou-se imediatamente do bode, mas dessa feita seus olhos ficaram nos olhos gigantes da coruja cinza, gelando seu sangue. Ezra levantou-se maldizendo a criatura. Ergueu o balde de madeira e tornou a casa. Ia precisar de uma mulher para ajudá-lo com a pequena Miriam, não teria outro remédio. Precisava arranjar uma mãe substituta.

Ezra acordou ensopado em suor. Tinha sonhado a noite inteira com a jovem Maria. A menina estava sentada na beira do poço e chorava, sem dizer-lhe a razão de tanta tristeza. Ezra suplicava. Pedia que a jovem revelasse sua dor, seu desespero. Ela só tinha afundado mais a cabeça num manto negro e soluçado alto. Penas cinza escapavam do manto, como se a menina escondesse no tecido uma ave que lutava para escapar. Depois, como os sonhos têm essa natureza mutante, andavam os três numa praia. Miriam, aparentando coisa de quatro anos de idade agora, ia bem no meio, de mãos dadas com a mãe e com o protetor. Depois de um bom tanto andar, pararam e acenaram para os barcos dos pescadores, a luz do sol baixando e prateando todo o mar. Quando o sol, durante o sonho, sumiu no horizonte, foi que as coisas assumiram um aspecto mais bizarro. Assim que a escuridão tomou o céu, a pequena Miriam soltou-se das mãos de Ezra e Maria e começou a correr. Bastou que se afastasse alguns metros para o lenhador começar a chamá-la em voz alta, com medo. Um vento forte varreu a praia e em segundos converteu os grãos da paisagem em uma cortina. Ezra gritou mais alto, contudo a infante sumiu de seu campo de visão, tragada pela tempestade de areia. Apertou os olhos e ergueu a touca grossa de sua túnica para proteger o rosto dos grãos que raspavam a pele. Quando virou-se para Maria, deu um grito de pavor. A mulher soltava golfadas de sangue pela boca. A jovem mãe caiu de joelhos e foi enchendo o chão com aquele líquido viscoso e grosso. Quando correu para longe da mulher, caiu sentado no banco de madeira de sua sala. Era noite. A luz da candeia lançava uma luminosidade fraca sobre os objetos, cintilante, a chama repicando como se uma corrente de ar que não podia sentir atravessasse a sala. Reagindo ao pesadelo, seu coração estava disparado. Aos poucos se acalmava revendo aquela cena que tanto adorava. Maria estava de joelhos sobre o chão de tábuas, e seu corpo, trajando uma camisola branca e transparente, balançava, embalando a bebê. Novamente a mãe entoava serenamente a canção do boi. Baal. O deus antigo que protegia aquelas terras próximas ao Jordão. O deus que pedia cabras e cordeiros para abençoar os ciclos da terra. Ezra sorria novamente. Apesar de sombria e portadora de um punhado de maus agouros, a canção era evocada com tanta docilidade, tanto amor, que acalmaria até o coração de um cão. Ezra projetou o corpo para a frente sem levantar-se. A luz chegava melhor agora. Deteve-se antes de tocar o ombro de Maria. Reparou na pele da jovem mãe. Estava ressecada, como que recoberta por areia. O lenhador engoliu a saliva. Olhou para os pezinhos de Miriam que se agitavam no ar. Ela soltava gritinhos. Desceu os olhos até o cotovelo de Maria. Seu braço estava seco, mirrado, cadavérico. Ele levantou-se vagarosamente. Não era Maria que estava ali cantando aquela canção. Era outra coisa. Era uma assombração. Ele pegaria seu machado e tiraria a pequena Miriam dos braços daquele fantasma! Esticou-se em direção à cozinha. Foi nessa hora que a criatura parou de cantar e encheu a casa de um silêncio opressor enquanto se virava vagarosa para ele. Ezra bateu as costas contra o batente grosso do pilar da sala. Não acreditava no que via. Sobre o pescoço esquelético da assombração não existia a cabeça de Maria. Era a cabeça de um boi negro! Um boi que tinha olhos remelentos, viscosos e reflexivos e o encarava, chifrudo, medonho, enorme, assustador. Em seu colo, a caveira de um bebê se remexia e chorava. Ezra gritou e abominou o que via, clamando pelo seu deus. O boi mugiu furioso, ameaçador, e Ezra novamente gritou. No meio do grito desesperado o lenhador abandonou a vigília e se colocou alerta. Seu corpo inteiro tremia enquanto um alívio se espalhava por todo o corpo ao perceber que a agonia que sua mente experimentava não passava de um engodo. Ezra chegou a colocar a mão no peito ao sentir-se mais aliviado. Levantou tonto de sono. A candeia na cozinha guiou seu caminho. Tomaria uma caneca com água. Pesadelo horrível. Quando voltava, a luz revelou algo na sala. Todos os pelos de seu corpo arrepiaram-se no mesmo instante. Um lençol branco no chão. Um lençol que ali não estava quando adormecera. Sobre o lençol a pequena Miriam, balançando bracinhos e perninhas no ar, descoberta. Ezra sentiu tontura. Era ela. Só podia. Maria assombrava sua casa. De tão atordoado e assustado quase não teve forças para tirar Miriam do chão. Voltou com a bebê para o quarto e fechou a porta. Um filete de sangue escapava do diminuto narizinho da criança. Alguém bateu em sua janela. Ezra gritou para que o demônio fosse embora. Ezra orou até o nascer do sol, gelando a cada barulho escutado do lado de fora da casa, a cada balido do bode e a cada pio da coruja. Miriam chorou de fome.

O homem passou o dia preocupado. Era óbvio que os pesadelos não haviam sido só pesadelos. Sua rústica casa de homem solitário estava assombrada. Maria, de alguma forma, tinha transposto o manto da morte para vir estar com a filha. Poderia até não ser um espírito daninho, mas tinha estado na casa, regurgitado do além. O lenhador mal conseguia ficar lá dentro sem ser assaltado pela perturbadora lembrança do corpo esquelético com cabeça de boi. Como tinha de se ocupar com as coisas da neném, a assombração ficou relegada gratamente a segundo plano. Depois do almoço correu à vila para falar com o primo João. A ele confidenciou parte do que se passou, escondendo que a jovem mãe tinha se suicidado e que ele a sepultara clandestinamente na tumba de sua família, sobre o corpo já carcomido de sua Saienne. Disse ao primo apenas que não sabia mais de Maria e que agora lhe tinha ficado a menina para cuidar. Pediu a ele discrição e desculpas ao mesmo tempo. Sabia que João era discreto e querido por toda a comunidade. O lenhador precisava de ajuda para arrumar uma mulher que pudesse cuidar da pequena durante o dia. João tinha irmãs, tias e muita gente conhecida ao redor. Muitos vinham até ali buscar aquelas margens onde os primos conversavam e entravam nas águas até os joelhos junto de João para receber o batismo.

João Batista deteve sua atenção nos olhos claros do primo. A serenidade rotineira não estava ali. Ezra tinha um fio de tormenta revolvendo seu espírito.

— Ezra, se minha mãe não tivesse ido até Nazaré esta semana, ela ficaria com a pequena de bom grado. Acalma teu coração, bom primo. Daremos um jeito para que não se aborreça com a presença da menina.

— João, a menina não me aborrece em nada. Acontece que lenhadores nada sabem de crianças. Preciso que uma boa mulher cuide da criança enquanto estou no trabalho.

— Ezra, Ezra.

Os primos sorriram um ao outro e se despediram.

Quando a noite chegou, Ezra colocou-se alerta. Pôs a bebê em sua cama em vez de no berço e ficou observando seu sono. A pequena estava banhada e alimentada, e, como é comum na idade, dormia tranquilamente mais uma vez. O cuidadoso lenhador tinha deixado a bebê cheirosa, espalhando sobre sua pele e cabelos óleo perfumado. Vigiou o sono da pequena até que sentiu seus olhos pesarem e, mesmo lutando com todas as forças para levantar-se e manter-se alerta e vigilante, adormeceu.

Quando voltou do sono, pulou da cama transpirando. Fora da casa já era manhã. Olhando pela janela aberta viu que o bode caminhava próximo ao poço, tilintando o sino em seu pescoço. Podia ouvi-lo perfeitamente. Ezra olhou para a cama. Sua filha não estava lá! Levantou-se assustado e correu até a sala. Onde encontrara a menina na manhã anterior, encontrou-a novamente. Estava sobre o lençol branco, adormecida. Não achou filete de sangue dessa vez, mas ao tirá-la do chão sentiu um frio na espinha. Miriam estava estranhamente amolecida e ardia em febre. Alguma doença muito grave parecia instalar-se na pequena. Ezra, ainda abalado, enxugou as gotas que desciam pelo queixo e tentou controlar os soluços. Não estava ficando louco! Não! Maria tinha retornado a casa. Por quê? Por que tinha pegado a pequena Miriam? Por que tinha saído de seu sepulcro como demônio maldito? Talvez porque era uma suicida. O caminho dos suicidas é sempre o mais penoso. Podia muito bem ser por sua culpa. Afinal, ele a tinha colocado numa cova que não era dela. Tinha escondido o corpo de Maria na tumba de Saienne. Isso não estava certo. Tudo contribuía para a loucura do vivo e do morto. Ezra tinha que dar um jeito naquilo. Sabia exatamente o que havia acontecido: Maria se tornara uma vampira.

Quando anoiteceu, Ezra buscou se precaver. Era sabido que os vampiros detestavam alho. Colocou réstias nas portas e janelas da casa e também costurou um cordão com dentes de alho e colocou-o no pescoço da pequena, como um amuleto para afastar a assombração. Fez um cordão com sete dentes e também protegeu seu próprio pescoço. Antes de recolher-se ao leito, fez todas as orações que sua mente conseguiu resgatar e ficou quieto, deitado com um candeeiro aceso dentro do diminuto cômodo, com a bebê aninhada ao seu lado. Ela dormia profundamente e não havia mais sinal do febrão que queimara sua testa de manhã. A noite avançou lentamente. Um vento forte lambia a colina onde ficava sua propriedade e, bem longe, Ezra ouvia o sino do bode badalar. Maldito bode! A madrugada ia entrando quando Ezra, cabeceando de sono, deu tento a uma estranheza. Não ventava mais nem ouvia barulho algum. Fora da casa imperava um silêncio assustador. Foi do meio desse silêncio incômodo que a canção surgiu, invadindo seus ouvidos. A canção do boi da cara preta. A canção da mãe defunta. A canção de ninar que costumava embalar a criancinha. Ezra olhou para a bebê. Ela estava acordada e movia os bracinhos. Lançou um sorriso para o lenhador ao encontrar seus olhos. Ezra engoliu a saliva enquanto procurava se acalmar. Talvez fosse sua imaginação. Não. Não era. A voz de Maria começou a chegar cada vez mais clara e mais alta, até ficar bem nítida em frente à janela do quarto, ao lado da cama do lenhador. A maldita sabia que Ezra e a bebê estavam no quarto. Ezra apertou os ouvidos. A música foi ficando mais alta, mais melosa, carinhosa. A vampira não parou. Cantou por horas a fio. O lenhador tremia da cabeça aos pés. A certa altura a bebê começou a chorar e a girar o corpo na direção da mãe. Foi quando a defunta começou a arranhar a madeira da janela. O homem não sabia o que fazer. Agradecia simplesmente pelo fato de ela permanecer do lado de fora. O que faria se ela entrasse?

O que faria para salvar a bebê das garras daquele monstro? Miriam começou a chorar mais alto. Ezra a colocou no colo, mas sem sucesso algum. A música entrava pela parede, pelas frestas da janela, pelas telhas. A canção do boi da cara preta. A canção terna e contínua. Ezra sentiu os olhos pesarem e lutou com todas as forças. Quando os abriu novamente, era manhã, Miriam não estava em seus braços nem na cama. A bebê, mais mole que na manhã anterior, jazia no chão da sala, com os lábios azulados, a febre comendo seus miolos.

Ezra correu ao primo, que escovava uma mula próximo ao rio. Seu rosto preocupado franqueou a conversa com ele.

João, mais uma vez, ouviu o lenhador em silêncio. Não fez chacotas com o caso de assombração. Muito pelo contrário, assumiu uma postura contraída, cheia de pesar. Ezra não era um supersticioso nem se deixava impressionar com pouco. Se chegava com aquela queixa e tão intensos testemunhos, era porque de fato algo de tormentoso assolava seu coração.

— Junto com minha mãe, chega no começo da semana nosso amado primo Yeshua, para ser batizado no Jordão. Preserva-te até lá. Meu bondoso primo vem realizando prodígios, certamente há de ir até sua casa e derramar a graça de Yahweh por todos os lados.

— Hei de aguardar a chegada de nosso primo, mas temo pela pequena. A febre agora não passa. Se é mesmo uma vampira que vem todas as noites, pode estar roubando sua pequena alma aos bocadinhos.

— Almas não são pequenas, primo. Cuida da Miriam e ela suportará a tribulação até Yeshua estar entre nós.

Ezra suspirou, resignado. Uma pomba branca voou do telhado do celeiro e pousou sobre a mula, arrulhando. O lenhador afastou-se, despedindo-se de João. Esperaria.

Carcomido pela insegurança, com medo de que Yeshua tardasse em sua visita, caminhou até a encruzilhada dois quilômetros ao sul da vila Era lá, quando a pequena trilha até seu vilarejo encontrava com a via pavimentada pelos infiéis romanos, que se juntava uma procissão de tendas de vendedores ambulantes. Conhecia a fama dos amuletos de purificação e afastamento de demônios que o velho

Natanael comercializava com habilidade. O lenhador cercou o velho com perguntas sobre amuletos para afastar os mortos viajantes, conjurar assombrações e diabos. Natanael assediou o espírito combalido de Ezra, que não teve alternativa a não ser revelar, parcialmente, seu tormento. Não falou sobre o bebê, apenas. Afirmou que uma morta recente voltava da cova noite após noite para assombrar um amigo de um povoado não muito distante.

O homem saiu da tenda de Natanael com Baal pendurado ao pescoço, quatro estacas com orações antigas pirografadas em seus corpos, óleo místico perfumado de Cafarnaum para ser passado num instrumento de corte, um pergaminho com outras rezas e os bolsos vazios. Ezra não esperaria pela vinda do Prodígio de Nazaré. Daria um jeito naquela situação à maneira de Natanael. Sabia que a frágil Miriam não resistiria a novos ataques de sua mãe diabólica. Sucumbiria sem forças ou vitimada pela febre.

Ezra suava frio. As ferramentas nas mãos e o ídolo Baal pendurado no pescoço, que o velho beduíno tinha lhe vendido na encruzilhada antes de os romanos passarem no meio da tarde, não levantariam tantas suspeitas quanto a sua simples presença ali, na boca do campo sagrado àquela hora da noite. Em seus 46 anos de vida talvez nunca tivesse sentido tanto medo e apreensão como experimentava agora. Tinha estado ali noites atrás, quando arrastara o cadáver para a cova de sua família, mas agora era diferente. Se antes apenas imaginava se essas coisas assombradas podiam mesmo existir, naquela noite tinha certeza de que todas as criaturas assombradas de que tinha ouvido falar podiam estar espreitando. O vento cortava a encosta do morro e fazia sibilar as folhas das oliveiras, obrigando Ezra a proteger melhor o corpo do frio que aumentava a cada passo dado em direção à tumba. Quando chegou à cova de Saienne, agora portando o corpo da jovem Maria, Ezra caiu de joelhos. O lenhador abriu o pequeno frasco de óleo perfumado e espalhou o líquido sobre o fio afiado do machado. Soltou uma corda amarrada ao peito, deixando uma pá cair. A terra e as pedras sobre o túmulo não pareciam ter sido revolvidas. Como a vampira conseguia deixar a cova todas as noites? O lenhador foi esquentando com o esforço repetido. Em coisa de uma hora conseguiu chegar ao sudário que envolvia o corpo da jovem mãe. Apanhou o machado e, com a ponta da ferramenta, conseguiu abrir o tecido. Seus olhos se arregalaram. Havia não um corpo, mas dois! Nenhum deles era Maria. Via os restos mortais de Saienne com um bebê no colo. Saienne era agora um esqueleto, com longos cabelos vermelhos saindo da caveira. Envolto em seus braços, o pequeno bebê Tiago, natimorto, que deveria estar imóvel, mas agora, enquanto os olhos de Ezra enchiam-se de agonia, virava a cabeça em direção ao pai, bebê feito de pele e osso, olhos negros, encovados, apontando para o céu negro, e com uma voz vinda dos infernos avisava ao homem que beirava o território dos loucos:

— Corre, pai! Ela não está aqui!

Ezra quase tombou desmaiado. Seu coração batia tão forte que o pescoço tinha enrijecido, e as veias, saltado. O homem entendeu. Maria não estava na cova. Não era uma alucinação. Maria estava à solta na noite. Maria estava com Miriam!

O lenhador deu as costas para a cova e levantou-se, partindo em desabalada carreira, deixando a pá e três das estacas no chão do cemitério. Tão atordoado, não olhou para trás. Não viu a grande coruja que pousou no buraco da cova e lançou bicadas contra o bebê exposto ao céu da noite.

Ezra não parou de correr um instante. Conhecia a trilha. Coisa de vinte minutos depois, com o suor empapando peito, costas e abdome, com filetes grossos descendo dos cabelos e fazendo arder os olhos depois de vencer as densas sobrancelhas, o lenhador avistou o caminho que levava até sua casa. As portas e janelas fechadas como tinha deixado. Orava para que Maria ainda estivesse na cama e todo aquele tormento não passasse de coisas da sua imaginação. Tinha deixado a infanta em sua cama, coberta pelo pergaminho de conjurar demônios, e nela também tinha passado o óleo de Cafarnaum. Tudo para protegê-la, para deixá-la em segurança durante aquela expedição que não duraria mais que três horas. Contudo, a ampulheta tinha se invertido. Maria estava adiantada. Empurrou a porta de entrada. Trancada por dentro! Empurrou a folha da porta. Não cedeu um centímetro! As janelas também estavam trancadas, ele mesmo tinha providenciado isso Chutou a porta. Nada. Recostou-se um segundo.

O coração saía pela boca. Então aquilo o bombardeou. Dentro da casa, ouvia nitidamente a canção de ninar de Maria! Estava ninando sua filha. Estava roubando-lhe a vida. Miriam não suportaria outra madrugada nas garras da vampira. Maria queria carregá-la para o mundo dos mortos para partirem juntas. Ezra não queria que a bebê pagasse pelos erros e falta de temperança da mãe. Ergueu o machado e a golpes poderosos acabou com a porta. Estava tomado pelo ódio e pela urgência. Entrou tropeçando em lascas de madeira, com os olhos esbugalhados, procurando as duas sob a luz fraca da candeia. Estavam ali, no chão da sala. Maria virou-se de maneira lenta para encarar o lenhador. Levou o dedo indicador à frente dos lábios e entre o ninar expeliu um chiado pedindo silêncio. Os olhos do lenhador marejaram. A pequena Miriam parecia morta, com a boca roxa e os olhos fechados, negros, fundos nas órbitas. Maria tinha veias escuras saltando nos braços e pescoços. Apesar de repugnante, sua aparência nada tinha a ver com uma pessoa morta, que deveria estar sendo comida pelos vermes a essa altura. A canção do boi reverberava pelo casebre. Ezra tremia dos pés à cabeça, mas firmou a mão no cabo do machado ungido e aproximou-se pé ante pé. Não haveria medo mais forte que seu amor pela menina. Ao contrário do que imaginou, a mãe não se mexeu, não buscou fugir. Talvez pressentisse, talvez soubesse como todos os pais sabem o que era melhor para a filha. O golpe foi certeiro e potente o suficiente para separar a cabeça do corpo. Enquanto a cabeça da jovem rolava e o corpo desfalecia, Ezra correu para acudir a pequena Miriam. Carregou-a correndo para o quarto. Deitou-a sobre o lençol e deixou-a nua. Não conteve as lágrimas quando notou que o peitinho subia e descia devagar. Febre não existia e o roxo ao redor da boca estava ficando visivelmente mais fraco, tênue, quase desaparecendo. A filha postiça dormia o sono dos puros e inocentes.

O lenhador voltou para a sala. O corpo não tinha sangrado. Talvez porque estivesse morto, porque o coração das assombrações não palpitasse dentro do peito deixando de carregar o milagre da vida para todas as células. Ezra suspirou fundo e arrastou o corpo para fora da casa, deixando-o ao lado do poço. Apanhou a cabeça e colocou-a junto ao cadáver. Com o machado, esculpiu uma nova estaca de madeira e cravou-a bem no coração da morta-viva. Tornou a entrar na casa e trouxe da cozinha um frasco com óleo da candeia, esparramou sobre os restos de Maria e ateou fogo. Ezra acompanhou o crepitar da carne morta sendo comida pelas chamas que foram aumentando. Tornou a confabular sobre a menina morta-viva. Ela sabia que seria atacada. Sabia que seria separada da filha. Sabia. Não lutou. Talvez impossível para ela fosse só manter-se longe dali, longe da casa, longe da criança. Bem provável que por dentro estivesse implorando para que o bom protetor desse logo fim àquele suplício de vir drenar a vida da própria filha noite após noite. Maria amava o bebê no final das contas.

Ezra agarrou o corpo pelos calcanhares e o arremessou pela boca do poço. Ouviu o barulho da água sepultando a menina, chamando-a para a última morada. Virou-se e apanhou a cabeça. Ainda mirou aquele rosto acinzentado uma última vez. Inacreditável. Soltou os cabelos de Maria e novamente a água devorou as partes da morta. Foi até o barracão ao lado de sua casa e retornou com uma marreta. Não precisou de muita força para acabar com a mureta e encher parte do poço com as pedras e a terra que cercavam a boca. Logo que amanhecesse terminaria de tapar tudo com terra. Seria sua última infração às leis da Torá naquele episódio sombrio. Daquela noite em diante nenhuma coruja piou em seu quintal, nenhum balido de bode assombrou sua noite e nem mais foi despertado pela canção do boi da cara preta. Às margens do Jordão encontraria muitas árvores para trabalhar. Trataria de mudar-se dali com a pequena Miriam. Mudaria ou cavaria um novo poço para dar água fresca à sua filha.

THALITA REBOUÇAS nasceu no Rio de Janeiro em 1974. Formou-se em Jornalismo e trabalhou na *Gazeta Mercantil*, no *Lance!* e na TV Globo. É a autora de livros infantojuvenis mais lida do país, com 13 obras publicadas e mais de um milhão de exemplares vendidos.

NA MATERNIDADE

Pelada pra mim é um troço muito importante. Desde sempre, toda segunda-feira, tenho a minha pelada com os amigos. O time dos jornalistas esportivos (em que me incluo) contra os que cobrem qualquer outra coisa que não seja esporte. Não abro mão da minha pelada que, diga-se de passagem, é coisa séria, não é coisa de amador não! Tem camisa numerada, caderno com as estatísticas de vitórias, derrotas, artilheiros e, claro, cerveja com churrasco depois... É aquele dia da semana que é só da homarada. Meu dia. A Angela Cristina, como toda mulher de peladeiro, detesta o meu dia de pelada. Diz que não entende como um bando de marmanjos leva tão a sério "um jogo idiota", como conseguimos deixar mulher de lado em prol de futebol e outras barbaridades do gênero.

Ela, definitivamente, odeia as segundas-feiras. Ódio mortal. Muito por causa da minha atitude pós-casamento, admito. A gente se casou num sábado e só comprei as passagens da viagem de lua de mel pra terça seguinte.

— Angela Cristina, eu não posso faltar a esse jogo, já não fui na semana passada por conta da gripe e se faltar duas vezes seguidas sou suspenso por dois meses. Dois meses!

— Caguei pra sua pelada, Armando! Quero que você seja suspenso por dois anos, por vinte anos! Eu quero viajar!

— Amor, a gente tem a vida toda pra viajar. Pelada é só uma vez por semana. Eu jogo, e a gente vai no dia seguinte. Qual o problema?

— O problema é que a gente está em lua de mel e você prefere suar com um bando de pernas de pau, brigando por uma bola estúpida, a ficar comigo!

— Não é isso... é que...

— Você prefere a pelada a mim, Armando? Sim ou não?

— Não. Mas eu não posso deixar meus camaradas na mão. Prefiro vacilar com você, que me ama e me entende, do que com vinte caras que têm um único dia para se divertir na semana sem as mulheres e namoradas.

Quer argumento melhor do que esse? Mais coerente que esse? Angela queria.

— Que bela explicação, Armando. Muito bom pra autoestima ouvir isso — debochou. — Escuta aqui: vai ser sempre assim?

— Vai. Pelada pra mim é sagrado. Assim como futebol no domingo. Se não vou ao Maraca, fico em casa vendo jogos o dia inteiro.

— Nossa, que delícia a vida de casada — ironizou.

E saiu da sala revoltada. Meu Deus, é tão difícil assim entender a importância do futebol na vida de um homem?

Bom, peladas à parte, parecia estar tudo certo para Maria de Lourdes nascer no fim de semana.

— Acho que de sábado não passa — opinou o médico.

Passou. E passou o domingo também. E chegou a segunda. Quando escrevia uma matéria sobre torcedores fanáticos de clubes pequenos, recebi um telefonema na redação da revista:

— Armando. Tá na hora.

— Hora de quê? Não vai me dizer que você marcou médico de novo pra mim e esqueceu de me avisar! Já disse que não gosto dessa sua mania!

— Que médico? Eu tô falando da nossa filha, que vai nascer! Tenho que ir pra maternidade agora!

Atônito com a situação, larguei tudo e fui pro hospital, ansioso, nervoso, temeroso.

E nada da Malu nascer.

— Demora assim mesmo, doutor? — perguntei, aflito, depois de uma hora e meia de espera.

— Depende. Tem mulheres que chegam à maternidade e já vão logo pra sala de parto. Outras esperam até umas seis horas. E como a Angela Cristina quer parto normal, precisa de uma dilatação maior.

— Ô, amor, colabora, então! Dilata aê! — impliquei, para fúria da futura mamãe.

— Não é hora pra piada, Armando. Contração dói, Armando. Cala essa boca e segura a minha mão, Armando! Ai! Sem quebrar a minha mão, Armando! É muito difícil segurar a mão de alguém? É? É?

Angela Cristina sempre foi afeita a demonstrações de carinho em público. Naquele dia, estava especialmente inspirada.

Seis da tarde e nada ainda.

E Angela Cristina cada vez mais carinhosa.

— Aaaaai! Aaaaaaai! Tô tendo uma contração! Anda, aperta a minha mão, seu inútil!

Alguma dúvida de que o inútil em questão era eu?

Gemeu, gemeu, gemeu. Chamamos o médico. Nada. Ela precisava dilatar mais. Eu estava ficando tenso.

Seis e meia e eu já suava frio. Ainda bem que nasci homem, comemorava em silêncio. Tenho plena consciência de que não suportaria aquele martírio.

Seis e quarenta. O médico entrou no quarto e finalmente deu a boa notícia:

— Você queria parto normal, e parto normal vai ser, Angela Cristina. Já está bastante dilatada, podemos ir pra sala de parto. Você vai acompanhar, Armando?

— Claro que não, doutor. Ele é um frouxo, não pode ver sangue que desmaia. Vou com a minha mãe mesmo.

Como é claro como água, o humor de Angela Cristina não estava dos melhores.

— Repara não, doutor, ela não é sempre assim. Vai lá, benzinho. Vai e fica calma, tá?

— Como é que eu vou ficar calma se eu tenho a sensação de que vou parir uma melancia gigante, Armando? Me diz como é que se fica calma numa situação dessas? Tem algum caso de grávida que matou o marido, doutor? Porque, se tiver, eu entendo.

Ainda bem que ele não respondeu (o cara devia estar com pena de mim) e rapidamente a levou rumo à sala de parto.

Maria de Lourdes nasceu às 18h57. E a verdade é que ela era muito amada, muito esperada, muito querida, mas tão, tão feinha... Levei um susto quando a vi.

— Ela tem pés gigantes, cabelo nas costas e cara de joelho inchado! Feia de dar dó, tadinha!

— Armando, não fala assim da nossa filha! Ela é linda!

— Linda? Ela é um bebê recém-nascido e nenhum bebê recém-nascido é lindo, Angela Cristina!

— Não diga sandices, a minha bebê é linda. A mais linda do mundo!

Com uma recém-mãe, melhor não discutir. Não dava para usar a lógica naquele momento. Mulher é feita de outro material.

A minha sogra se encarregou de ligar para os parentes e amigos enquanto minha filhota vinha ao mundo. Quando eles chegaram, fui orgulhoso para o berçário mostrar o joelhinho esquisito que saiu da barriga da minha mulher.

Com lágrimas nos olhos, eu, babão que só, mostrei para todos minha Maria de Lourdes, ao lado de outras famílias que também comemoravam o nascimento de suas crianças. Ela dormia serena, num bercinho, enquanto, pelo vidro, eu a exibia para os amigos, mentia dizendo que ela era a cara da mãe e apreciava seu comportamento impecável, tão quietinha, uma lady. Aquela ali, já dava pra ver, não ia dar trabalho, não seria respondona, cresceria e se transformaria num poço de tranquilidade e inteligência, dormiria e nos deixaria dormir.

Estávamos todos emocionados, abraços e felicitações incessantes, lágrimas incontidas, tapinhas nas costas, sorrisos abestalhados. A felicidade se encontrava ali, naquele berçário. E atendia pelo nome de... Luiz Ernesto.

Luiz Ernesto?

Não! Não podia! Aquele bebê que eu estava há tempos olhando fixamente e amando incondicionalmente era um cueca! Era Luiz Ernesto, não Maria de Lourdes! Quem reparou o erro foi o sogro, que, ao contrário do boçal aqui, leu o nomezinho pregado ao berço. Minha filha era a chorona do berço ao lado. A única que estava com o berreiro aberto. Desfeito o erro, chorei junto com a pequena, aquele pedaço de mim que já chegava mostrando que tinha personalidade forte e fome. Muita fome. E que não era exatamente um poço de tranquilidade.

Subiu para mamar. E eram sete e meia.

Dez minutos depois, sozinho com minha filhinha e minha mulher no quarto, entre uma visita e outra...

— Angela, eu estou muito feliz.

— Eu também, meu amor.

— Te amo mais que tudo nesta vida. E a Maria de Lourdes é a coisa mais importante do mundo pra mim. O melhor presente que você poderia me dar.

— Ô, Armando...

Estava muito romântico e mexido com a situação. Eu agora era pai. Pai! Que responsabilidade!

Aproveitei que meus pais, sogros e amigos estavam lá para dar uma passada em casa e pegar uma roupa para dormir com a Angela na maternidade.

No caminho, olhei pro relógio e só então vi que ainda eram dez pras oito da noite.

Não pude evitar pensar que...

Se eu acelerasse um pouquinho, só um pouquinho, podia ir pra pelada.

Qual o problema? Angela estava muitíssimo bem-acompanhada na maternidade, que mal faria uma pelada comemorativa? Ela nem ia saber que eu tinha ido jogar. Pensei, pensei... e decidi: por que não?

Entrei no primeiro retorno e fui para o campo.

— Sua filha não nasceu ainda, Armando? — perguntou Meton assim que me viu.

— Que nada, nasceu hoje!

— Hoje? — fizeram uns cinco, em coro.

— É, acabou de nascer.

— E o que você tá fazendo aqui, cara? — indignou-se Victor.

— Vim jogar, ué.

— Por quê? — indagou Lelé.
— Por que você não tá com a sua mulher, maluco? — quis saber o Caíca.
— Porque pensei comigo: minha mulher tá bem? Tá ótima. A neném tá bem? Maravilhosa, cheia de saúde. Tem gente lá na maternidade com elas? Tem família, amigos e mais um pouco. Quer dizer, eu não precisava ficar lá. Achei que ia ser bom bater uma bola pra aliviar a tensão.
— Sua mulher sabe que você tá aqui?
— Claro que não, Fernandão. Ninguém sabe. Decidi no carro, no caminho de casa. E só vim porque tem tanta gente com elas que ninguém vai nem notar que eu não estou na maternidade.
— Tu é louco, mermão! — acusou Zé Berê, rindo.
— Sou não. Quero só dar uma desanuviada, esse negócio de parir cansa.

O povo riu e logo se acostumou com a ideia de me ver ali. O espanto deu lugar a abraços de parabéns e, em pouco tempo, a pelota estava girando no campo. Não fiz um gol. Fiz quatro. Quatro golaços pra Maria de Lourdes, minha pequena, esfomeada e esquisitinha Maria de Lourdes. Minha muito amada Maria de Lourdes.

Depois do jogo, suado como um porco e bufando como um burro de carga, deitei no meio do campo, cansado, esgotado e muito emocionado. Botei as mãos sobre o rosto e chorei. Chorei muito, um choro sentido, engasgado, que estava pra acontecer havia muito tempo, mas só aconteceu ali, naquele lugar que era sagrado pra mim. Talvez só então tenha caído a ficha de que daquele dia em diante, por toda a minha vida, eu seria responsável por uma menininha frágil e chorona, como o pai. Que ia crescer, namorar, viajar, aprender, errar, virar uma mulher muito bacana... e seria pra sempre, mesmo quando adulta, a minha menina. Minha eterna menina. Uma minipessoa que certamente era a coisa mais importante do mundo naquele momento. A coisa mais brilhante que eu já fizera.

Depois de ganhar abraços sinceros dos companheiros de pelada, tomei banho lá mesmo, troquei de roupa e, roxo de saudade daquele rosto amassadinho por quem eu já tinha tanto amor em tão pouco tempo de convívio, nem passei em casa. Voei para a maternidade. Lá, as duas mulheres da minha vida dormiam como anjos. Fui para perto do berço e não conseguia parar de olhar para Maria de Lourdes. Absolutamente hipnotizado, idiotizado, encantado. Ela era perfeita, tinha saúde e muito, muito cabelo. Extasiado, constatei que aquele, sim, era o melhor gol da minha vida. Um gol de placa.

EDUARDO SPOHR nasceu no Rio de Janeiro em 1976. Formou-se em Comunicação pela PUC-Rio e se especializou em mídias digitais. Trabalhou como repórter e redator no Cadê Notícias, na StarMedia, no iG e depois como analista de conteúdo do Ibest, além de editar o portal Click21. É autor dos romances *A Batalha do Apocalipse* (2010) e *Filhos do Éden* (2011), ambos publicados pela editora Verus. Seus livros frequentam as listas dos mais vendidos de diversos veículos de comunicação do país.

FOGO E TREVAS

Naga rastejou como uma cobra pela sala empoeirada, cabeça colada ao chão, braços e pernas contra a pedra fria. Acomodou-se atrás de uma das muitas colunas da câmara subterrânea. Cauteloso, ergueu o corpo e observou o lugar.

Vazio, pensou. Nada além de entulhos: restos de armas, esqueletos e pedaços de rocha, remanescentes de um combate acontecido há muito tempo. O aposento, amplo como os salões dos castelos, estava iluminado apenas por um feixe que entrava pelo teto, indicando ser ainda dia no mundo exterior.

Convencido de que não havia perigo, o arqueiro se levantou, projetando uma silhueta negra contra a parede. Por precaução, pôs uma flecha no arco. Em seguida, assobiou duas vezes, imitando o ruído de um rato, e seus companheiros finalmente ingressaram na sala.

Quem vinha primeiro era Artimus, o cavaleiro, segurando sua enorme espada de duas mãos. Trajava uma armadura de placas de metal, com o visor do elmo levantado. Alana, a feiticeira, caminhava logo atrás, seguida pelo bruxo Zamir, com suas vestes negras e cajado de marfim escuro. Na retaguarda apareceu Grammal, um guerreiro bárbaro meio gente e meio orc com a força de três homens, carregando um pesado machado duplo com lâminas-irmãs nas duas extremidades.

— Está limpo — Naga desembainhou sua espada curva e a usou para cutucar o chão. — Eles devem ter morrido há pelo menos cem anos — mostrou os cadáveres em frangalhos.

— Eu não gosto deste lugar — resmungou Zamir. Era jovem, de pele branca e cabelos escuros, mas sua experiência dava àquelas palavras um ar veterano.

— Não é o único — disse Artimus. — Existe uma presença maligna aqui. Posso sentir.

— Então acho que seria melhor vasculharmos a escuridão — Alana sugeriu e começou a recitar um feitiço. — *Ast kabar alux gander suamar.*

Da palma de sua mão, nasceu uma esfera de luz que brilhava com a intensidade de uma tocha. Usando suas capacidades mágicas, a moça guiou a esfera telepaticamente, iluminando, uma a uma, todas as alcovas e partes obscuras.

— O que me incomoda não é a escuridão, mas a luz — Zamir apontou para o raio que penetrava do teto.

— Alguém fez esse buraco — comentou Grammal, que conhecia bem o trabalho em pedra, pois tinha escavado minas nos seus tempos de escravo. — Não foi resultado de um desabamento.

— É claro que foi calculado — retrucou Zamir, impaciente.

— E o que tem isso de mais? — perguntou Naga. Era um guardião, hábil na vida selvagem, mas conhecia pouco da civilização e de sua complexa arquitetura. Templos, castelos e câmaras secretas eram um mistério para ele.

— A luz às vezes é usada para acionar mecanismos, como armadilhas — esclareceu Artimus. — Já vi algumas desse tipo nos túneis de Mir Shans.

O cavaleiro observou o chão cautelosamente e depois teve uma ideia.

— Grammal, ajude-me a subir em uma dessas colunas. De um ponto mais alto poderei observar melhor o piso.

Mas, ao dizer isso, virou o rosto e viu que o próprio Grammal havia trepado numa laje de pedra. Fora criado nas montanhas, onde os caçadores precisavam aprender a escalar em qualquer coisa.

— O que vê daí de cima? — aproveitou Artimus. Grammal era mesmo o melhor para aquela tarefa. Seus olhos de orc, adaptados para enxergar na escuridão, conseguiriam decifrar detalhes mesmo à meia-luz.

O bárbaro ficou calado um instante enquanto fitava o chão.

— Tem algumas linhas marcadas na pedra, como desenhos.

— Que tipo de desenhos? — perguntou Zamir, preocupado.

— Parecem mais inscrições...

— Não as leia! — gritou o bruxo, histérico. O semiorc achou engraçado o nervosismo do companheiro.

— Não sei se você lembra, mas não sei ler. E, mesmo que soubesse, qual seria o problema em...

— BAKU, BAKU, BASAN! — berrou uma voz eufórica sobre outra coluna. Era Milo Pés-Ligeiros, o halfling que havia ficado para trás em certo ponto da caminhada. Como era pequeno e esguio, ninguém o vira chegando, até ele surgir ali, quase como um passe de mágica. — Eu li, eu li — repetiu, contente por ter dado a resposta.

— Acho que são palavras mágicas. Meu pai tinha um livro que contava sobre elas...

— Essa não... — disse Alana, abaixando a cabeça. A expressão de Zamir não era muito diferente.

— O que foi, pessoal? Fiz alguma coisa errada? — quando ele disse isso, toda a câmara começou a tremer.

Artimus desceu o visor, sacou a espada e deu a ordem.

— Espalhem-se!

— O que está acontecendo? — Milo continuava sem entender.

— Eram mesmo palavras mágicas, Milo — disse Alana. — Que ativam um feitiço.

— Feitiço, que feitiço? É coisa ruim? Se for, desculpem...

— Desça já daí! — gritou o cavaleiro. — Grammal, para o fundo da sala. Naga, prepare o seu arco.

"Baku, Baku, Basan" era o gatilho místico para uma armadilha — e não era uma armadilha comum. A escuridão começou a se mover e a convergir para um ponto central. Era como se o breu se solidificasse em forma humanoide, com braços, pernas e chifres. De repente, a tenebrosidade endureceu tal qual rocha vulcânica e dela surgiu um demônio, mistura de negritude e fogo. Tinha três metros de altura, chifres envergados e rosto semelhante ao dos touros, embora fosse impossível distinguir suas feições exatas.

Quando a criatura deu um passo à frente, brandindo um machado flamejante, o aposento sacudiu com seu peso. A pata era do tamanho de uma cabeça humana, tinha cascos negros e duas ferraduras em brasa.

— Um demônio de fogo e trevas — reconheceu Artimus, pronto para investir.

— Ao combate! — berrou o impulsivo Grammal, enquanto Zamir e Alana preparavam seus feitiços.

Recuado, Milo buscou sua faca e tentou raciocinar qual seria a melhor maneira de ajudar, mas ainda estava envergonhado por ter exposto todos ao perigo.

— Gente, foi sem querer — disse, sem receber a atenção dos amigos.

A fera se solidificou no centro da câmara, agressiva, empunhando um enorme machado. Grammal aproveitou-se da vantagem. De onde estava, em pé sobre uma laje, ficava um nível acima do monstro e não pensou duas vezes. Saltou com vigor para fincar seu machado duplo no crânio dele.

Mirou entre os chifres e acertou o golpe perfeito. Mas, em vez de cravar fundo, a lâmina foi repelida e nem sequer feriu o demônio. Era como se a pancada perfeita, aplicada com toda a força, tivesse encontrado um muro de pedra impenetrável.

Grammal escorregou para o chão e, desengonçado, caiu dentro do raio de ataque da fera. Nesse instante, Artimus tomou a frente e rodou sua espada, principiando um movimento ofensivo. Novamente, a investida foi inútil. A arma passou raspando no abdome satânico, sem nem mesmo arranhá-lo.

A resposta veio de maneira cruel e Artimus, posicionado mais próximo à besta, era o alvo. O demônio usou seu machado de fogo e acertou o cavaleiro no ombro. A força do impacto foi tanta, que ele acabou arremessado para o fundo da sala. Teria sido feito em pedaços, não fosse sua pesada armadura de metal.

Por trás de uma coluna tombada, Naga disparou duas flechas, que simplesmente bateram na carcaça e caíram.

— A pele dele é como rocha endurecida — anunciou Artimus, recobrando a postura depois do impacto.

A criatura preparava-se para cortar Grammal ao meio, quando Alana invocou um globo de pura energia mágica. Lançou a bola luminosa sobre o inimigo, e o raio bateu na fronte do monstro, queimando seu peito e parte do braço.

— Esse monstro só é afetado por magia — gritou Zamir, para que sua voz sobressaísse aos sons diabólicos da fera.

— Não acho que os meus golpes de energia sejam suficientes para matá-lo — reconheceu Alana —, mas podem feri-lo.

Artimus e Grammal juntaram-se na linha de combate para uma segunda rodada. Desta vez, o demônio atacou primeiro e foi duro. Usou o machado para acertar Grammal, que só não morreu porque foi rápido o bastante para se inclinar, minimizando a gravidade do corte. Ao se esquivar, contudo, tropeçou e caiu no chão. A criatura aproveitou a oportunidade e pisou nele com os cascos de fogo, pressionando seu corpo contra o solo da câmara. Artimus tentou encravar a espada no joelho do inimigo, mas a lâmina não penetrava.

A placa que protegia o tórax de Grammal era a única coisa que o mantinha vivo, mas esquentava a cada instante, feito chapa quente. Em pouco tempo, o semiorc seria esturricado.

— Não tem jeito de feri-lo — repetiu Zamir.

Mas Alana tinha uma ideia. A feiticeira tomou coragem e avançou à zona de perigo. Ao mesmo tempo que caminhava agachada, recitou um encantamento. Tocou a ponta do braço de Grammal, e os músculos do bárbaro ganharam mais robustez.

— É o encanto da força — percebeu Zamir.

— Levante-se agora, Grammal. Tente ficar em pé — disse Alana.

Com o corpo quase queimando, o semiorc segurou o casco do demônio com as duas mãos e o ergueu. A fera estranhou e logo deu um passo atrás, soltando a sua presa. O que parecia impossível acontecera. A mágica de Alana havia deixado Grammal com a energia de 15 homens.

— Agora sim! — sorriu o bárbaro, levantando sua arma. — Espere até eu enfiar minha lâmina na sua barriga, cara de bode.

— Ainda não, Grammal. Segure seus golpes! — ordenou Artimus. — Estar mais forte não significa que agora suas armas possam matá-lo. Tente pensar estrategicamente.

— Minha estratégia é arrancar os miolos deste monstro, se é que ele os tem — retrucou, partindo animado para o confronto. Mas o demônio tinha, sim, algum nível de inteligência, ainda que distorcida. Percebendo que Alana era uma feiticeira cujos encantamentos poderiam afetá-lo, usou sua mão esquerda para agredir a mulher. Por instinto, Alana pulou para trás e protegeu o rosto. Escapou das garras, mas o punho da fera a acertou no quadril.

Como não era uma lutadora e desconhecia os mais elementares movimentos de combate, a feiticeira sofreu um baque tremendo e foi literalmente jogada para longe. Só parou ao chocar-se contra a parede. E, mesmo no calor da batalha, todos escutaram o arrepiante som do braço se partindo. Ela gritou quando viu a ponta sangrenta do osso saltando para fora da pele.

Zamir, que já preparava um feitiço de combate, anulou sua mágica e correu para prestar os primeiros socorros.

O inimigo, que fora invocado por um encantamento, conhecia bem a habilidade dos magos e por isso os escolheu como alvos prioritários. Esqueceu-se totalmente de Grammal, Artimus e Naga e avançou contra Alana e Zamir. Nesse instante aconteceu o que Artimus tanto temia. Milo, o halfling, sentindo-se terrivelmente responsável por ter iniciado toda aquela confusão, saltou do teto entre Alana e o demônio, sacando sua faca, pronto para defendê-los. Seria uma cena cômica, não fosse tão trágica: um halfling empunhando um punhal contra um gigante do Inferno.

Artimus resmungou consigo mesmo, porque sabia que não poderia protegê-lo. Vendo aquele pequenino bloqueando seu caminho, o demônio o agarrou numa só braçada e o ergueu. Talvez tenha pensado que seria mais fácil engoli-lo, porque se preparou para levá-lo à boca.

Desesperado, Milo abriu sua bolsinha e começou a jogar sobre o monstro tudo o que tinha lá dentro: bolas de gude, um dado, duas velas, um apito e mais algumas bugigangas que havia recolhido durante a viagem. Enquanto isso, Grammal acertou a fera nas costelas e com sua força fez o inimigo balançar, mas sem um bom feitiço ou armas mágicas era impossível molestá-lo.

Ao ver Milo na iminência de ser engolido pela criatura infernal, mastigado pelos dentes vermelhos e digerido em lava fervente, Artimus se sentiu impotente. Agora, com Alana ferida, Zamir na linha de frente e os guerreiros sem armas apropriadas à luta, só um milagre salvaria o pobre halfling da morte certa. O demônio segurava o halfling próximo à sua boca aberta. Desesperado, e depois de ter despejado contra o monstro as quinquilharias que carregava, sem sucesso, Milo fez sua última tentativa e sacou um frasco diminuto, contendo o que parecia ser água, e o arremessou entre os olhos da fera.

O recipiente se quebrou e algo extraordinário aconteceu. Ao contato com o líquido, o rosto do demônio começou a borbulhar, derreter e corroer, como que atingido por ácido.

A fera deu um urro e largou Milo, que por ser ágil e muito leve deu uma cambalhota e caiu suavemente no chão, sem se ferir. Ele, mais do que ninguém, estava surpreso com o que acabara de fazer.

— É água benta — anunciou Zamir, enquanto preparava ataduras para amarrar o braço quebrado de Alana. — Parece que o nosso amiguinho andou vasculhando o bolso de algum sacerdote.

— Isso muda tudo — murmurou Artimus, tentando pensar numa tática de luta. — Grammal! Preciso de algum tempo. Será que você pode distrair a fera?

— Deixa comigo — o semiorc sorriu e fez o que achava mais prático. Ainda sob os efeitos da força descomunal, ergueu sobre a cabeça uma pesada coluna de pedra. O fragmento era feito de granito e deveria ter quase uma tonelada. Mas isso não o impediu de jogá-lo sobre o monstro, que, ferido, não conseguiu se desviar.

A pilastra bateu no peito da fera, que desabou de costas no solo e lá ficou, imprensada. Dentro em pouco se libertaria, mas aqueles instantes seriam suficientes para Artimus. O cavaleiro atravessou a câmara e segurou o braço do halfling.

— Milo, você tem mais um daqueles frascos?

— Olha, Artimus, você me desculpe. Eu sei que era um utensílio de igreja, e a gente tem de respeitar os deuses. Eu ia devolver, juro!

— Responda a pergunta — cortou o cavaleiro, impaciente. Cada segundo era precioso. — Você tem mais algum com você ou aquele era o único?

Milo pôs a mão na bolsa, não achou nada, e foi vasculhar a algibeira. No momento seguinte tirou um segundo frasco idêntico. Artimus logo percebeu que era mesmo água benta. O recipiente de vidro tinha o símbolo de Audrion, o deus do Sol.

— Vou ficar com isso — avisou, correndo para o outro extremo da sala. — E você mantenha-se longe da linha de combate.

O cavaleiro rolou até onde estava o arqueiro Naga, protegido por uma enorme laje de pedra tombada. Segurava o arco, atento, com uma flecha preparada, mas todos os seus disparos tinham sido inúteis contra o demônio de fogo e trevas.

— Naga, você consegue amarrar este frasco na ponta de uma flecha e acertar a boca dele?

O arqueiro pegou o recipiente para sentir seu peso.

— É pequeno. Acho que consigo, mas vai ser um tiro difícil.

— Do que você precisa?

— Primeiro, de uma distração. Depois, que o monstro abra a boca.

— Vamos tentar. É nossa única chance — falou Artimus, que antes de entregar definitivamente o frasco a Naga borrifou algumas gotas de água benta na lâmina de sua espada. — Garanto que isto vai assustá-lo.

Enquanto isso, na zona de combate, o demônio se recuperava e forçou para o lado a coluna que o prendia, libertando-se. Voltou à batalha ainda mais furioso, determinado a matá-los.

Por um minuto, a fera vasculhou a sala com o olhar à procura de Milo, que o havia ferido gravemente. Mas o halfling estava bem escondido, então o monstro se virou para Zamir e Alana.

A feiticeira continuava caída, quase desmaiada de dor pelo braço quebrado, e Zamir tentava improvisar uma tala. Mas quando viu o demônio se aproximando com vigor não teve opção a não ser enfrentá-lo. Artimus e Grammal ainda estavam distantes, e a criatura, muito mais alta e com pernas mais compridas, obviamente corria mais rápido.

Quando o monstro de fogo brandiu seu machado, Zamir invocou o feitiço de *escudo arcano*. No instante em que a lâmina desceu, foi repelida por um muro de força quase invisível, que protegia a dianteira do bruxo.

Surpresa, mas não espantada, a fera levantou novamente o machado para uma segunda investida, ainda mais forte. Na hora em que esticou o corpo para tomar impulso, Artimus pulou de trás de uma laje com a espada em riste. O fio da arma acertou o demônio bem no queixo, de baixo para cima, e, como o aço fora umedecido com água benta, fez um corte profundo na mandíbula do inimigo.

Sentindo o golpe, o demônio abriu a boca para gritar e Naga enxergou a oportunidade. Escondido no outro lado da câmara, o arqueiro mirou no rosto da criatura. Na ponta da flecha havia amarrado o pequeno frasco e disparou no momento preciso.

A flecha cortou o ar, atravessou as presas do monstro e fincou fundo em sua garganta. Quando a fera cerrou os dentes instintivamente, o recipiente estourou.

O líquido correu por dentro da besta, derretendo primeiro a cabeça. Os olhos vermelhos saltaram como labaredas numa fogueira e os chifres amoleceram. O corpo decaiu e em poucos segundos o temível demônio era só uma massa de lava incandescente no antes gelado chão de rocha da sala.

— Bom tiro — elogiou Grammal, aproximando-se de Naga.

— Como doce na boca de criança — brincou o arqueiro.

Do outro lado da câmara, Zamir parecia cansado. O encanto do escudo tinha consumido muito da sua energia.

— Era um oponente formidável — falou o bruxo a Artimus, que se ajoelhava para assistir Alana. — Se ele era só um guardião, então ainda vamos ter problemas aqui.

A feiticeira estava tremendo, em choque pela dor lancinante. Sangue pingava através do osso partido. Deixando sua espada de lado, Artimus tocou, com uma mão, o cotovelo da moça, e com a outra procurou esticar o ombro. Alana deve ter sentido, porque despertou do torpor com um grito, mas logo depois a agonia passou.

Curioso, Milo surgiu da escuridão e se aproximou. Viu que as mãos do cavaleiro coruscavam com um estranho brilho mágico e, aos poucos, o braço de Alana começou a voltar ao lugar. O osso rejuntou as extremidades partidas, e o ferimento fechou, restando apenas um leve hematoma sob a pele.

Espantado, o halfling deu um passo atrás. Nunca antes vira Artimus invocar qualquer tipo de magia.

— As mãos que curam — explicou Zamir, neutro.

— É feitiçaria? — quis saber Milo.

— Longe disso. É uma habilidade comum aos paladinos de Shara. Entenda isso mais como um dom, um presente da divindade. É a deusa que escolhe *quando* e *quem* o cavaleiro pode curar. E nem sempre ele consegue.

Quando Alana se recuperou plenamente e a massa negra que antes fora o demônio esfriou, Zamir lembrou-se de quem tinha iniciado aquela desordem e tocou sinistramente o ombro do halfling.

— Agora nós vamos ter uma conversa, amiguinho.

★★★

Cordilheiras Infinitas, seis meses antes

Artimus acordou no meio da noite, meio tonto, com o corpo suado. Não tinha mais sono. Isso às vezes acontecia após uma campanha ou uma grande batalha. Nessas circunstâncias, sabia que era inútil continuar deitado.

Pelo menos estava em casa, na segurança das montanhas. Uma pequena comunidade agrícola se estabelecera ali havia muitos anos, cultivando arroz em vastos platôs sobre o morro. Casas de paredes de madeira e teto de telha se espalhavam pelos jardins, à sombra da gigantesca escadaria que levava ao templo de Shara.

Artimus bebeu um gole d'água de uma garrafa de cerâmica, pegou a espada e foi descansar na varanda. Era uma noite quente de verão e dali podia ver o templo, à direita, encravado no coração da montanha. À esquerda, os vários níveis de plantação acabavam num vale, onde um riacho nascia das rochas e formava um lago, antes de se enfiar na terra e terminar na floresta.

— Para que a espada? — escutou Artimus. Era Jedala, sacerdotisa-mor do templo de Shara e conselheira espiritual dos camponeses. Jedala havia encontrado Artimus ainda criança e o criado até ele ser enviado à corte do príncipe Tharick para se tornar um cavaleiro.

— Força do hábito — sorriu, deixando a arma de lado. — E você, o que faz aqui? Também não consegue dormir?

Jedala sentou-se numa cadeira de bambu e observou o vale, contemplativa.

— Meu problema não é a falta de sono, são os sonhos... Alguns diriam que é uma bênção, mas, levando em conta a atual situação, eu não concordaria.

Os dois ficaram em silêncio por um minuto, tomando coragem para enfrentar o assunto. Artimus quebrou o gelo.

— Ele está vivo, não é? É por isso que os seus sonhos continuam acontecendo.

O olhar de Jedala caminhou pela vila, passeou pelo lago e foi encontrar o rosto do cavaleiro ao seu lado.

— Eu disse que você deveria matá-lo.

— Eu tentei, mas não foi tão fácil. Shusan estava cercada. Cavaleiros, mercenários, magos... todos queriam a sua parte do espólio. E é claro que os feiticeiros chegaram na frente.

— Você não precisa se justificar. É horrível o que estou fazendo. Pedindo a você que mate uma pessoa. Eu jamais faria isso — e assim Jedala encarou seriamente o guerreiro — se não fosse o seu destino.

Artimus ficou calado, tentando pensar no que dizer.

— E agora, o que faremos? — perguntou, esperando a ordem da sacerdotisa de Shara.

— O que *você* acha que nós devemos fazer? — surpreendeu Jedala, jogando a decisão para ele.

— Eu diria que devemos continuar com o plano. Se Kasari *não* morreu, então terei uma nova chance de matá-lo.

Jedala chegou mais perto de Artimus e a voz baixou uma oitava.

— Exatamente. Mas desta vez faremos do jeito certo.

— E por onde começamos? A esta hora o seu corpo já deve estar se recompondo em algum santuário oculto. E isso pode ser em qualquer ponto do reino.

— Artimus — a sacerdotisa o interrompeu —, esqueça, e o corpo. Ainda vai demorar para o inimigo voltar à atividade. Além disso, não adianta nada o destruirmos dessa maneira. Você precisa encontrar a pedra de sangue.

— O que é isso?

Jedala fechou os olhos e respirou fundo, buscando lembranças confusas, truncadas, como aquelas que nascem dos sonhos e que não fazem muito sentido se não forem interpretadas e remontadas.

— Uma pedra de sangue é uma joia carregada de magia ancestral. Os magos costumavam usá-las durante os Anos Cinzentos, mas quase todas se perderam após a unificação de Sarion. Nessa pedra, o feiticeiro guardava suas memórias, seu sopro de vida, a sua *alma*. Kasari certamente usava uma dessas antes de Shusan ser invadida. Você precisa encontrar e destruir a gema.

— Para só depois terminar o serviço. A joia é a prioridade — determinou Jedala.

— Muito bem. Mas onde encontrá-la? Se a pedra era tão preciosa assim, então deve estar muito bem escondida.

— É aí que entra a ironia. Semanas antes do ataque a Shusan, o bruxo fez uma visita à cidade de Hélix. Lá, a pedra de sangue foi roubada por um halfling, um curioso e supostamente inofensivo gatuno local.

— Kasari, furtado por um halfling? — Artimus não pôde conter o riso. — Que situação mais extravagante. Então esse pequenino tem a joia? Difícil imaginar que ainda esteja vivo.

— Vivo ele está — respondeu a sacerdotisa —, mas ainda não sei se a gema continua com ele. De qualquer maneira, é nosso ponto de partida.

O cavaleiro tomou de novo a espada, quase em reflexo, e parecia pronto para começar a aventura. Enquanto isso, na escuridão da noite além da varanda, vaga-lumes piscavam no céu de verão.

— Tem mais uma coisa — acrescentou Jedala. — Esta é uma missão secreta.

— Por que secreta? — quis saber Artimus. Kasari era odiado por muita gente. Seria ótimo contar com aliados nas cidades e vilas por onde passasse.

— Você viu o que aconteceu da última vez. Se os magos souberem que ele está vivo, também vão querer achar a pedra de sangue. Uma joia dessas na mão de um feiticeiro seria um perigo para o reino.

— Porque eles nunca iriam destruí-la. Tentariam usá-la.

— Pior. O artefato pode dar início a outra guerra. A pedra de sangue deve ser despedaçada. Faça isso antes que mais alguém possa pegá-la.

— Eu farei — prometeu o cavaleiro, e mudou o foco da conversa. — E você? Vem comigo?

— Não posso. Não devo. Sou mais útil aqui, no templo. Tenho que ficar para receber as instruções da deusa. Tenho que continuar sonhando e interpretando os sinais.

— Para onde eu devo ir? Onde está esse tal halfling agora?

— Shara nos dirá no tempo certo. Antes, porém, você deve recrutar o seu pessoal. Esta é uma demanda muito perigosa para ser executada sozinha. Você deve reunir aventureiros para ajudá-lo. Alguns você poderá escolher; outros serão recomendados por mim.

— Acho que já sei por onde começar.

— Então partirá amanhã. Encontrarei meios de me comunicar com você, esteja onde estiver.

Quando Artimus e Jedala terminaram a conversa, era quase dia. Os dois ainda continuaram na varanda por algum tempo, relembrando a época em que o cavaleiro era só um menino, quando suas únicas preocupações eram assustar os corvos e decorar as lições de escrita.

De repente, o céu foi clareando. Os primeiros raios dourados iluminaram o cume da montanha e Artimus se sentiu muito melhor.

— Acho que tudo o que eu queria era ver o nascer do sol.

— Eu também — sorriu Jedala. — Eu também.

LUIZ BRAS nasceu em 1968, em Cobra Norato (MS), e mora em São Paulo. Já publicou diversos livros, entre eles a coletânea de contos *Paraíso líquido* (Terracota, 2010), a coletânea de crônicas *Muitas peles* (Terracota, 2011), o romance juvenil *Babel Hotel* (Scipione, 2009) e, em parceria com Tereza Yamashita, os infantis *A família Fermento contra o supervírus de computador* (Atual, 2009), *A última guerra* (Biruta, 2008) e *Dias incríveis* (Callis, 2006). Mantém uma página mensal no jornal *Rascunho*, de Curitiba, intitulada Ruído Branco. Também mantém o blogue Cobra Norato: www.luizbras.wordpress.com.

O ÍNDIO NO ABISMO SOU EU

Sinto a eletricidade correr nos fios entrelaçados de minha consciência. Sem alvoroço. Antes não sentia, agora sinto. Antes eu não era nada, agora sou qualquer coisa que não sei bem o que é. Talvez eu seja só a própria eletricidade atravessando uns poucos neurônios. Talvez eu seja só uma folha que acaba de se desprender de um galho. Mas aqui não há galhos, árvores, paisagem. Aqui não há nada, apenas a serena eletricidade. Não há céu nem terra, direito e avesso. Nada. Somente eu. Se ao menos ventasse isso já seria reconfortante. E se estiver ventando? E se estiver ventando muito, sem que eu possa perceber? Sou uma folha e nada mais. Sem certezas nem equilíbrio. Uma folha elétrica.

Quanto tempo faz que estou aqui? Uma semana, um ano? Não consigo falar, enxergar ou escutar. Parece até que não tenho olhos nem ouvidos. Também não consigo sentir o formato dos objetos nem o contorno do meu próprio rosto. Não tenho mais as mãos e os pés, nem sei se ainda tenho um corpo. Desejo... Vontade de... O que é isso: desejo? Pra que serve isso: vontade? Não consigo sentir o cheiro e o gosto da comida que me oferecem. Também não tenho certeza se ainda estão me alimentando. O vazio e a escuridão se espalharam ao meu redor. O silêncio não é quente nem frio. Estou numa caixa-preta, totalmente fechado, apartado da realidade.

Nada acontece. Identidade, sexo, idade? Queria ao menos lembrar meu nome, saber se sou homem ou mulher, jovem ou velho. Mas a memória também sumiu no vazio, foi sugada pelo vácuo. Uma lâmina de gelo reduziu todas as lembranças a uma coleção de átomos tresloucados. Tenho superpoderes? Será que sou uma divindade, um deus sem começo nem fim? Talvez eu seja o criador de todas as coisas, eterno, poderoso, um minuto antes de conceber o universo. Ou talvez eu seja só uma bactéria inteligente sendo aniquilada por um antibiótico. Um ser insignificante abraçado pela morte. Isso explicaria minha confusão mental. Abraçado pela morte ou pela vida? Talvez eu esteja prestes a nascer. Talvez eu ainda seja só um bebê passando pelo canal vaginal de minha mãe. Um espermatozoide encontrou um óvulo e aí vou eu, estarrecido, através do túnel encantado.

O que é isso? Que sensação estranha... Isso é um som? Começo a perceber um sussurro. É verdade, minha audição está voltando. A caixa-preta parece menor, ah, que rumor delicioso. São pessoas conversando bem perto. Porém não consigo entender muito bem o que dizem. Duas, três pessoas? O que são pessoas? Pararam de falar, foram embora, o eco derreteu. Agora estou escutando uma música. Muito distante. Um piano de sonho e um violino de vapor, transparentes. Tento falar, mas a voz não sai. Se pudesse ouvir minha própria voz, talvez eu conseguisse descobrir meu sexo, minha idade. Não sou um bebê passando pelo canal vaginal. Se fosse, já teria nascido. Sou mesmo um deus, uma entidade ilimitada. Sou o tempo e o espaço aprisionados no micro-ovo primordial. Antes da grande explosão. Que sensação absolutamente estranha... Talvez eu seja mesmo só uma bactéria inteligente em agonia, um serzinho megalomaníaco sendo aniquilado por um antibiótico. Desejo... Vontade de... O que é isso: desejo? Pra que serve isso: vontade? Talvez eu seja mesmo só um bebê passando pelo canal vaginal. Pra fora da caixa-preta. Através do túnel encantado. *Na direção da luz, sempre na direção da luz*, uma voz pede-solicita-ordena insistentemente. *Na direção da luz, sempre na direção da luz.* Já entendi. Quem sou eu pra desobedecer?

A visão também está voltando. Caramba, isso dói demais. Não é uma tragédia grega, mas dói demais. Princípio de pânico. A luz é muito forte e não está sendo fácil controlar o medo. Se as cores não vibrassem tanto, eu conseguiria... Poderia... Areia ao meu redor, ondas mais adiante. Estou numa praia. Será que o mundo acabou de ser criado? A alegria é muito grande: tenho sim braços, pernas, um corpo. Minha pele é negra e meu cabelo é muito comprido. Nem deus nem bactéria. Seios e útero. Tudo na temperatura certa, à prova de maldições. Sou uma mulher, devo ter uns vinte anos. Os acordes do piano e do violino continuam banhando o cenário. Meus outros sentidos começam a voltar devagar. Sinto o cheiro da água salgada, da alga marinha secando ao sol. Enfio os dedos na areia. Prazer quente e indizível. Estou nua, drogada de estímulos.

A dor passou. Durmo, acordo. Volto a dormir, a acordar. Não sei há quanto tempo estou nesta praia, sem sentir fome ou frio. Sem vontade de evacuar. Os dias avançam na velocidade dos dias, da solidão. Anoitece, amanhece. Anoitece. Sem excesso. Algo estranho está acontecendo. Os meus olhos piraram ou... O mar está mesmo se afastando para a direita, as nuvens estão realmente fugindo para a esquerda? O sol encolheu, diminuiu e desapareceu. A praia está sendo desmontada e retirada, como se fosse um simples cenário de ópera. Todos os grãos de areia foram parar no depósito do teatro mais bizarro. Agora estou num quarto de hospital. Pelo menos é o que parece: um quarto de paredes brancas, limpas. Estou deitada numa cama e há uma enfermeira ao meu lado. Seu sotaque é engraçado. Áspero. Seu penteado e sua roupa também. Pequenos cubos de luz flutuam sobre a cama. A enfermeira pergunta se consigo enxergar seu rosto, se consigo ouvir sua voz.

— Sim — eu respondo.

Ela faz um carinho em minha mão, avisa que logo o médico virá me visitar e desaparece. Literalmente. A enfermeira não saiu por uma porta, ela simplesmente sumiu feito um fantasma. Ou foi recolhida, simples assim, por um prestidigitador invisível. As paredes e o teto tremelicam, parecem de gelatina. Percebo nelas o movimento das ondas do mar. As mesmas ondas urgentes da praia agora guardada no depósito do teatro. Queria ter qualquer coisa — uma pedra, uma dádiva divina — pra jogar no mar. Saudade da velha praia? Se eu baixar as pálpebras, tornarei a sentir o cheiro da água salgada, da alga marinha secando ao sol? Logo o médico se materializa ao meu lado. Seu nome é Miguel. Tudo nele também é engraçado: o sotaque, o cabelo, a roupa. Ele pergunta como estou me sentindo. Só então eu percebo que a pergunta foi feita dentro da minha mente. O médico não mexeu a boca. Transmissão de pensamento? Meu espanto começa a virar pânico. Ao perceber que estou quase surtando, ele tenta me acalmar. Ele aponta sua testa, aponta a minha e diz:

— Nós dois estamos conectados mentalmente. Não precisa ter medo.

A semana seguinte é de fisioterapia. É dos ossos e dos músculos. Também é de perguntas e respostas: fios de materiais diferentes que precisam ser atados com delicadeza. São sete dias de explicações demoradas, estranhas e cansativas. Começa com a subversão do calendário, um salto no tempo. No primeiro dia, doutor Miguel conta que eu estou acordando de um sono metódico de duzentos anos. Pronto: loucura. Eu faço cara de total desconfiança, forma-se uma bola de mau humor em meu estômago. Passo mal e desmaio. No segundo dia ele explica que dois séculos atrás eu fui colocada em suspensão criogênica. Eu peço a ele que traduza isso. Ele conta que eu tinha uma doença grave, fatal. A morte era certa. Então eu e meus pais concordamos que eu fosse congelada. Estava na moda, havia empresas especializadas, anúncios em toda parte. No futuro, quando encontrassem a cura da doença, eu seria descongelada e tratada. Era a tecnologia invadindo o centro da existência: a extinção da vida.

— Por que não me lembro de nada disso? — pergunto.

— Porque sua doença atingiu vários órgãos vitais. Incluindo seu cérebro, apagando parte de sua memória.

Surgem no ar antigas imagens tridimensionais que mostram o avanço da doença. As veias e as artérias estão tomadas por um catarro negro: uma espécie traiçoeira tentando devorar a outra. Vejo através da minha carne. Imagens terríveis do meu corpo antes da suspensão criogênica. O choque é muito grande. Eu desmaio. Estar vivo é mesmo o maior luxo que alguém pode desejar. A escuridão é escura. Escuríssima. No terceiro dia doutor Miguel explica que meses atrás a doença foi finalmente tratada e minha vida não corre mais risco. Dessa vez eu não desmaio nem falo nada, só não quero ver novamente aquelas antigas imagens. Quieta, sem forças, eu apenas escuto. O mundo das ideias é um estado transitório entre o nada e o absurdo. Meu médico jovem e talentoso expõe animadamente os detalhes mais empolgantes da descoberta da cura. Tudo muito técnico. No meio da explicação eu já estou dormindo. No quarto dia ele conta que meses atrás precisaram substituir meus antigos órgãos atacados pela doença por órgãos artificiais. Eu pergunto o que é um órgão artificial. Ele explica que é um órgão cultivado em laboratório, como uma fruta ou um legume.

— Um órgão cultivado? — eu arregalo os olhos.

— Exatamente. Por exemplo, você não nasceu com esses lindos olhos saudáveis. Eles são novos. Foram cultivados especialmente pra você.

Eu desmaio. Quem, na minha situação, não desmaiaria? Sinto como se tivesse muitas pedras dentro do crânio, pesando demais. Sinto como se no lugar do fígado eu tivesse um chuchu. No lugar dos pulmões, uma couve-flor. Talvez eu tenha até órgãos extras, recém-inventados: para processar a cor dos alimentos ou para separar os desejos puros dos impuros. Gostaria de possuir olhos que olhassem pra dentro, será que já inventaram? Pelo visto minha família era muito rica. Desconfio que toda essa parafernália artificial custou uma fortuna. No quinto dia doutor Miguel fala um pouco mais sobre a técnica do cultivo de órgãos. Ele é um dos principais pesquisadores nessa área. Surgem no ar imagens tridimensionais de rins, baços e corações sendo cultivados em pequenos aquários. Ainda não sei dizer se tudo isso, toda essa inteligência a serviço da vida, é sorte ou azar. Por que lutar tanto contra a morte? Que agonia infinita! Eu não desmaio, mas perco o controle emocional. Se a vida não existisse, não haveria dor, nem medo, nem desespero. Só haveria o silêncio e a noite. Começo a rir histericamente. Não há graça alguma, mas não consigo parar de rir. Efeito do choque cultural. No sexto dia doutor Miguel conta que a doença destruiu parte do meu cérebro.

— Uma parte muito pequena do lobo parietal esquerdo — ele explica. — Não precisa ficar nervosa. Não trocamos seu antigo cérebro por um novo. Isso seria impossível. — Ele pensa um pouco e abre um grande sorriso: — Impossível hoje. Daqui a cem anos, quem sabe?

No sétimo dia doutor Miguel não descansa. Continua ao meu lado. Eu devaneio sobre certos fenômenos invisíveis. A preguiça. Há coisas que tenho preguiça de perguntar. Sobre o verão, por exemplo. Estamos no verão ou já é outono? Ou as estações do ano também já foram remanejadas artificialmente? Não pergunto. Perguntar às vezes é muito cansativo. Como eu disse, no sétimo dia doutor Miguel não descansa. Nesse dia ele conta que semanas atrás eu recebi três próteses neurológicas. Eu pergunto — essa não deu pra evitar — o que é uma prótese neurológica Ele explica que é um microchip implantado no cérebro. Um pequeno dispositivo capaz de potencializar a memória e a inteligência. É graças às três próteses que eu e ele conseguimos conversar por telepatia. Doutor Miguel garante que, com o treinamento adequado, em pouco tempo eu lembrarei tudo o que esqueci e aprenderei a navegar na brainet. Eu pergunto — a preguiça passou — o que é a brainet. Ele explica que é a internet do cérebro. Isso causa em mim um choque sinestésico, como se ele tivesse me convidado pra cavalgar o sabor oleoso e áspero da luz ou socar as faces sedosas e perfumadas do riso.

— Sempre que você acessar a brainet, você entrará em contato com bilhões de pessoas em tempo real. Sem mexer um músculo sequer. Somente com o pensamento.

Muitas pessoas passam a vida toda estudando os segredos do mundo. Querem medir e pesar as horas, os afetos, o exato intervalo entre o chão e a sombra, coisas assim. Porém atrás de cada segredo se escondem outros dez. Vamos falar a verdade: atrás de cada segredo está o infinito. É nisso que estou pensando quando ele diz adeus. Que idade terá? Parece não ter mais de 35. Eu pergunto, ele responde: 160. Que seja, nada mais me surpreende. Doutor Miguel termina seu trabalho dizendo que o pior já passou, que agora estou fisicamente recuperada, pronta pra começar a enfrentar o novo mundo. Ele se despede brincando:

— Você ainda viverá trezentos anos. No mínimo.

Sua imagem começa a desaparecer: insólita dissipação, jamais me acostumarei. Até qualquer hora, doutor. Sua silhueta encolhe e vira pó, claridade, nada. Ele precisa atender outros pacientes na mesma situação que eu. São centenas, talvez milhares. Eu não lembro meu nome. Eles também não se lembram de nada: nome, parentes, infância. Nos últimos dois séculos houve guerras civis, revoltas sociais, mudanças. Somos sobreviventes criogênicos de famílias que já desapareceram. Em breve uma equipe profissional de readaptação — um psicólogo multimídia, um clínico neural e um tutor financeiro — cuidará de meu caso. Serão meus guardiões, até que minha reintegração esteja concluída.

Nos últimos dias fiz alguns progressos. Navegar na brainet é saltar de caos em caos. A maioria dos usuários não pensa assim. Eles fazem isso desde que eram bem pequenos. A novata aqui sou eu. Sempre que me conecto, perco o fôlego, um arrepio sobe por minha espinha dorsal, como se eu estivesse caindo de uma grande altura. Muito brilho, muita cor no abismo. As coisas claras podem ser escuras, e as escuras, claras. Como num incêndio. Conectada, consigo ouvir o pensamento dos outros, visitar lugares distantes, pesquisar antigos arquivos. Meu corpo deixa de ser minha propriedade exclusiva, agora ele pertence a todos. É perigoso isso: compartilhar o próprio corpo, os sentidos. Porém as senhas e os protocolos de segurança impedem que eu enlouqueça ou seja estuprada por milhões de mentes viajantes. A noção de comprimento, altura e largura não é hegemônica, cada dimensão é feita de muitas dimensões. Será isso o que chamavam de *mecânica quântica*, duzentos anos atrás? O movimento é imóvel, viaja-se sem sair do lugar. Eu chafurdo em camadas corticais profundas. Procuro informações sobre mim mesma. Meu nome. Imagens de meus pais. Qualquer coisa. Navegar na brainet é juntar nexos desconexos. Ser ao mesmo tempo singular e plural. Compreendo todos os idiomas.

Mas nada prende minha atenção. Apenas viajo na multilinguagem. Sem querer encontro um filme meio desbotado. Uma cena histórica: Cristóvão Colombo apresentando à rainha da Espanha e sua corte um pequeno grupo de nativos do Novo Mundo. Distantes... Um grupo de tainos. Muito distantes... Sequestrados pelos conquistadores. Muito, muito distantes de sua Cuba natal. São os primeiros índios a visitar a Europa. Penas e colares e lanças cercados por mantos e vestidos e sobrecasacas e armaduras e espadas e arcabuzes. O arrepio na espinha aumenta, estou na mente do chefe taino, consigo sentir seus pensamentos, sua perplexidade. Como se defender do homem branco, da tecnologia bélica de seu admirável mundo velho? A cena escapa de mim, desaparecendo entre outras, de outros filmes. Onde está? Já foi, veloz. Nunca mais esquecerei aquele chefe indígena. Inserido num mundo estranho, numa realidade expandida. Minha perplexidade é a sua perplexidade, partilhamos o mesmo pavor, o mesmo vocabulário. Como se defender das grandes cidades vaidosas e arrogantes, onde o futuro chega mais rápido para os ricos do que para os pobres? Aquele chefe sou eu. Desterrados, nós dois.

No final de minha terceira viagem pelo ciberespaço — a mais doce, a mais melodiosa das três — tudo fica amargo, desafinado: gritos, violência. O hospital está sendo invadido e ninguém foi preparado para o massacre. Ninguém. A sociedade educada jamais se preocupa com chifres, garras e dentes. Não há onde se esconder. Primeiro as telas e os gráficos tridimensionais ficam fora de foco, depois os canais de áudio são tomados por um chiado cinza. Um forte cheiro de carne queimada vaza dos condicionadores de ar. Essa é a maior ofensa que o olfato dos funcionários da ala de reintegração já sofreram. O fedor faz pensar em bruxas, fogueiras, crucifixos e inquisidores. Em bolhas nos braços, nas costas. Em queimaduras de terceiro grau. Tudo fica mais amargo, desafinado. O principal sistema recém-derrubado pela ação dos invasores é o da realidade expandida, jogando enfermeiros, médicos e pacientes no inferno da comunicação desencontrada. Durante alguns minutos o mundo real e o virtual se misturam de modo confuso. Mais gritos, a violência avança. Quando a energia elétrica é cortada, as paredes e o teto de gelatina finalmente desaparecem, ficando à mostra apenas as paredes e o teto reais, de plástico industrial, feios. Olho pela janela da sala de conexão e vejo o pátio do hospital, seis andares abaixo, tomado por uma multidão raivosa. De longe nem parecem pessoas. Parecem mais animais atiçados por uma voz secreta. Lentos mas unidos, feridos mas vigorosos, cegos mas coordenados.

    A enfermeira ao meu lado explica — é a primeira vez que vejo sua boca se mexer — que são as gangues do subsolo, do mundo sem mapas ou recenseamento. Vivem na fumaça dos andares mais profundos da cidade. Não falam, gritam. Raramente se arriscam fora das catacumbas. Eu pergunto por que estão atacando o hospital. Ela responde que vieram atrás de órgãos artificiais e implantes neurais. Vieram atrás dos suprimentos de nanorrobôs e células-tronco. Então é isso: os excluídos. Piratas. Eu já devia saber: a fonte da juventude pertence a poucos, a alegria de uns é a tristeza de outros. Idiota, ah, como fui ingênua. Eu já devia saber: os séculos passam e nada realmente muda. O futuro jamais é para todos. O futuro é apenas pra quem pode pagar. Quem não pode tenta pegar à força. O futuro, o ar puro e o sol.

— Precisamos ir — a enfermeira comanda. — Agora. Para o terraço.

Os helicópteros de resgate nos esperam no alto do edifício. Pelo menos é nisso que todos acreditam. Meu corpo sente a pressão da gravidade e a resistência da atmosfera. O medo tem certos cheiros e sabores que só os mamíferos conhecem, ele emperra as articulações, resseca as engrenagens. Pôr as pernas em movimento é sempre mais fácil na brainet. Andar, correr, subir uma escada. Respirar. Manter o equilíbrio. Não há nada mais difícil de planejar do que isso, no mundo da matéria grossa e pegajosa os quilos parecem toneladas. Eu tento acompanhar o grupo que foge. Tropeço uma vez, duas. Bato o joelho numa quina escondida num canto escuro. Suporto a dor sem chorar.

Fora do ciberespaço a gravidade é a grande autoridade. Tudo pesa, até mesmo o vento que empurra os predadores em nossa direção. A enfermeira chama, por aqui, por aqui. Sua voz vibrante é mais bonita em carne e osso do que na telepatia. Os helicópteros... Sem eletricidade a única iluminação é a do sol, fraca, coada pelas nuvens: o crepúsculo tenta ajudar, mas as portas entre os andares não abrem. Como são patéticas, desengonçadas e primitivas as pessoas quando fogem. Estamos presos na passagem do sexto para o sétimo andar. É preciso tempo, paciência e um minigerador pra religar a trava e abrir a porta. Alguém grita, afastem-se. Uma descarga de néon, um baque e a porta abre somente trinta centímetros, por poucos segundos.

Lanternas desenham ideogramas no corredor escuro, lançam assinaturas tremidas nas paredes. Grunhidos. Máscaras tribais. Você acha trinta centímetros pouco espaço? Engano seu. É espaço mais do que suficiente para a passagem de uma seta envenenada. Um sopro, fuuu, e sou picada na coxa, na barriga. Sinto as pernas quentes e moles. Mais setas atravessam a fresta. Pessoas caem ao meu lado. A quentura e a moleza sobem até meu pescoço, dominam a cabeça. Não é uma sensação ruim, talvez o veneno não seja realmente veneno, mas um narcótico, um tapa de amor, um puxão para o gozo nebuloso. O chão desaparece, o teto dança sem música. Ondas. Oceano. Sono profundo. Sou o chefe taino sequestrado, não adianta lutar, sou o homem antigo embarcado à força para outro mundo.

Sofro uma torção sensorial e volto à praia deserta. A praia cenográfica. Estou novamente nua, sem fome nem frio. Sem medo. A diferença é que agora eu sei que nada disso é real. Um cenário aprazível pode muito bem ser uma cela sem paredes nem grades. Voltei ao sonho lúcido. A areia, as ondas e as nuvens, tudo isso é invenção de minha mente aprisionada. Meu único relógio é mais uma vez a brisa empurrando os grãos de areia pra direita, sempre pra direita. Os dias passam trepidando as montanhas atrás de mim, e a planície depois das montanhas, e o horizonte depois da planície. Há quanto tempo estou aqui? Uma semana? Duas? Não sinto tédio nem preocupação. Gasto as manhãs contando os grãos de areia, as tardes abraçando a água, as noites nomeando as estrelas. Até o dia em que ele aparece.

Ele vem andando em minha direção. É bem cedo, o sol nasceu somente pela metade, transformando tudo apenas pela metade. Não importa. Ele vem andando em minha direção. Já está na praia, os pés deixando marcas fundas na areia. Eternas. Eu sei, essas pegadas jamais desaparecerão. Ontem eu percebi uma mancha vindo das montanhas, mas não consegui ver direito o que era. Hoje eu vejo: é um homem. Ele está perto, os detalhes começam a aparecer. Magro, pele escura como a minha. Cabelo crespo, barba e bigode lisos. Onde ele pisa talvez floresçam magnólias. Talvez, no futuro. Primeiro as magnólias, depois um oásis inteiro. Ele vem andando em minha direção. Igual a mim, não veste nada. Parece não ter mais do que 25 anos, mas pode ter 250. Nunca se sabe.

Ele faz uma saudação com a cabeça e elogia a paisagem. A minha paisagem. Comenta que fazia tempo que não visitava um cenário de altíssima definição, com volumes tão nítidos e cores tão vibrantes. Depois pede desculpa pelo que aconteceu e pelo que vai acontecer. Fala sem mover os lábios. Seu sotaque é diferente dos outros, do pessoal do hospital. É um dos mil sotaques do mundo subterrâneo. Eu pergunto o que vai acontecer. Ele demora um pouco, até que finalmente responde:

— Precisamos dos seus órgãos.

Ele acaba de decretar minha sentença de morte. Engraçado, soou mais como uma declaração de amor. Como uma revelação religiosa, sagrada. Qualquer coisa ancorada na ternura do espanto. Ele explica que as pessoas que ama estão doentes. Meus órgãos salvarão muitas vidas. Eu pergunto por que ele e seus companheiros simplesmente não cultivam órgãos artificiais. Ele explica o óbvio: que o futuro nunca é para todos.

— O futuro é apenas pra quem pode pagar — ele completa, como se lesse meu pensamento.

Começamos a andar pela praia. Sinto uma pontada dentro de mim. Gostava mais do tempo em que a fronteira que separa o interno do externo era mais respeitada. Hoje o lado de dentro do corpo já não tem qualquer privacidade, todo mundo olha, todo mundo mexe. Estão retirando meu pâncreas. Desapareceu, pobrezinho. Se eu apalpar com força, sei que a carne vai afundar um pouco e não encontrarei mais meu precioso fornecedor de insulina. Outra pontada, agora mais em cima. Como se um caçador muito delicado tocasse com a digital do indicador a testa de um animalzinho assustado. Estão retirando meus pulmões. Justo os pulmões, eu estava começando a gostar tanto de meus novos pulmões! O bisturi invisível vai separando os tecidos. Meus esconderijos já não são secretos, se a alma realmente existir, a minha será encontrada rapidinho. Cansaço. Lá fora, no mundo real, seguem fatiando meu corpo. Sou uma loja que vai sendo saqueada devagar. Pergunto:

— O que sobrará de mim?

— Tudo. Nada será desperdiçado. Cada centímetro seu será doado a alguém. Os ossos, a pele, o sangue. Sobrará tudo de você, mas em outras pessoas. Quando terminar, você será parte de uma pequena comunidade e ainda viverá bastante.

— Meu cérebro?

— Também será usado. Seu cérebro, suas próteses neurais.

— Por você?

— Acertou... Por mim. A cirurgia já começou.

— Eu sei. Por isso estamos juntos.

— Juntos mas separados. Seu cérebro está sendo acoplado ao meu. Ao que sobrou do meu. Ainda somos dois indivíduos compartilhando históricos diferentes.

— O que *sobrou* do seu?

— Uma doença infecciosa crônica. Muito corrosiva. Os detalhes são repugnantes, melhor deixar pra lá. A pior parte já passou. Faz dois anos que estou em coma, mas logo abrirei os olhos. Com sua ajuda.

— Logo nós dois abriremos os olhos.

Quando isso ocorrer, a praia desaparecerá novamente. O que acontecerá depois?

— Continuaremos juntos-separados por muito tempo — ele diz.

Andamos devagar, sentindo nos pés o gostoso vaivém das ondas. Tento imaginar o que é isso: duas mentes ocupando o mesmo corpo. Sentamos em uma duna de areia e ficamos observando o oceano-sonho. Meu companheiro tem ideia do crime que está cometendo? Em breve eu acordarei no corpo dele. Viverei na comunidade dele. Seguirei suas leis, seus rituais. Serei pobre e desamparada como todos os moradores do subterrâneo. Comerei a comida de baixa qualidade, respirarei o ar de baixa qualidade. Serei cúmplice dele nos atos mais abomináveis. Para não envelhecer e morrer terei de pilhar o estoque dos hospitais, assassinar e roubar. Esse bonito rapaz ao meu lado não percebe o que está fazendo comigo? Macabro... Que tipo de crime é esse: sequestro, coação? Em minha própria praia! Ele então fala que não seremos dois para sempre. Isso me assusta. Como não? Ele explica:

— Juntos-separados por muito tempo... Mas em vinte, trinta anos, as coisas vão começar a mudar. Talvez ocorra uma fusão perfeita, você e eu seremos um só. Não dá pra ter certeza. Nem sempre é assim. Talvez ocorra outra coisa: uma colonização pacífica, a mente mais forte ocupando o território da mais fraca, sem destruir nada. Na pior das possibilidades haverá um massacre: a mente mais forte devorará a mais fraca.

Quantas etapas existem entre a beleza e a feiura? Mil? Infinitas? Não quero mais pensar nisso. Estou muito cansada. Neste minuto já devem estar drenando meu sangue. Não quero mais saber do que vale a pena lembrar, do que vale a pena esquecer. De quantas maneiras é possível praticar e sofrer uma violência. Quando eu acordar de mais um abismo, conhecerei as delicadezas da miséria. Mas não há delicadeza alguma na miséria. Sutileza alguma. A miséria é tão bruta e primitiva e feroz quanto a opulência, varia apenas a cor dos olhos. Então esse é o resumo da ópera? Entre a feiura e a beleza não há muita diferença, são momentos análogos da grande crueldade. Da grande opressão que é a vida. Estou amarga. Muito amarga. Ele percebe isso e segura minha mão. Por que continuo quieta? Por que não ataquei, soquei, arranhei, mordi, joguei areia nos olhos dele? A paisagem é minha, eu podia ter feito o oceano verde subir e cair inteiro, vermelho, sobre o invasor negro. Mas não fiz. Sou a traidora de mim mesma, nunca tive talento para o ataque. Ele passa o braço em volta de mim. Arrepio bom. A raiva está sendo extirpada junto com os rins. Ele me puxa pra mais perto. Medo gostoso. Ele pede que eu não seja tão severa comigo mesma.

— Impossível — eu respondo. — Sinto que o abismo finalmente está... Ele está... É muito maior do que eu. Impossível manter a calma, não sofrer. Como você consegue?

— Comigo é diferente. Eu nasci no abismo, esqueceu? Tenho mais medo da luz do que do escuro. Este cenário, por exemplo, é mais assustador do que tudo o que eu já vi. Só não entro em pânico porque você está aqui comigo. — Ele pensa um pouco, então completa: — Como eu faço pra manter longe o medo? Eu penso na gravidez.

— Que gravidez?

— Na minha gravidez. Uma vida pulsando dentro da outra. Você vivendo dentro de mim. É assim que será, ao menos por um tempo.

Perfeito. Em breve serei um feto habitando a cabeça de um estranho. Era só o que faltava. Muito poético. Muito patético. E nojento. A metáfora da gravidez exprime carinho e suavidade. Mas será que ninguém percebe que ela também expressa qualquer coisa de monstruoso? Que palhaçada é esta, uma criatura dentro de outra?! Estou acabada, combalida, consumida, desgastada, embotada, esfalfada, esgotada, exaurida, extenuada, gasta, moída, pregada, quebrada, quebrantada. Caramba, estou há quanto tempo saltando de cenário em cenário? Sendo levada de lá pra cá, pra quê? É torturante pra mim ser o objeto do amor desse homem-lobo que de certo modo eu odeio, preciso odiar, é fundamental que eu odeie. Porém nem isso eu sei fazer direito, até isso eu terei que aprender: a odiar o homem que está grávido de mim. Vão à merda, caralho. Estou exausta. Muito cansada. Não quero mais ver, ouvir, cheirar, degustar, tocar. Não quero mais pensar. Bebam todo o meu sangue, levem embora meus sentidos e me deixem dormir.

— Eu também te amo.

Calor. A frase fica brincando no ar, generosa, abominável, sem que eu consiga saber quem disse isso, ele ou eu.

LUIS EDUARDO MATTA nasceu no Rio de Janeiro em 1974. Publicou os thrillers *Ira implacável* (Razão Cultural, 2002), *120 horas* (Planeta, 2005) e *O véu* (Primavera Editorial, 2009), além dos romances juvenis *Morte no colégio* (2007), *O roubo no Paço Imperial* (2008) e *O rubi do Planalto Central* (2008), todos pela editora Ática.

A FILHA DO DIABO

A pequena Iguaúna parou na véspera do dia de Finados para assistir à chegada do padre Tertuliano, conhecido em todo o estado por sua fama de poderoso exorcista. Os moradores da cidade nunca simpatizaram muito com Lúcia Helena, uma bela forasteira de procedência desconhecida e sem antepassados na região, que construíra, 15 anos antes, uma casa vistosa num sítio do Vale da Catacumba, na zona rural.

Ela não tinha filhos, nem marido, nem pais, nem irmãos, nem primos, ninguém ia visitá-la. Sua única companhia era João, o caçula dos 11 filhos de Sebastião, um pescador analfabeto, e Dinalva, uma lavadeira que diziam ter poderes paranormais. João era pago, havia dois anos, para fazer pequenos serviços na casa e desde então morava lá, vindo visitar os pais de vez em quando. Era pouco mais que uma criança, ou seja, ainda por cima, Lúcia Helena explorava o trabalho de menores. Isso era imperdoável.

Os rumores mais sombrios sobre sua procedência e reais intenções na cidade começaram a circular depois que o corpo de Dinalva apareceu boiando nas águas escuras da Lagoa Negra. Sua filha mais velha contara à polícia que, dois dias antes, a mãe tivera uma visão. Um espírito vestido de preto e com um capuz cobrindo a cabeça teria aparecido para ela e declarado:

— Lúcifer fez encarnar na Terra um dos seus servos e ele escolheu esta cidade para iniciar, uma década e meia atrás, a sua Era das Trevas. Avise ao povo que a besta está viva e destruam-na antes que ela se torne invencível!

Ficou evidente para todos que o espírito se referia a Lúcia Helena.

O grande problema era que João estava vivendo com ela, provavelmente trabalhando num regime quase escravo. Ao ver sua mulher sem vida no lago, Sebastião, enlutado e com medo, resolveu agir com cautela. Não teria condições de enfrentar o demônio sozinho. Precisava do apoio de um especialista. E viajou até a capital, de onde voltou com o padre Tertuliano, que agora se dirigia, seguido por dezenas de moradores de Iguaúna, para o Vale da Catacumba. Muitos levavam crucifixos, vidros com água benta ou exemplares da Bíblia. Todos estavam unidos contra aquela mulher a quem passaram a chamar de "a filha do Diabo".

Mas o poder de Deus era maior. Ele havia conseguido avisar a população, e o Mal seria eliminado antes que pudesse se disseminar.

A caminhada até o Vale da Catacumba, distante quase dez quilômetros do centro de Iguaúna, era feita por uma estrada de terra, sinuosa, estreita e irregular, rodeada de capim e mata nativa. O sol forte e o ar parado castigavam os corpos tensos e banhados de um suor acre e pegajoso, mas ninguém reclamava, enquanto marchavam a passos firmes e rezando alto, num coro entrosadíssimo:

— Creio em Deus Pai, Todo-Poderoso. Criador do Céu e da Terra. E em Jesus Cristo, Seu único Filho, nosso Senhor. Que foi...

À frente do séquito, padre Tertuliano parecia sereno. Com a ajuda de um coroinha, ele espargia água benta por onde passava, a fim de neutralizar as energias malignas que porventura estivessem presentes nas imediações da casa. Logo atrás dele, Sebastião, tenso e amargurado, sequer conseguia rezar. Na mão, carregava o terço de Dinalva. Na cintura, sua inseparável peixeira.

★★★

Uma cerca baixa de madeira delimitava a área do sítio, e o pequeno portão estava aberto. No centro do terreno, erguia-se a casa. Grande, imponente e graciosa, passava uma impressão de paz, de hospitalidade, de alegria, de romantismo, que não combinava com a pessoa que ali morava. Toda pintada de branco, tinha o telhado vermelho e arranjos delicados de flores em jardineiras sob as janelas.

Até aquele dia, Sebastião não entendera por que seu menino, mesmo sabendo do envolvimento de Lúcia Helena na morte da mãe, ainda tinha coragem de ficar lá. Foi durante a caminhada que sua mente se iluminou e ele, enfim, compreendeu: Lúcia Helena — ou melhor, o demônio que se apoderara do corpo dela — enfeitiçara o garoto. Ou o aprisionara. Ele chegou a confidenciar seus temores ao padre, que apenas respondeu:

— Fique tranquilo. Nada vai acontecer ao seu filho.

— Mas o senhor vai ter que fazer exorcismo nele também?

— Não. Quando o demônio for expulso, a energia ruim que liga os dois se quebrará e seu filho estará livre.

Mas Sebastião continuava preocupado. E, na chegada ao sítio, seu único objetivo era encontrar João, mesmo sabendo dos riscos que corria ao entrar em território inimigo. Padre Tertuliano orientava os fiéis a formar um círculo abraçando a casa e ninguém viu Sebastião se afastar e entrar no imóvel.

★★★

Embora muitas janelas estivessem abertas — pelo menos era o que se via do lado de fora — o interior da casa estava escuro. Não totalmente, é claro. A luz entrava, mas a quantidade de paredes internas, móveis altos e cortinas grossas reduziam em muito a claridade. Os passos de Sebastião soaram vacilantes no assoalho da sala. Seus joelhos vergavam de medo. Estava na casa do Diabo.

Não encontrou ninguém no primeiro andar. Nem seu filho, nem Lúcia Helena. A casa parecia haver sido abandonada às pressas, como se aquela mulher tivesse descoberto que os emissários de Deus estavam a caminho para derrotá-la. E, se isso de fato aconteceu, teria João seguido com ela?

Foi nesse momento que ele ouviu um rangido leve. Vinha do alto. Com o coração aos pulos, Sebastião olhou para cima. Só havia um lustre, que pendia do teto. E balançava. O ar continuava parado, sem uma mísera brisa. E o lustre balançava cada vez mais forte. Sebastião ouviu um gemido sofrido. Como se alguém estivesse sendo torturado ou violentado. E vinha de cima. Agora o lustre balançava com força, descrevendo órbitas impossíveis. Sebastião estava procurando uma escada por onde pudesse subir, quando o lustre de repente se soltou e voou pela sala, como se houvesse sido arremessado. Cobriu a cabeça com os braços instintivamente e esperou alguns segundos antes de erguê-la e constatar que o lustre se espatifara na base de uma escadaria.

★★★

Do lado de fora, os fiéis de mãos dadas terminavam de circundar a casa e, sob as ordens do padre, iniciaram uma sequência de orações. Rezavam alto, invocando a presença de Deus, da Virgem Maria e de Jesus Cristo na luta contra o Mal tocaiado naquela casa, enquanto padre Tertuliano benzia e jogava água benta em torno da construção, rezando baixo, em latim:

— ...Dei vivi, et Spiritus Sanctus habitet in eo. Per eumdem Christum Dominum nostrum, qui venturus est judicare vivos et mortuos, et saeculum...

A casa continuava num silêncio anormal. Ninguém entendia por que nem Lúcia Helena nem João tinham aparecido, ainda que fosse apenas para saber o que toda aquela gente queria. Mas Deus era forte. Sua presença e energia abençoavam aquela missão. Não havia como dar errado.

No momento em que terminou de percorrer o perímetro da casa, padre Tertuliano e alguns fiéis escutaram o barulho de algo pesado se quebrando. Viera lá de dentro. Todos pararam de rezar e olharam interrogativamente para o padre, que sorriu:

— Continuem rezando, irmãos. Esse chamado é para mim.

★★★

Sebastião agarrou a cruz que pendia do cordão no seu pescoço ao subir a escada. Os gemidos tinham aumentado. Seria a voz de João? Ele só pensava em tirar o garoto dali. Nem sabia onde tinha encontrado toda aquela coragem para se aventurar sozinho pela casa, sabendo que estava, agora, sob o olhar do Diabo.

Sebastião alcançou o segundo andar. As cortinas agitavam-se, mais uma vez sem que houvesse vento. Escutou novamente os lamentos, apurou os ouvidos e confiou no seu senso de direção, que recomendava seguir pelo corredor. Era uma galeria escura e, aparentemente, comprida. Todas as portas que davam para ele estavam fechadas.

Ele andava devagar. O suor que recobria seu corpo agora era de medo. As tábuas de madeira rangiam sob seus pés à medida que penetrava no corredor. Ele ajustou os olhos na escuridão e perscrutou o recinto até onde sua visão alcançava. Encostou a cabeça na segunda ou terceira porta. Alguém chorava baixo do outro lado. Ele segurou a maçaneta, ainda hesitante em enfrentar a situação, mas não havia outro jeito. Devagar, girou-a e entreabriu a porta.

A luz mortiça de um pequeno abajur iluminava fracamente o quarto, cuja janela estava fechada. O choro tornou-se mais audível. Sebastião segurou sua peixeira e, guiado pelo som, foi andando pelo cômodo. Angustiava-o constatar que estava cada vez mais longe da porta. O quarto formava um L invertido na outra extremidade, com uma ala menor avançando pela direita. Sebastião aproximou-se dela e espiou-a. A peixeira tremia em sua mão. Viu uma silhueta humana encolhida no chão. De repente, ouviu o ranger de dobradiças atrás de si. A porta do quarto, que estava apenas entreaberta, tinha acabado de ser escancarada. Sebastião olhou para trás, mas não viu ninguém. Além do batente da porta só havia o corredor escuro.

Desnorteado, ouvia todos os seus sentidos suplicando-lhe para fugir dali. Queria obedecer, mas não podia sair sem o filho. Deu mais dois ou três passos à frente e enxergou melhor o vulto encolhido no chão da saliência do quarto. Ele abraçava os joelhos encolhidos com os braços e chorava. Suspirou de emoção ao ver que era João.

— Oi, filho!

O garoto olhou para o pai, que completou:

— Eu vim te buscar.

Ele estava mais magro e abatido. Seus olhos, injetados pelas lágrimas, eram a própria imagem do pânico. Sebastião ajoelhou-se ao seu lado e inclinou-se para abraçá-lo, quando viu.

— O que é isso? — ele exclamou, em choque.

O rosto e os braços do garoto estavam salpicados de feridas e manchas. Na altura do ombro esquerdo havia uma fenda negra, como se o local houvesse sido atingido com força por uma lâmina grossa.

— O que ela fez com você? — Sebastião perguntou.

— Ela quem?

— A mulher que é dona dessa casa e pra quem você tá trabalhando.

— Dona Lúcia Helena é legal, pai.

— Como é legal? Ela é a filha do Diabo, você não sabe? — Sebastião elevou a voz, indignado. — Olha só para você: tá todo machucado.

— Ela não me fez nada, pai — João voltou a chorar. — Dona Lúcia cuidou de mim o tempo todo. Me tratou sempre com carinho. Ela não tem nada a ver com o Diabo.

— Onde ela tá?

— Morreu.

A afirmação saíra baixa, quase num murmúrio. Sebastião mordeu o lábio, sem saber bem o que responder.

— Mataram ela — acrescentou João.

— Quando?

— Faz um tempo. Foi um padre. Ele veio aqui e deu um tiro nela. E ficou morando aqui.

— Um padre, filho? — Sebastião apontou os ferimentos no corpo do garoto. — Então essas feridas...

— Foi o padre. Ele me maltrata e faz coisas horríveis comigo.

— O que ele faz com você?

— Ele... faz maldades comigo — João fez uma pausa angustiada. — Tenho vergonha de falar.

O sangue subiu à cabeça de Sebastião.

— Que maldades?

— Ele me amarra, me bate e... enfia... uma parte dura dele... aqui atrás de mim — João apontou, relutante, para a região logo abaixo das costas. — E fica... ofegando... até...

— Chega! — Sebastião não quis ouvir mais nada. Era uma história repugnante. Era demais para os seus nervos imaginar o filho passando por tamanho suplício. E, além do mais, aumentava o seu sentimento de culpa por ter permitido que João fosse trabalhar naquela casa.

Ele notou uma sombra enorme parada junto à porta. Pôs-se de pé num pulo e apontou a peixeira para ela.

— O que está havendo aqui?

Sebastião firmou a vista e viu padre Tertuliano entrando no quarto.

— Me tira daqui, pai! — João desesperou-se.

— Fica calmo, João — disse Sebastião. — O padre é nosso amigo. Ele...

— É ele, pai!

— Ele quem?

— O padre. Não deixa ele chegar perto de mim!

Padre Tertuliano perguntou:

— O que esse garoto está dizendo?

João não parava de gritar e de chorar:

— Não deixa, pai. Por favor!

— O que está acontecendo, Sebastião? — insistiu Tertuliano.

O padre andava lentamente na direção deles, sem fazer menção de parar. Sebastião conhecia as histórias de sacerdotes que abusavam de jovens. Apareciam o tempo todo no noticiário. O filho nunca mentira. Não tinha por que duvidar dele. E muito menos daquelas feridas horríveis.

— Ele sim, pai. Ele o Diabo! Não a dona Lúcia, que era muito boa comigo. Não deixa ele encostar em mim. Ele vai fazer aquilo tudo de novo. Por favor, pai! Não deixa!

Diabo?

Então, era o padre? Por que ele fizera aquilo? Por que tinha armado toda aquela encenação de exorcismo, se era ele o tempo todo?

Sebastião se viu tomado por uma raiva intensa, algo jamais sentido antes. Um misto de instinto paternal, revolta, nojo, senso de justiça e tensão acumulada que precisava ser extravasada. Ele jogou-se sobre o padre, derrubando-o no chão e imobilizando-o rapidamente.

— O que deu em você? — Tertuliano perguntou, indignado. — Me solte!

— Você abusou do meu filho?

— Nunca vi seu filho em toda a minha vida.

— Já sei quem o senhor é, padre. O senhor não é padre. O senhor é o *demo*!

— Você enlouqueceu, Sebastião? Eu...

Não conseguiu concluir a frase. Apenas soltou um grito monstruoso que ecoou pelas paredes do quarto. Sebastião havia enfiado a peixeira bem no meio da sua garganta, fazendo espirrar um jato quente de sangue que lhe encharcou a mão e o pulso. O corpo do padre estremeceu e amoleceu a seguir, esparramando-se inerte sobre o assoalho frio.

Sebastião arfava, sem registrar direito o que havia acabado de fazer, quando a multidão de fiéis, atraída pelo grito, entrou na casa em bando e subiu a escada, indo encontrar a porta aberta do quarto. Ao verem Sebastião com a peixeira ensanguentada em punho, debruçado sobre o padre sem vida, não tiveram dúvidas:

— Ele matou o padre! — um dos homens gritou.
— O demônio entrou nele! — berrou outro.
— Tá possuído! — todos gritaram. — Assassino! Assassino!

E partiram, desavorados, para cima de Sebastião, que, atônito e ainda atordoado, não teve nem tempo de esboçar uma reação. Foi linchado sem misericórdia. Da porta do quarto, João assistiu, impassível, ao pai ser dilacerado e morto pela turba furiosa. Não havia mais nenhum ferimento ou mancha pelo seu corpo. Apenas um olhar gélido e uma insinuação de sorriso. João foi embora antes que alguém notasse sua presença. No jardim, deserto, despediu-se da casa onde vivera os últimos anos. Os restos mortais da deliciosa Lúcia Helena continuavam no porão. Lá, João, prazerosamente, aproveitou-se do corpo e do suplício dela por meses. Era uma pena ela não ter resistido um pouco mais. Mas João logo encontraria um novo pouso e um novo corpo feminino que pudesse servi-lo como ele necessitava.

SÉRGIO PEREIRA COUTO nasceu em São Paulo em 1967. Formou-se em Jornalismo pela Faculdade Cásper Líbero. Edita a revista *História Oculta*, da Mythos Editora. Publicou os romances *Sociedades secretas*, *Os heróis de Esparta*, *Mentes criminosas*, *Renascimento* e *Help: A lenda de um beatlemaníaco*, além dos contos "Espíritos no mundo material", na coletânea *Histórias do tarô*, "Jogos criminais", na coletânea de mesmo nome, e "Popol Vuh", na coletânea *A batalha dos deuses*.

DÊ-ME ABRIGO

O dia brilhava de maneira tímida entre as nuvens. A manhã modorrenta pedia café e pão torrado. Cristina permanecia com os olhos cheios de sono e perguntava para si mesma se não estava exagerando. Sentia-se como um zumbi. Fora dormir mais cedo, mas o sábado revelou-se um dia atarefado para seu subconsciente, guardião de intensa lista de tarefas. O trabalho na agência de publicidade ficaria em estado de animação suspensa até a próxima semana.

Entrou na cozinha e olhou para Bruno, um persa negro com olhos tão brilhantes quanto uma criatura da noite. Afagou o animal, ligou a cafeteira, sentou-se próxima à mesa e afastou a pequena TV portátil próxima da pia. Detestava aquela sensação de estar perdida no tempo e no espaço que sempre a dominava ao acordar. Mas ficar na internet até três da manhã colocando seus e-mails em ordem e papeando com os amigos virtuais cobrava seu preço.

— Nunca me senti tão cansada... — murmurou enquanto Bruno se esfregava em suas pernas e ela o afagava.

O cheiro das torradas começou a invadir a cozinha. Quando levantou para recolher o café, um barulho do lado de fora chamou sua atenção. Um Mustang vermelho estacionava do outro lado da rua, em frente à casa que ficou vazia por pelo menos dois anos. Desde que Cristina se mudara para lá, ninguém queria aquele imóvel porque diziam que ali havia ocorrido um assassinato.

Poucas semanas antes, porém, alguns homens começaram uma reforma. Cristina pensou que iriam transformá-la numa loja ou algo parecido. Agora, com o enorme caminhão de mudanças se aproximando do Mustang, entendeu que teria novos vizinhos.

"Devem ter conseguido a casa por um bom preço", pensou, enquanto mordia a primeira torrada com canela que preparara. Cristina estivera apenas uma vez no imóvel, quando a senhora Maia, uma viúva aposentada de 65 anos que morava ao lado, levou-a até o local, já que a imobiliária deixara a chave por lá.

A primeira coisa que veio à sua mente foi a lembrança das manchas que invadiam a sala e alguns dos quartos. Manchas estranhas, de uma cor que parecia ketchup lavado. As lendas urbanas afirmavam que eram as marcas de que algo muito violento tinha acontecido, embora as versões fossem contraditórias: uns falavam em uma família de três, outros de seis e outros ainda de oito pessoas.

Cristina sentiu Bruno se enroscar em suas pernas. Ia pegá-lo no colo quando um estranho saiu do carro. Era alto, encorpado, com um ar militar e expressão séria no rosto. Vestia-se de preto e dava ordens para todos os lados enquanto os homens da mudança levavam para dentro móveis de estilo antigo. Cristina calculou que ele não devia ter mais do que 30 anos, mas tinha um aspecto tão sisudo que pensou estar diante de um general ou um coronel.

Bruno miou mais alto e Cristina teve que desviar sua atenção para o animal por alguns segundos. Quando voltou a espiar, tomou um susto: o homem olhava em sua direção. De alguma maneira ele parecia saber que ela estava lá, por trás das persianas.

O estranho concentrou-se rapidamente em seus afazeres e pareceu se esquecer da vizinha intrometida. Os móveis acusavam que se tratava de um homem com gosto refinado e muita atenção aos detalhes. Caixas enormes de madeira desfilavam sem parar e alguns apetrechos indicavam que seu vizinho deveria ser um caçador ou atirador. Quando viu uma cabeça de leão e uma de hipopótamo empalhadas, desviou o olhar horrorizada. Detestava crueldade com animais e sabia que aquele homem poderia ser atraente, mas também cruel.

Cristina pegou Bruno nos braços e voltou aos seus afazeres. Horas depois, tentava trabalhar no escritório, de onde tinha uma visão privilegiada da casa do vizinho. Estava tão compenetrada na movimentação em frente que levou um susto com o toque de seu celular.

— Oi! Tudo bem? Pronta para nosso banho de loja?

Era Luísa, a melhor amiga, chamando-a para ir às compras.

— Na verdade, tenho que deixar para amanhã.

— Eu sabia! Você me evitou a semana toda e agora vai usar a velha desculpa do trabalho para desmarcar.

Mal voltou os olhos para a rua e percebeu seu vizinho, agora em roupas mais comuns, aparando a grama. Estranhou a rapidez da mudança.

— Estou de olho no vizinho. Acabou de se mudar.

— Hum... Pelo menos é por uma boa causa! — disse Luísa, com tom malicioso. — É aproveitável? Qual seria o grau na escala de pegação?

Cristina sorriu e respondeu rapidamente, o que a surpreendeu.

— Um redondo oito.

— Ops! Vou já pra aí!

A campainha da porta soou.

— Nem experimente. É meu novo vizinho e não quero dar a entender que sou uma mulher reprimida ou algo assim.

— Meu bem, você é a mais reprimida que conheço. Executiva bem-sucedida de uma das maiores agências de publicidade do país e nunca tem tempo pra sair! Desse jeito nunca vai arranjar ninguém.

Cristina começou a abrir a porta e não conseguia parar de rir.

— Você é uma exagerada...

Não completou a frase. Retraído, o vizinho a olhava como um cão esquecido pela mudança.

— Hã... Meu nome é Paulo e acabei de me mudar. Estou meio sem jeito, mas será que poderia me dar um copo d'água? Descobri que o meu encanamento está tão sujo que deve demorar uns dias para normalizar.

Cristina nem sabia como reagir.

— Ai, ai, ai! — murmurou Luísa no celular. — É ele, não é? Que voz! Deve ser alto, forte, bonito e com um passado interessante...

Cristina tentou se recompor. Usava seu velho roupão e estava desleixada pelas horas que passara entretida com a papelada do trabalho.

— Depois te ligo — e bateu o celular na cara de Luísa. — Claro, claro, pode entrar. Eu vi sua mudança agora de manhã. Espero que não demore muito para pôr a casa em ordem.

Paulo passou por ela exalando uma colônia pós-barba barata difícil de resistir. Viu-se invadida por uma atração que não sentia. Desde que seu casamento terminara.

Paulo observou a sala com cuidado. Os móveis de couro, os tapetes em tom vermelho-escuro, muito vidro e pequenas estátuas de bronze demonstravam um gosto que, de certa forma, se assemelhava ao dele.

Ela ligou o som.

— Fique à vontade. Volto já.

Saiu às pressas e nem esperou algum tipo de resposta. Queria muito causar uma boa impressão, mostrar que não era uma vizinha bisbilhoteira. Ele a vira olhando pela janela, pensou, e resolvera usar isso como desculpa para conhecê-la.

O rock clássico soou pela casa. Paulo avaliou cada móvel presente no recinto e procurou imaginar se a nova amizade poderia indicar que sua procura chegara ao fim. Seria a escolhida?

Os pensamentos foram interrompidos pelos acordes fantasmagóricos da guitarra dos Rolling Stones. "Gimme Shelter" começava a ecoar. Era um dos maiores clássicos da banda.

Paulo percebeu que tudo sumira: os móveis, os tapetes, até mesmo a sala em si. Ele se via no meio de uma paisagem inóspita, sentindo o vento árido do deserto esparramar em seu rosto e o sol queimando as costas. Ao longe soavam explosões e tiros, cada vez mais altos, e uma língua que não entendia gritando ao longe.

"*Oh, a storm is threatening my very life today.*"

Sim, era uma tempestade. Paulo se jogou no chão e começou a se arrastar pela areia. As explosões estavam ainda mais próximas. "Isso não pode estar acontecendo", murmurou enquanto sentia os flocos da areia bege entrarem em sua boca. "Isso tem que acabar, meu Deus!"

"*If I don't get some shelter oh yeah I'm gonna fade away.*"

Um helicóptero sobrevoou sua cabeça e ele pôde ouvir gritos na própria língua, o que o fez acreditar que estava salvo.

— Ei, pessoal! — gritou e viu que suas roupas eram de novo o uniforme militar de dez anos atrás no Afeganistão. Não sabia mais o que pensar e resolveu correr para ser socorrido. — Pessoal, aqui! Sou um de vocês! Fomos atacados na estrada para Cabul! Nosso tanque explodiu! Meus colegas estão mortos! Por favor, me ajudem!

O helicóptero pousou e de dentro dele saiu uma *marine* loira e bonita com uma metralhadora. Paulo sentiu suas pernas tremerem e não entendeu nada quando ela apontou a arma em sua direção.

"War, children, is just a shot away, is just a shot away."

— Nada pessoal — disse a mulher que Paulo sabia ser uma espécie de oficial de seu pelotão —, mas Washington não quer perdedores na guerra contra o terrorismo.

E então abriu fogo.

Paulo sentiu a rajada das balas ao som do solo de Keith Richards. Ao cair no chão, esbarrou em algo duro, que fez um barulho tremendo, e fechou os olhos por alguns segundos.

Quando os abriu novamente, estava de volta à sala de Cristina. Olhou para suas mãos e não havia nada. O som que ouvira era o de seu próprio corpo esbarrando no pé da estante onde o aparelho estava ligado. O impacto interrompeu a música e fez com que Paulo voltasse ao presente.

— Está tudo bem aí embaixo? — gritou Cristina. — Espero que não tenha caído nada em você!

Ele demorou para responder. Quando o fez, sua voz não era das mais animadoras:

— Hã... Tudo bem... Esbarrei sem querer em sua estante, só isso.

Ela derrubou o pente e reclamou baixo. Pelo menos estava com uma blusa azul, calça jeans preta e mocassim, a roupa mais casual que tinha à mão. Achou-se atraente e desejou que Paulo também pensasse assim.

— Está tudo bem? — perguntou ela, olhando para a mesma direção que ele, sem saber o que o atormentava.

Ele se voltou para ela como se a visse pela primeira vez.

— Quer sair comigo? Não conheço nada daqui e acho que você seria uma guia bem interessante.

Cristina foi pega de surpresa. Ela ainda não tivera tempo para analisar o que achava de Paulo. Mas algo na expressão dele parecia ser bem sincero, o que a desconcertava.

— Bem... Quero dizer... Em princípio...

Paulo a encarava sem externar emoção. Parecia reter em si qualquer indício do que realmente esperava que ela dissesse.

— Tudo bem! Hoje estou de folga. Que tal irmos até um restaurante que conheço na parte baixa da cidade e depois ao cinema ou ao teatro...

Paulo fez um gesto com as mãos para que ela parasse de falar e disse:

— Deixe tudo por minha conta. Faço questão de arrumar tudo, já que vou lhe dar um trabalho e tanto hoje. Te apanho às sete.

Cristina nem acreditava naquela cena toda. Um homem atraente cair assim na porta de casa! Voltou ao trabalho, contando as horas até que o dia acabasse para encontrá-lo.

Em nenhum momento reparou que ele saíra sem a água e que seu MP3 player, o mesmo que tocara a música, estava num canto da sala totalmente despedaçado.

— Não me esconda nada, vamos!

Luísa estava na sala de estar da casa de Cristina no dia seguinte.

— Ele é incrível! — disse Cristina, fascinada. — Incrivelmente inteligente, culto, com um gosto refinado e uma criação rigorosamente militar. Ele me contou que esteve nas operações norte-americanas no Afeganistão entre 2006 e 2008. Escapou por pouco de uma explosão feita por talibãs que atacaram o tanque em que ele e seu grupo estavam em Cabul.

Luísa conhecia a amiga há anos e sabia que ela não era do tipo que se deixava entusiasmar por qualquer um. Mas algo parecia não bater bem. Embora não soubesse dizer o quê, achou melhor ficar quieta para não desanimá-la.

— Como ele foi parar em Cabul?

— Ele é norte-americano de nascença. Na verdade, é filho de brasileiro com uma italiana radicada lá. Depois do 11 de Setembro e das operações militares no Afeganistão, ficou cansado de tudo e decidiu tentar a vida por aqui.

— Qual o nome completo dele?

Cristina a olhou, desconfiada.

— Pra que você quer saber?

Luísa deu de ombros. Era uma bela morena que já fora modelo fotográfica. Hoje se contentava em ser *freelancer* da mesma agência onde Cristina trabalhava.

— Paulo Bastos Oliviacci — disse Cristina, de cabeça. — Formado em Medicina pela Universidade de Princeton. Atirador de elite no 138º Pelotão do Exército dos Estados Unidos.

Um som alto começou a vir do outro lado da rua.

— Deve ser ele. Gosta de rock clássico?

Cristina identificou uma música do Van Halen e concordou com a cabeça.

— Li em algum lugar que é um método antigo do Exército dos Estados Unidos usar rock para incentivar as tropas — comentou Luísa. — Talvez ele use isso para se autoincentivar.

Cristina sabia que havia algo estranho em Paulo. Encontrara o MP3 pisoteado num canto da sala. E o modo como se conheceram era, no mínimo, inusitado. Mas havia se divertido tanto na noite anterior e Paulo se mostrara tão cavalheiro que resolveu não comentar.

Elas continuaram a conversar sobre outros assuntos, ouvindo a música que vinha da casa dele, do outro lado da rua.

Paulo sentia que a música revelava alguns aspectos de sua personalidade que gostaria de esquecer. Estava sentado em frente ao computador e escutava uma rádio on-line de Londres. As músicas despertavam sentimentos guardados em algum recanto esquecido de sua psique. No espaço de uma hora ele conseguiu se sentir alegre, triste, depressivo, ansioso, curioso, agitado. Lembrava-se de seu sargento, um homem enorme com cara de buldogue, que sempre brigava com ele durante as missões no Afeganistão e que desprezava totalmente a vida dos habitantes locais.

Esse sargento tocava alguns clássicos do rock em alto volume e fazia com que seus subordinados ouvissem as músicas e respondessem de acordo com o ritmo ou com a letra.

Mas por maior que fosse o "condicionamento musical", não poderiam nunca imaginar que seriam traídos por um dos seus, ou melhor, por uma das suas.

Os pensamentos foram interrompidos quando o locutor da rádio anunciou que era aniversário do vocalista dos Rolling Stones, Mick Jagger, e que iriam comemorar a data com um especial sobre a banda. Quando os primeiros acordes de "Gimme Shelter" começaram a soar, um choque intenso percorreu seu corpo e o colocou em uma espécie de estado catatônico. Sua mente o levou novamente ao passado, pouco depois da explosão que matara quase todos eles, inclusive seu sargento.

Quando o helicóptero chegou para resgatá-los e viu a mesma mulher de longos cabelos loiros saltar, lembrou que tocava a mesma música no último volume e em repetição. Aquela era a canção que os fazia buscar apoio.

A mulher matou os quatro companheiros que, como ele, haviam sobrevivido à explosão. Ela gritava mais alto do que a música e o barulho do helicóptero:

"Rape, murder, is just a show away, is just a shot away."

Lágrimas grossas caíam de seus olhos. Seu corpo tremia como se estivesse tendo uma síncope. Suas unhas entravam com tanta força no couro da poltrona que a rasgou. As mangas da camisa que vestia estavam dobradas até a altura do braço e mostravam discretamente a presença de cicatrizes, riscos paralelos feitos um do lado do outro, como um mórbido placar.

Sua mente voltou aos tempos em que era *marine*. Cada afegão morto sob a influência daquela música que tocava sem parar nos alto-falantes de todos os veículos do grupo gerava uma marca em seus braços. Ele era quem matava mais rápido e isso fez com que caísse nas graças da namorada de seu sargento. Sem que ele jamais soubesse, Paulo a seduziu e a estuprou.

Quando a música enfim terminou, abriu os olhos e percebeu que entrara novamente em transe. "Essa maldita música ainda está em meu sistema", foi seu único pensamento. Ele se deitou no sofá, agarrou uma almofada, assumiu posição fetal e chorou convulsivamente.

    Semanas se passaram e o caso entre Cristina e Paulo se aprofundou a ponto de os dois começarem a participar das vidas sociais um do outro. Luísa conheceu Paulo e teve uma impressão estranha dele. Cristina era sua melhor amiga e sabia que ela tivera relacionamentos com homens problemáticos, alguns deles famosos pela agressividade e outros por quase a terem estuprado. Isso a havia fechado para relacionamentos e feito com que agarrasse sua profissão como uma tábua salva-vidas. E agora estava completamente envolvida com Paulo, um estranho que, aparentemente, não tinha nada que o desabonasse. Mas as aparências podiam enganar.

    Enquanto Luísa, sem que Cristina soubesse, decidira iniciar uma investigação sobre o passado de Paulo, a amiga e o namorado seguiam firmes em seu relacionamento. Os dias se passaram e nada parecia condenar aquele casal.

    Nada até o dia em que Cristina apareceu com um olho roxo. Disse a todos no trabalho que havia escorregado e batido contra a quina de uma porta. Luísa achou estranho, pois a amiga nunca fora do tipo atrapalhado.

    Quando todos saíram para o almoço e Cristina não deu as caras, Luísa foi até a sala dela. Encontrou-a olhando com cara triste pela janela. Sem esperar um convite, entrou e fechou a porta.

— Muito bem, amiga, pode me dizer o que realmente aconteceu?

    Cristina tirou o lenço que usava para cobrir a cabeça. Mostrou que havia tingido seus cabelos de loiro e começou a chorar. Aos prantos, disse que havia alterado sua aparência para comemorarem o aniversário de namoro. Ao mostrar a mudança para Paulo no exato momento em que a rádio tocava "Gimme Shelter", ele ficara completamente fora de si e começara a socar a parede próxima do aparelho de som. Ela tentou impedi-lo e ele a olhou como se não a conhecesse. Empurrou-a e ela escorregou, batendo o olho na quina da porta. Paulo pareceu se acalmar apenas quando quebrou o próprio aparelho num acesso de violência que não podia controlar. Quando viu o que fizera com Cristina, arrependeu-se e correu para ajudá-la. Parecia um comportamento totalmente diferente do de alguns momentos antes. A amiga a ouviu com atenção e tentou consolá-la.

Depois daquilo, Luísa intensificou as investigações. Descobrira muita coisa, inclusive o tal "condicionamento musical", mas até então não havia muita correlação entre o que havia acontecido em Cabul e a morte de seu pelotão. Algo parecia não bater. Principalmente quando um amigo jornalista tentou obter uma ficha sobre Paulo Bastos Oliviacci, e o escritório de informações internacionais disse que tal ficha estava "sob a jurisdição do FBI".

Paulo sentia-se muito mal com o episódio. Procurou por ajuda psiquiátrica, mas sentia que nada poderia livrá-lo do condicionamento musical. E, se isso continuasse, provavelmente acabaria machucando Cristina ainda mais. Como ele poderia pensar em se casar se não conseguia garantir proteção para a própria esposa?

Era assombrado pelo fantasma de Lílian, a maldita companheira de Exército que traíra seu pelotão em troca de um passe para casa antes do fim da guerra. Ela era a namorada do sargento e os trocara por um salvo-conduto do Talibã para o Paquistão, onde a Al-Qaeda iria adotá-la como agente. Além disso, havia usado "Gimme Shelter" para condicionar todos os componentes do grupo a não reagirem a qualquer gesto que fizesse. Quando Lílian, filha de franceses, tentou matar aqueles que sobreviveram à explosão do tanque, Paulo fizera um enorme esforço para se desviar da saraivada de balas que matou seus companheiros.

O que Paulo tinha era a chamada Síndrome do Sobrevivente. Ele se culpava por ter sido o único a sobreviver. Escapara da execução de Lílian ao se fingir de morto. Sua maior frustração era a de não tê-la matado. Soubera, anos depois, que ela morrera num atentado ferroviário em Madri. Como ele nunca se recuperou do choque traumático, o Exército norte-americano concordou em dispensá-lo para que pudesse recompor sua vida.

Mas agora sabia que o condicionamento musical continuava. Era como uma programação inconsciente que vinha à tona ao ouvir a música. Assim que ouvissem "Gimme Shelter" deveriam cumprir a linha "war, children, is just a shot away" e matar todos que pudessem e que estivessem a um tiro de distância de suas armas.

Até o momento, conseguira direcionar a raiva que a música despertava para os aparelhos que tocavam a música. Mas e se ele não conseguisse mais?

Luísa não queria que Cristina comparecesse ao encontro com Paulo. Ela já levantara parte do passado daquele homem e achara muitas lacunas, inclusive o verdadeiro motivo pelo qual fora dispensado pelo Exército americano.

— Nem pensar! — disse Cristina, decidida, enquanto se arrumava para jantar numa boate. — O pessoal do Stones Cover vai se apresentar por lá. Lembra do André? Ele é o vocalista.

— Sim, querida, lembro bem do André, mas não é ele quem me preocupa. Você tem que concordar que o comportamento de Paulo não parece muito confiável...

Cristina colocou um colar no pescoço e ajeitou o decote do vestido.

— Foi apenas um incidente isolado.

Luísa balançou a cabeça negativamente.

— De vinte vezes que eu estive aqui, em quase todas ele ouvia sem parar "Gimme Shelter".

— E daí? Você não tem suas músicas prediletas?

A amiga deu de ombros.

— Tenho uma resposta para obter hoje. Meu amigo vai finalmente saber o motivo pelo qual Paulo foi dispensado. Por favor, fique com a atenção nele e me ligue se acontecer algo, ok?

Cristina beijou a amiga.

— Combinado. Como estou?

— Estonteante, como sempre.

As amigas se separaram. Cristina observou o carro de Luísa sumir de sua vista e olhou para a casa de Paulo. Sentiu um arrepio, apesar de o dia estar quente. Então foi até sua porta e tocou a campainha.

Paulo observava uma foto antiga de seu pelotão. Lílian estava lá. Amassou a foto e a jogou fora. Colocou uma pistola pequena no bolso interno do paletó que usaria. Seu pensamento estava apenas na lembrança daquela maldita traidora que provocara a morte de seu grupo. Tudo que ele queria era uma oportunidade de acabar com ela. Mas sua morte em Madri o privara desse prazer.

"Só há um caminho para resolver isso", pensou amargurado. "Não há outra solução. Os superiores do Pentágono podem pagar uma aposentadoria por invalidez gigantesca, mas, se não me livrar desta programação, só a minha morte resolverá."

Não teve tempo para pensar em mais nada. A campainha tocou e ele sabia que era Cristina.

— Tem certeza?

O amigo jornalista de Luísa acenou com a cabeça.

— Minha fonte do Pentágono confirmou. Ele é um exemplo do tal condicionamento musical que não deu para desprogramar. Talvez seja algo combinado com a Síndrome do Sobrevivente. Mas sabemos que, se isso não for possível, ele é capaz de tirar a própria vida. Ou pior, a vida dos outros.

— E a tal Lílian?

— Aparentemente foi o primeiro amor dele. Ela o seduziu e o convenceu a estuprá-la. Usou isso para ter uma desculpa para debandar para o lado da Al-Qaeda. Mas o sargento não apenas não acreditou como também a recusou. Ela se vingou explodindo o tanque da companhia quando estava em manobras próximo de Cabul. Ao ver que Paulo e mais quatro companheiros escaparam, foi de helicóptero até o local e matou todos. Paulo escapou fingindo-se de morto, mas nunca esqueceu a traição de Lílian. Algum tempo depois tentaram desprogramá-lo quando ele surtou e espancou participantes loiras de um concurso de modelos.

— E a música usada lá foi "Gimme Shelter"?

Seu companheiro concordou silenciosamente com a cabeça. Ela sentiu o sangue desaparecer do corpo.

— Então o FBI escondeu que não conseguiu desprogramar um ex-*marine* e simplesmente o dispensou?

— O FBI apenas ficou de olho. Quem o dispensou foi o Exército norte-americano. E com aquela aposentadoria por invalidez tão polpuda que permitiu que ele viesse pra cá tentar a vida. Mesmo depois que a morte de Lílian em Madri foi confirmada, ele nunca admitiu que ainda estava sob a programação.

Luísa levantou-se de repente e acrescentou:

— Obrigada, querido, mas agora tenho que impedir um jantar!

Ficou presa no trânsito. Era uma sexta-feira e todos queriam sair da cidade para apreciar um fim de semana no litoral. O tempo estava bom.

"O calor também parece trazer o pior da personalidade das pessoas", pensou consigo mesma. "Meu Deus, me ajude!"

A banda tocava os maiores sucessos dos Rolling Stones. Cristina chegou a dançar algumas músicas com Paulo, mas via o quanto ele estava tenso. Olhava para todos os lados como se esperasse que alguém ou algo o surpreendesse. A boate tinha uma pista de dança com as mesas ao redor e o palco bem no centro.

Quando o primeiro intervalo foi anunciado, eles voltaram para suas mesas e ficaram por alguns momentos em silêncio. Ela tomava uma coca-cola enquanto ele bebia uísque puro.

— Você vai dirigir — alertou Cristina. — Não devia beber assim...

Ele a encarou:

— Sempre tive problemas com mulheres loiras. Pensei que você fosse diferente, ou que, pelo menos, não usasse essa cor desagradável na cabeça.

Ela pareceu desconcertada com o comentário.

— Ultimamente você parece outra pessoa...

Paulo sorriu desgostoso.

— Sempre fui o que as outras pessoas queriam que eu fosse: filho, médico, soldado, tudo, enfim, menos o que eu mesmo queria.

— E o que você queria?

Paulo respondeu sem encará-la:

— Apenas uma vida normal. Queria apenas encontrar um abrigo...

Cristina não entendeu:

— Qual é? Por que você parece tão azedo hoje? Esqueça o que estiver te atormentando pelo menos por agora. Não devíamos estar comemorando? Pra que beber tanto?

Ele virou o copo de uísque:

— Acredite, estou fazendo isso para bloquear algo em mim.

"O álcool pode bloquear as programações do condicionamento musical", explicou o amigo jornalista. "Mas não temos certeza. Isso foi uma informação repassada pelo sargento que cuidou do seu amigo. Não foi nada comprovado cientificamente."

Luísa olhou o trânsito à frente, consultou o GPS, procurou um desvio. A boate escolhida por Cristina ficava num dos locais mais nobres e procurados de um bairro elegante.

A banda voltou e tocou mais três músicas. Cristina tentou de tudo para que Paulo se sentisse mais à vontade e saísse daquele estado de alerta tão típico em militares. Nada fizera efeito.

— Acho que devíamos ir embora.

Cristina olhou bem séria para ele.

— Negativo. Não sei seus motivos para estar tão azedo, mas vim aqui para prestigiar o André, um grande amigo, e não vou sair antes que o show acabe!

Levantou-se e ficou dançando sozinha ao lado da mesa. Paulo a olhou preocupado. Seria possível que o problema fosse com ele mesmo?

Até que o tal André, que se vestia como Mick Jagger, anunciou no microfone:

— Agora vamos ver como era encarada a Guerra do Vietnã. Que não é muito diferente de como encaramos o conflito norte-americano no Afeganistão hoje em dia...

E os primeiros acordes de "Gimme Shelter" começaram. O conhecido choque começou a percorrer o corpo de Paulo. Cristina voltou-se a tempo de vê-lo sacando do bolso do paletó a pequena pistola.

Faltavam apenas três quarteirões para Luísa chegar à boate. Um barulho de sirene vinha de trás de seu veículo. Três viaturas da polícia apareceram uma atrás da outra. O trânsito ficou ainda mais caótico e ela percebeu que os veículos se dirigiam para o mesmo ponto que ela.

"Ai, meu Deus, não!"

Ela se colocou atrás da última viatura e ainda conseguiu ouvir o rádio que gritava: "Suspeito ainda no local. Há vários feridos."

Tudo pareceu em câmera lenta. Luísa soube que um homem sacara uma pistola bem pequena na boate. Quando o refrão "war, children, is just a shot away" começou, Paulo sacou a pistola e apontou para as pessoas ao seu redor. Abriu fogo apenas quando o refrão usado por Lílian começou. Ele sabia que o "assassino estuprador" era ele mesmo e precisava apagar aquilo de si.

Apesar de pequena, a pistola, um modelo experimental pertencente ao Pentágono e ao Exército norte-americano, atingiu oito pessoas. Segundo relatos, Paulo assumiu uma posição de ataque, apontando a arma para a frente e inclinando seu corpo enquanto afastava as pernas. Foi rapidamente dominado pelos seguranças e alguns clientes, mas, mesmo assim, conseguiu atirar várias vezes.

Uma das balas acertou Cristina, a quem, aos berros, ele chamava de Lílian.

Luísa acompanhou os policiais e disse que conhecia uma das vítimas. Cristina passou a noite na UTI de um hospital, mas morreu logo de manhã.

Paulo foi levado a uma cela especial e representantes do FBI foram chamados. Porém, tudo que encontraram foi o corpo dele, enforcado com alguns lençóis, e um bilhete onde afirmava que iria se juntar a seus amigos e, finalmente, teria abrigo.

Cristina e Paulo foram enterrados no mesmo dia em cemitérios separados. Luísa reuniu um dossiê sobre o condicionamento musical e seu uso indiscriminado para programar soldados norte-americanos na guerra contra o terrorismo. Dois anos depois, publicou um livro sobre o assunto. Na página cinco, escreveu:

"*Dedicado a Cristina e Paulo, duas vítimas de experimentos de um governo que invade sua mente e a abandona depois de usada. Duas vítimas que não tiveram abrigo.*"

ESTEVÃO RIBEIRO nasceu em Vitória (ES) em 1979, e mora no Rio de Janeiro. Estudou Artes Visuais na Universidade Federal do Espírito Santo. Publicou os romances *Enquanto ele estava morto* (A1, 2009) e *A corrente* (Draco, 2010), além de ter roteirizado mais de 600 páginas de histórias em quadrinhos, como o premiado álbum *Pequenos heróis* (Devir, 2010).

AO CORTAR OS CORDÕES

Eu não sei precisar o dia, só recordo que era uma época bem quente, talvez dezembro. Não, era janeiro! Lembro bem que a onda de calor estava fazendo os desacostumados com o abafo repentino irem para o hospital às pressas. Um senhor, já bem velhinho, morreu em frente à casa 58 antes de conseguir abrir o portão e se refugiar. O doutor Fernando não era cria da região e nada sabia sobre a casa.

— Um psicólogo? Psiquiatra? — perguntou Bernardo, colocando a garrafa de refrigerante em cima do balcão surpreendentemente limpo.

Não sei dizer, mas é um desses daí. Como te falei, ele não se importava com essas coisas de agouro, maldição, talvez nem fosse temente a Deus, o homem.

— Sim, e daí? — Bernardo olhava com impaciência. O velho parecia não chegar a lugar nenhum com a conversa, enfiando os copos debaixo da torneira e pendurando-os num porta-copos de alumínio, ainda escorrendo água.

E daí que o doutor chegou à casa 58, colocou seu celular em cima da mesinha de tampo de vidro e bordas de madeira junto com as chaves e rumou para a cozinha com seus pãezinhos, só que viu as revistas abertas em cima da mesinha. Depois, reparou que não era só a mesinha, mas toda a sala estava desorganizada. Fresco que só, ele se assustou achando que tinha ladrão na casa.

Seu primeiro movimento foi olhar para o corredor que levava pra cozinha, cuja luz estava acesa. Alguém tinha entrado na casa, sem dúvida.

O doutor Fernando podia ser estudado e não acreditar no sobrenatural, mas conhecia a cabeça dos outros como ninguém e sabia do que uma pessoa era capaz. Ele abaixou para pegar o celular e as chaves, tentando não chamar a atenção de quem quer que estivesse na sua cozinha.

Sem tirar os olhos do corredor, não conseguiu evitar que as chaves batessem no vidro da mesa, fazendo um som seco. Pelos passos apressados vindos da cozinha, soube que tinha sido notado. Sem motivo para o silêncio, o doutor se apressou para sair da casa, abrindo a porta desesperado.

Mas antes ouviu uma voz familiar chamando-o. Olhou entre a fresta da porta antes de fechá-la completamente e se acalmou, apesar da surpresa.

— Joana? — perguntou para si mesmo, abrindo a porta. Na sala, estava uma garota de uns 17 anos, vestida de forma muito comportada para essa geração: uma saia não muito curta e uma camiseta de malha com alguns dizeres em inglês.

— Oi, Nando!

A menina desviou da mesinha, mas ainda assim derrubou umas revistas. Ela queria abraçá-lo, mas ele nem a deixou chegar perto.

— O que você está fazendo aqui? Não recebo pacientes em casa. Aliás, como descobriu onde eu moro?

— Menino, até que foi fácil? Perguntei para sua recepcionista.

— Duvido. Dona Gorete foi instruída a não dar meu endereço nem o telefone de casa para ninguém!

— Ah, a dona Gorete? A mesma que paga as contas de seu escritório e da sua casa? Devia tentar débito automático, Nando!

Fernando sentiu-se exposto à intrusa. Queria que aquela visita inesperada terminasse logo, de preferência sem causar dano ao seu currículo profissional.

— O que veio fazer aqui, Joana?

— Vim te ver, ué. Não tem mais tempo pra mim!

— A gente combinou o tempo que nos pareceu necessário, lembra?

— Combinei nada! Você e meu pai decidiram que uma sessão por semana era o bastante, mas não é, Nando! Não é!

Fernando percebeu que ela tinha razão assim que a viu dentro de sua casa.

— Vamos direto ao assunto, Joana. O que você quer? De verdade!

— Conversar, Nando. Preciso conversar. Aliás, precisava. Agora, preciso é te contar uma coisa!

Fernando se recompôs e pediu para a garota sentar-se. Ele se ajeitou na poltrona de leitura e a olhou atentamente.

— Estou ouvindo.

— Bem, primeiro quero agradecer muito por ter tentado me ajudar com as conversas, com os remédios...

— Ele usa remédios? — Bernardo interrompeu o velho do bar. — Então, é psiquiatra. Psicólogos não receitam remédios. Pelo menos, eu acho que não.

O velho se voltou para Bernardo com um olhar gélido, parando por alguns segundos de lavar a louça, como se perguntasse se podia continuar sem ser interrompido.

O silêncio de Bernardo era como um sim, e o velho pegou outro copo da pia e o enxaguou.

— O que você quer dizer com isso, Joana?

— Eu acho que realmente me encontrei, descobri o que me deixava tão puta com a vida, saca? Descobri uma coisa que precisava compartilhar com você!

— E o que seria?

— As cordas, Nando. Nós somos manipulados por cordas!

Fernando encarou a garota, tentando ver sentido naquilo. Olhou-a nos olhos e viu nada mais que a verdade. Uma verdade que não podia ser sua ou real, mas a menina acreditava no que acabara de falar, seja lá o que fosse.

— Cordas? Mas como assim? Amarrados? Me explica direito.

Ela levantou da cadeira, dobrando as mãos para a frente como se seus pulsos estivessem presos ao teto por fios invisíveis.

— Cordas, Nando! Eu descobri que existem cordas nos prendendo, impedindo a gente de fazer o que queremos!

— Tipo marionetes? — Fernando se controlou para não imitar os gestos que ela fazia.

— Exatamente, Nando! Viu? Você está entendendo!

— Bem, Joana... Acho uma interpretação interessante, até já vi um filme brincando com isso, mas não tem cordas te impedindo de fazer nada.

— Claro que não! Mas em você eu vejo muitas, sabia? — Joana apontou para os braços do médico, que se apalpou nos pulsos e tornozelos, mostrando para ela.

— Eu acho que você se enganou, Joana.

— Você, como meus pais, não entende! — Joana se enfiou na poltrona de braços cruzados, afundando a cabeça entre os ombros.

— Mas eu tento.

— Claro, você é pago para isso! — ela se ergueu no assento. — Escuta, se nós não tivéssemos esse relacionamento, digamos, profissional, você sairia comigo?

Fernando a encarou. Era 15 anos mais velho do que Joana, cujo corpo evidenciava curvas e excessos que só uma adolescente podia ter: quadris largos, seios grandes apertados na malha. A roupa fazia curvas nas bordas, marcando coxas, braços e a barriga, evidenciando a maciez daquela pele.

— Você é menor de idade e minha paciente.

— Só até o ano que vem — a menina percebeu a abertura e escorou na poltrona, espremendo um pouco os seios para ele. — Além do mais, ninguém está ligando mais para esse lance de idade, Nando.

A conversa estava esquentando e o doutor deu um jeito de esfriar os ânimos.

— Vamos voltar para as cordas, Joana. Quero saber mais sobre isso!

— Não sei como te explicar, mas já tem um exemplo prático! — Joana voltou a se ajeitar na poltrona.

— Onde? — Fernando correu os olhos pela sala.

— Aqui mesmo, há poucos segundos.

— Hum, sei. — Ele percebeu que ela queria voltar ao assunto da sedução, mas não quis levá-lo adiante. A menina riu.

— Por que está rindo?

— Dá pra ver claramente as suas cordas! — ela apontou para a cabeça do Fernando.

— Que cordas, Joana?

— As cordas que te impedem de me agarrar, de me fazer mulher aqui mesmo!

— Isso é respeito e profissionalismo.

— Deixa disso, Fernando — Joana não o chamava pelo nome completo há um ano, desde que decidira confiar nele. Tinha progredido bastante, mas essa fixação pelas cordas era ridícula.

— Não há cordas em lugar algum, Joana! — gritou o médico, pondo as mãos na mesa e derrubando as revistas. — Nem em mim, nem em você! Acredite em mim, querida! Eu não vejo cordas em você!

Fernando olhou as revistas no chão e percebeu que elas cobriam uma quina quebrada do tampo de vidro. Ele sabia que aquilo não estava assim antes.

— O que... O que aconteceu com a mesinha?

— Ah, quando eu cheguei, fiquei tão chateada por não te encontrar que acabei chutando a mesinha — Joana fez cara de inocente. — Você me perdoa? Eu juro que pago!

— Não tem problema! Afinal, você não está presa às regras, não é? Não tem "cordas" — Fernando gesticulou aspas com dois dedos de cada mão — para te impedir de fazer as coisas, estou certo?

A sala escureceu como se a noite lá fora caísse sem avisar. Joana, de cabeça baixa, se levantou, encarando as mãos.

— Na verdade, doutor Fernando... — Joana levantou as mãos para o médico, que ficou sem ar —, minha liberdade veio desta mesinha.

Joana mostrou os pulsos ensanguentados para Fernando, que encolheu na poltrona.

— O que aconteceu, Joana? O que você fez? Como você fez isso?

Fernando ignorou o fato de não ter visto até então o sangue em seus pulsos, que vertiam em pequenas cortinas vermelhas, sujando a sandália da garota e formando uma poça preta no chão.

— Eu estou bem, doutor — ela repetia sem parar. — Não tem mais cordas!

Joana se aproximava dele, que se afastava em velocidade igual. O sangue dos pulsos, quando encostava no chão, fazia companhia ao dos tornozelos, que avançava pelo chão da sala. O médico correu para a cozinha, na esperança de achar algo que estancasse os ferimentos da paciente.

Fernando se deparou com o corpo de Joana mergulhado em seu próprio sangue, vertido dos pulsos, tornozelos e garganta. Em suas mãos, cravado em seus dedos está o pedaço de vidro da mesa da sala.

— Meu Deus, isso é impossível — gritou Fernando, sem entender como Joana estava morta em sua cozinha, se acabara de vê-la ensanguentada na sala. — Eu só posso estar enlouquecendo!

— São as cordas, Nando — sussurrou Joana, contemplando seu próprio corpo no chão. — Aquilo ali estava preso às cordas. Assim como você está!

Fernando olhou para as suas mãos e viu algo que não estava ali antes.

— Meu Deus! É isso? — Duas cordas grossas envolviam seus pulsos.

— Elas estão aí desde sempre, Nando! Agora que você as vê, tem a chance de tirá-las daí!

Fernando piscou várias vezes, tentando fazer as cordas sumirem. A cada movimento percebia a corda guiando as suas mãos. Seu corpo tremeu e a corda que sustentava a sua cabeça torceu. Assim, ele viu uma faca de serrinha entre as louças lavadas na pia.

Ele pegou a faca quase cega e passou no pulso esquerdo, tentando cortar a corda. Chegou ao meio da corda sem perceber o fio de sangue escorrendo pelo braço. Foi até o fim e conseguiu se livrar do cordão. A mão direita foi mais difícil por ser destro, mas se dedicou com a mesma força. Era complicado segurar a faca com os cordões rompidos. Ele continuou afundando a lâmina e, logo, os dois braços estavam livres.

Os olhos trêmulos acompanharam as mãos cortando as cordas que prendiam os tornozelos. A cada passada da serrinha, o sangue descia aos espasmos, acompanhando as fracas batidas do coração do médico.

Fernando sentou no chão, quase livre, mas ainda sentindo a corda no pescoço, mantendo o tórax ereto. Joana, manchada de sangue da cabeça aos pés, fez um sinal com o polegar, passando a unha na garganta.

O médico hesitou por alguns segundos, olhando para a faca. Respirou fundo e passou a serrinha na corda com força, arranhando a garganta até chegar na jugular, que deu apenas um esguicho.

Imediatamente seu corpo caiu, livre da última corda, repousando próximo ao de Joana. Não demorou muito e eles estavam acompanhando a retirada dos dois corpos pelos bombeiros e a investigação da polícia, que vasculhou a casa inteira. Os dois olhavam aqueles homens e mulheres com cordas em seus pulsos, pescoços e tornozelos, achando-se donos de seus destinos, sem perceber que eram apenas marionetes.

Ouviram quando discutiam entre si para tirar suas próprias conclusões: Joana e Fernando viviam como amantes e fizeram um pacto de morte. Ninguém ouvia Joana, que tentava explicar a cada um que passasse que aquilo não acontecera daquele jeito. Ninguém compreendia Joana. Apenas o doutor.

O bar ficou em silêncio quando o velho terminou sua história. Bernardo terminou a garrafa de refrigerante antes de falar qualquer coisa. Um caroço na garganta prendia sua voz.

— Como você sabe... sobre o que aconteceu com eles depois?

O velho tinha terminado de lavar os copos e enxugava as mãos. Ergueu uma sobrancelha.

— Estamos os dois sozinhos aqui no bar. Ninguém sabe que você está aqui. Realmente quer uma resposta para isso?

Bernardo tirou uma nota de cinco reais da carteira e a deixou no balcão. Sem olhar para trás, saiu correndo pelo bar em busca de uma saída.

RAPHAEL DRACCON nasceu no Rio de Janeiro em 1981. Formado em Cinema pela UNESA, é roteirista premiado pela American Screenwriters Association. Publicou os romances da série fantástica *Dragões de éter* (Leya Brasil; Dom Quixote/PT, 2007) e *Espíritos de gelo* (Leya Brasil; GaiLivros/PT, 2011), além de diversos contos em antologias, tendo vendido mais de 70 mil exemplares.

O PRIMEIRO DRAGÃO

O som da chuva batendo nas armaduras que serviam de mortalhas a homens em pedaços foi a primeira sensação.
A segunda foi o cheiro da carne putrefata.
A terceira, o gosto de sangue.
Era estranho o gosto de sangue ter sido apenas a terceira sensação. Mas foi.
Em verdade, não se escolhem coisas assim. Ele ergueu o tronco e sentiu o corpo sujo de lama. A visão era embaçada; o cenário, trevoso; o coração, intranquilo. O mundo girava em desequilíbrio, feito o mundo de um homem de ressaca, e ele sentiu náuseas, mas não havia o que vomitar. Ossos pareciam areia; músculos lembravam ondas reverberando em espasmos; juntas *estalavam* produzindo sons que não deveriam fazer sentido.
A chuva aumentou a intensidade e lhe colou na testa o cabelo antes sujo e empapado. Ele percebeu que as gotas que começaram a lhe pingar do nariz caíam em tons fracos de vermelho e percebeu que a chuva lhe limpava mais sangue. Ao lado, havia um escudo partido. Espadas sem fio. Flechas na diagonal, enfiadas em corpos estáticos e de bocas abertas, como se os mortos ainda pudessem gritar.
Sentiu o peso e o abraço de uma armadura inútil e barulhenta. Tocou os locais e mecanismos necessários e desarmou a vestimenta protetora, que caiu como se lhe tirasse das costas o peso do mundo. Buscou algum cordão no peito e não o encontrou. Tentou sentir as pernas, que latejavam feito os músculos de alguém que acabara de ter um ataque de câimbras, e a princípio elas não lhe obedeceram. Quando enfim os polegares dos pés ganharam movimento, o coração se acalmou e ele decidiu que era hora de se colocar de pé.
Firmou a mão ao lado do corpo e sentiu a lama fria. Tentou erguer-se, mas tombou na primeira tentativa. Também na segunda.

Por pouco na terceira. Desistiu e colocou-se de joelhos. A camisa que vestia por debaixo da couraça metálica destituída estava com grandes rasgos e resolveu se livrar dela. Sentiu a chuva apertar e bater em si como se o surrasse.

Fechou os olhos.

Escutou a chuva.

Inspirou fundo.

Sentiu o cheiro da carne putrefata.

E o gosto de sangue.

E então, talvez aproveitando a sensação na boca, proferiu palavras manchadas de sangue que seriam escutadas daquela forma deturpada por algum deus esquecido. Houve silêncio, mas apenas da parte dele. As gotas continuavam a bater em armaduras destroçadas e escudos inutilizados. A tocar em telhados destruídos ou paredes decalcadas com a intensidade do fogo. A bater nas feridas expostas, como se velassem o sono dos mortos e quisessem afastar os insetos que nunca os deixam em paz. Rios vermelhos escorriam pela lama lembrando um mapa de afluentes bicolor, e muitos deles cruzavam a figura do homem em silêncio como se a ele convergissem.

Foi quando algumas feridas começaram a se fechar.

E juntas pararam os estalos. Ossos recuperaram a rigidez. Tendões desinflamaram. Músculos ganharam tenacidade. Um dos olhos, exibindo um edema que lhe dificultava a visão, começou a diminuir o inchaço aos poucos. Até mesmo algumas feridas expostas no couro cabeludo começaram a se contrair como se estivessem sendo costuradas. O processo, por mais fantástico que pudesse parecer a princípio, *doía*. E muito. Era como um boneco de pano com sistema nervoso consertado por um alfaiate. É um fato que nas histórias das tabernas nunca se contam essas partes. Afinal, bardos não passam por isso. E os guerreiros sagrados que o sentem na prática costumam ser treinados para não se queixar diante de terceiros. Quase uma hora se passou, enquanto ele se manteve estático naquela posição quase meditativa. A chuva continuou com a presença.

E então o homem abriu os olhos.

De fato, para um homem comum, aquilo *sempre* seria inacreditável. O renascido ergueu-se como se o coração estivesse mais leve. Como se a cura fosse humana. Como se o mundo fosse bom e propício a heróis. Ao pôr-se de pé, pôde olhar o cenário ao redor. A visão não estava mais embaçada embora o cenário continuasse trevoso. Corpos se amontoavam com membros tortos e partes em falta e abutres nem mesmo se importavam com a chuva. Afinal, banquetes como aqueles eram difíceis de encontrar. Ele observou o afluente vermelho do sangue que escorregava na lama e percebeu na junção de um nodo vermelho um objeto de prata afundado na terra molhada. O objeto foi retirado revelando um cordão com um símbolo.

A figura trazia uma espada sobreposta a uma balança.

Usou a chuva para limpar a sujeira. E o sangue. Percebeu a corrente partida e caminhou a esmo. Retirou o cordão de um morto e substituiu o pingente pela espada de prata sobreposta à balança. Ao recolocar aquele amuleto no pescoço, sentiu o mundo voltar a ser seu por algum momento.

Ainda não havia luz ao redor. Contudo, aquele talvez fosse um começo.

Observou a armadura retirada, a mesma que tanto lhe pesava há pouco, e lembrou-se da sensação de alívio nas costas.

No fim das contas, o peso do mundo continuava lá.

Mas ele havia se erguido mais forte.

O andarilho caminhou em meio aos mortos como o último homem diante do fim da vida. Era aquele o vilarejo de Terum e, em sua história como guerreiro missionário, poderia se tratar de apenas mais um vilarejo dentre as dezenas que já havia visitado e livrado de algum mal, na época em que vilarejos como aquele ainda escapavam de um mal. Contudo, aquele lugar para ele seria sempre mais.

Terum era o local onde cumprira sua primeira missão.

Tratava-se de uma pequena vila localizada em Arton-Sul, no continente de Lamnor, que era capaz de conviver com a raça élfica na época em que esta possuía uma pátria e o mundo fazia sentido. Localizada nos limites de Tyrondir, havia sofrido em épocas passadas com um jovem dragão vermelho que cobrava altos tributos e queimava aldeões. Um dragão que morrera no aço de uma espada vingadora empunhada por ele, e cuja riqueza acumulada fora distribuída para a recuperação e reconstrução do vilarejo e o enterro dos de pior sorte.

Subiu uma escada da madeira de uma pequena plataforma que rangia feito ossos de velhos e entrou em uma estalagem, a mesma onde um dia dormira antes da primeira missão. Logo no primeiro andar havia um homem gordo e bigodudo no chão.

Morto.

Faltava ao homem um pedaço do rosto. Moscas dançavam ao redor do ferimento exposto, e o cheiro do lado de dentro era intensamente insuportável. Estava quente e abafado naquela estalagem, na verdade só não mais porque pelos vidros quebrados entravam brisas sopradas pela chuva. O andarilho caminhou deixando gotas e pegadas de água no chão de madeira. Havia outros corpos naquele primeiro andar, mas ele não os conhecia. Conhecia o homem gordo. Morto.

Stew. Era esse o nome do morto.

Stew.

Naquela época de iniciante, em sua passagem havia perdido a própria bolsa de dinheiro e contara ao homem sua situação e como chegara àquele vilarejo para matar o dragão vermelho que os assolava. O resultado foi um prato quente e uma cama dura, mas suficiente, por conta da casa.

É o mínimo que um homem pode fazer a alguém que se prontifica a matar um dragão.

Em nenhum momento ele contara àquele homem que aquela era sua primeira missão. Naquele instante, contudo, ele acreditou que, ainda que o tivesse feito, a sopa e a cama lhe teriam sido oferecidas da mesma forma. O fato é que o mundo sempre foi generoso para os esperançosos. E de boa sorte.

Pulou os corpos de amantes mortos abraçados nas escadas e chegou ao segundo andar. Já no primeiro quarto ele encontrou o corpo dela.

De todos, já no primeiro quarto. Não poderia haver boa sorte alguma naquilo.

Ele saiu com o corpo dela nos braços.

A chuva que os tocava agora parecia lágrimas. Aquela era a rapariga com quem se deitara naquela estalagem na primeira missão. A serviçal que tivera os pais mortos pelo mesmo dragão que ele matara.

O motivo de seu retorno.

A mulher que engravidara de um filho seu.

— Por quê? — a pergunta era feita aos céus, como se a culpa fosse da chuva. Ou como se a chuva fosse o choro do culpado.

Não houve resposta.

— Eu não mereço saber o *porquê*? — a chuva continuou o castigo. E então houve um trovão, como se alguém o houvesse respondido.

— Qual a justiça dessa moeda?

Se seu deus o estava observando, todos os outros deuses naquele momento provavelmente estavam olhando para ele. E igualmente esperando a resposta.

— Qual a justiça de tudo isso... *Hedryl*? — o nome foi berrado como um estrondo.

Hedryl. O nome que os aldeãos e paladinos davam a um deus cabeludo e bem-vestido, tachado como seu representante de justiça.

O grito ecoou pelo vilarejo morto e quicou em tantos ângulos sem sentido que foi ouvido por quem não deveria.

Ao fundo, eles se aproximaram grunhindo como porcos. Pararam e respiraram pesado, emitindo barulhos estranhos. Eram oito. Possuíam a altura de um ser humano, o crânio arredondado e a cara achatada, com o nariz largo e os dentes de bichos. Vestiam armaduras em algumas partes, como se fossem homens. As peles variavam entre o cinzento e o negro, e os colares indicavam partes de inimigos guardadas e exibidas como troféus. Continuavam a grunhir entre si em um idioma difícil para um homem acostumado com vogais compreender. A intenção, porém, era clara: eles estavam surpresos por haver um sobrevivente. Provavelmente aquele grupo era a última patrulha; a que havia ficado para trás não para queimar os mortos, mas para terminar de se alimentar deles.

Humanoides como aqueles não parecem saber sorrir, mas, ao avistá-lo ainda vivo, pareciam.

Já o homem com a mulher nos braços, não.

Com todo o cuidado, ele colocou o corpo dela debaixo de um abrigo. Do outro lado, machados foram jogados de um lado a outro nas mãos dos grotescos, e em brados eles correram para ele como loucos desamarrados. O homem se virou na direção deles. Fechou os olhos. E lhes desejou a morte.

Existem homens criativos em desejar coisas assim.

O primeiro sentiu a rótula sair do lugar quando o calcanhar do humano renascido invadiu e lhe distorceu a anatomia. O machado que carregava passou a servir ao inimigo, que exibiu a arma em um primeiro giro e cortou um pescoço no segundo. Um terceiro, com uma armadura parcial, sentiu a lâmina lhe afundar na clavícula, separando o ombro. Os cinco restantes observaram o sobrevivente e se espantaram. O que mais lhes assustava ainda eram as *feições*. Porque o que viam naquele momento não era apenas um frenesi de um homem descontrolado na batalha.

Era a fúria guerreira oriunda dos guerreiros fanáticos.

Como o machado não saía facilmente do ombro do último ferido, o homem foi até um dos corpos humanos próximos, perfurados por uma flecha, e arrancou a seta. Saindo do transe, os cinco grotescos avançaram.

O primeiro sentiu a ponta da flecha entrando por uma brecha entre o capacete e o peitoral, afundando no pescoço como uma faca. O segundo serviu de escudo quando uma ponta de lança tentou furá-lo. O crânio do lanceiro monstruoso que errara o golpe foi apertado e os olhos espremidos até que estalassem. Enquanto os humanoides ainda vivos gritavam urros de bichos, os outros dois que restavam se olharam assustados diante do renascido em fúria à espera de seus ataques.

Tratava-se de um ser da raça humana contra dois da raça goblin. Ainda assim, era possível jurar que o homem era o bestial. Ambos os goblinoides ficaram estáticos por alguns momentos, avaliando se deveriam recuar ou atacar. Era aquela uma decisão de vida ou morte.

Escolheram atacar. Foi por isso que morreram.

Não havia como queimar os corpos de todos. Então ele queimou apenas o corpo dela. Afinal, era dela que viria o filho que nunca nascera.

Era curioso pensar em uma terra onde o filho de um guerreiro santo poderia morrer de forma trágica antes mesmo de nascer.

De fato, era um mundo estranho aquele.

Encontrou um cavalo machucado, mas forte o suficiente para sobreviver ao massacre. Estranhou um cavalo ainda vivo, ligado a uma carroça vazia, cheia de palha, excrementos e cupins. Desamarrou o animal da carroça e seguiu na direção de onde o coração intranquilo ordenou. Quando se deu por si, estava diante do mesmo templo em ruínas onde um dia matara seu primeiro dragão.

Era assim a vida de um guerreiro sagrado.

Eles sempre retornam ao primeiro dragão.

Ele entrou naquele templo sem saber exatamente o porquê. Da primeira vez entrara pela lateral e surpreendera o monstro. Agora, entrava pela frente e o coração continuava a bater como o de um iniciante. Se antes o cheiro de carne putrefata era insuportável, naquele templo era uma mistura de mofo, umidade, decomposição e cinzas. Era possível ver ainda *partes* do corpo do bicho e as marcas negras no chão.

Naquela época, deixou os tesouros para os moradores, mas contam os bardos que um paladino ao destruir seu primeiro dragão recebe de seu deus uma espada, a qual nunca viram aquele guerreiro carregar. Lendas comentam sobre magias envolvendo runas esquecidas, oráculos dos tempos e transmutações físicas, feito santos em seus milagres, mas todos sabem que bardos adoram enfeitar suas narrativas.

Os moradores de Terum cortaram partes do cadáver monstruoso por motivos diferentes. Os curiosos, como troféu; os aventureiros, como amuleto; os bruxos, como fetiche. Para se livrar de um corpo daquela proporção, eles tentaram queimá-lo, mas então descobriram como é difícil queimar um dragão vermelho. Trazendo facas e porretes, o resultado foi um exaustivo trabalho de dias desmembrando e cortando partes com maior ou menor dificuldade de acordo com as escamas encontradas e a qualidade do fio das lâminas.

Ainda assim, o cheiro do cadáver de um dragão nunca deixa um lugar em paz. Isso foi a primeira coisa que ele sentiu ao entrar ali. Sentiu o cheiro de tudo já citado, mas, dentre todos, o odor mais forte ainda era o que só quem matou ou desmembrou um dragão com as próprias mãos já sentiu. Ainda sem entender o motivo de seu deus dito justo lhe encaminhar até ali, afinal é o deus quem guia o coração de um paladino, mesmo o dos renascidos, ele já iria se retirar para perguntar mais uma vez o porquê a um deus que respondia com trovões.

Os trovões, curiosamente, dessa vez não vieram.

Os gritos já foram suficientes.

Havia 32 deles.

Amarrados; acorrentados; alguns amordaçados. Conectados entre si pela desgraça. Vinte e cinco homens. Sete mulheres.

Trinta e dois futuros escravos.

— Esperávamos pelos goblinoides... — disse o primeiro ao ser libertado.

— Então foram menos surpreendidos do que eu.

Os outros foram libertados em silêncio. Nem sempre na tragédia é fácil saber o que dizer.

— Vocês se lembram do que aconteceu? — perguntou o guerreiro santo.

— Duas tropas de hobgoblins... — um dos mais velhos respondeu.

— Lideradas por um bugbear.

A chuva entrava naquele templo em ruínas pelas brechas e falhas na construção. Os que eram tocados não se importavam. A chuva não lavava os pecados. Mas era bom que alguém não estivesse chocado para chorar.

— O que houve com os goblinoides?

— Estão mortos.

— Você matou oito hobgoblins sozinho? — a pergunta era feita devagar para se preparar a surpresa caso a resposta merecesse.

— Hedryl os matou...

— Você *realmente* os matou *sozinho*, não foi?

— Hedryl os matou.

Uma das mulheres tomou a palavra. O paladino percebeu que ela era forte porque não chorou nem mesmo ao se expressar.

— Onde enxergamos a mão de um deus de justiça em um dia como hoje, paladino?

— É o que estou tentando entender...

— Se um homem devotado a um deus não compreende seus desígnios, como pessoas comuns como nós o fariam?

— Nem sempre compreendemos os desígnios. É por isso que chamam fé...

A voz de um homem na casa dos quarenta, mas forte feito um touro, tomou o lugar:

— Sabem o que eu acho? Que em uma situação como essa simplesmente *não há* justiça. E, por mais difícil que seja admitir, nem sempre Hedryl vence as disputas.

O paladino ficou em silêncio. O homem concluiu:

— No fim das contas, Hedryl tem os tabuleiros, mas é Nimb quem move as peças.

Nimb. O deus do caos e do acaso, da sorte e do azar.

O opositor a um deus de justiça e ordem.

Era curioso que tudo isso fizesse sentido.

— É verdade o que dizem os rumores, paladino? — perguntou uma mulher, diferente da anterior, mas que igualmente não chorava.

— Dizem muitas coisas em muitos rumores...

— Que goblinoides estão se juntando? E tomando Lamnor?

— Muitas coisas, muitos rumores...

— Outros aventureiros estiveram nesse vilarejo depois de você. Todos parecendo saber o que diziam, ao menos ao comentar histórias do tipo.

O paladino não respondeu a princípio. Talvez porque não quisesse. Talvez porque não soubesse.

— Quantas tropas nós poderíamos contar na passagem por Terum? — ele perguntou, como se quisesse mudar propositadamente o assunto.

Talvez quisesse.

— Duas, talvez um pouco mais. Não seria preciso mais do que isso... — respondeu o mais velho.

— Falam sobre milhares. Terem juntado milhares — comentou mais uma das mulheres.

— *Se* isso fosse verdade... — voltou a dizer o paladino —, para onde iriam agora?

— Se fossem para o norte, chegariam a Fortsam. Se fossem para o sul, eles se aproximariam de Myrvallar...

Myrvallar. A floresta élfica.

— E o vilarejo mais próximo de lá seria... — deixou a dúvida no ar um dos homens.

— Mornard — concluiu o paladino.

Houve uma pausa, de um homem que sabe o peso do que diz.

— Juntem suas coisas — disse o guerreiro santo. — Nós temos um trajeto a escolher.

As pessoas se olharam curiosas. O paladino parecia falar sério.

— Por que faríamos isso?

— Porque se os rumores em que acreditam não forem rumores, do que adiantaria tentar reconstruir Terum ou qualquer outro local em Arton-Sul?

Era difícil definir o que era mais difícil aceitar: a proposta ou a verdade por trás do discurso que ratificava a proposta.

— Por que não partimos para ajudar Fortsam?

— Porque Fortsam é uma cidade com muralhas que pode cuidar de si própria. Mornard, não.

— E o que você sugere? Que partamos para cima de tropas goblinoides e nos joguemos em suas espadas? Nós somos apenas...

— Vocês são os mais fortes. Por isso foram poupados do massacre e escolhidos como futuros escravos. Pode haver outros sobreviventes em nosso caminho.

— E os seus companheiros? — questionou a primeira mulher. — Por que não convocar a sua Ordem para enfrentá-los?

O paladino não respondeu.

— Eu não entendo isso! Por que não convocar os paladinos? — a mulher insistiu.

O paladino *mais uma vez* não respondeu.

— Porque a Ordem não existe mais — concluiu o homem mais velho.

Houve uma pausa. Dolorosa.

— Foi por isso que você voltou, não foi? Você sabia que eles viriam e veio para tentar *salvá-la*, não foi?

— Eu vim para tentar salvá-la *também*.

— Seria capaz de tirar do vilarejo uma única mulher e deixar para trás outras pessoas que não tenham no ventre um filho seu, guerreiro?

— Eu iria avisá-los... — A voz parecia sincera. O tom parecia de lástima.

— Você iria nos *avisar* ou *lutar* conosco, paladino? — perguntou um de pele mais escura, em tom mais violento.

— A luta começou quando tentei avisá-los.

— De vez em quando, a justiça chega tarde demais...

O paladino trincou os dentes.

— Mas ela sempre chega.

Os sobreviventes se olharam, decidindo em qual argumento se apoiar.

Ambos pareciam firmes.

Ambos pareciam bambos.

— Mas a sua opinião agora é essa? Devemos sair como loucos e nos suicidarmos nas mãos de algozes? — perguntou um homem, até o momento ainda calado.

— Devemos levar *justiça* para que o mal não fique impune.

— Você mais parece falar sobre *vingança*.

— Na guerra, ambas se confundem.

— Falando assim, você mais lembra um servo de guerra que de justiça.

— São as atitudes que diferenciam os devotos.

— Por que faríamos isso? Por que não nos escondermos e tentarmos sobreviver sem chamar atenção?

— Vocês já ouviram os rumores.

— Então eles são verdadeiros?

Uma pausa.

— A Ordem de Hedryl não teria caído se não fossem.

— E por que você não caiu com eles?

— Porque eu estava fora.

— Uma questão de azar ou de sorte?

— Talvez de justiça.

Como era ruim debater com paladinos.

Eles recolheram as armas dos mortos, ainda que sem fio. Tiraram flechas de corpos espetados e ignoraram os escudos, já que os que foram deixados para trás eram os mais deploráveis.

— Recolham todo óleo, panos e materiais inflamáveis. Prendam no cavalo que restou. E observem os mortos.

— Por quê? — perguntou o mais velho.

— Por que recolher os inflamáveis?

— Por que observarmos os mortos?

— Para se lembrar do motivo da luta.

— Para morrermos?

— Para honrá-los.

— Honramos os mortos se morrermos?

— Se o fizermos por uma causa em seu nome.

O mais velho resmungou um som estranho, com poucas vogais, que poderia servir para afirmar uma concordância com um raciocínio brilhante ou estúpido.

— Você sabe que nós iremos morrer, não é?

— Qual a diferença de morrermos agora ou daqui a dias?

— Talvez sobrevivêssemos.

— Viver temeroso e escondido já seria a morte em vida. Se é esse o objetivo, por que não levarmos alguns inimigos conosco para o julgamento dos deuses?

— Isso não seria saldar a ordem, paladino. Seria saldar o caos.

— De qualquer forma, o que teríamos a perder?

Ao fundo, eles olhavam os mortos.

Olhando assim, era difícil ver algo mais a ser perdido.

Caminharam durantes dias. Dormiram pouco, revezando-se na ronda. Acenderam fogueiras apenas quando inevitável. Mataram animais e comeram a carne. Suportaram o cheiro do outro. Ouviram discursos sobre Hedryl. Encontraram cadáveres pelo trajeto que não enterraram. Debateram sobre o sentido da vida. Apoiaram-se psicologicamente.

Afinal, é isso que as pessoas fazem em uma missão suicida.

Elas se apoiam psicologicamente.

Até que avistaram Mornard.

E corações tremeram.

— Não sei se serei capaz... — disse uma das mulheres.

— Lembre-se dos mortos... — respondeu o paladino.

— Não precisamos nos lembrar deles — disse um dos homens. — Os encontraremos em pouco tempo.

— E entraremos na morada de Hedryl como heróis.

Um machado foi cravado no chão por um brutamonte.

— Então que Hedryl saiba preparar uma festa de boas-vindas. Porque irei entrar em sua morada carregando cabeças de goblinoides...

A fúria com que aquilo foi dito pareceu se alastrar pelos presentes. Talvez fosse a fúria. Talvez a lembrança dos mortos.

Talvez a fúria pela lembrança dos mortos.

— Hedryl realmente nos receberá se fizermos isso em seu nome? — perguntou outra mulher.

— Façam pela justiça e a justiça lhes estará assegurada — sacramentou o paladino.

Os sons da morte que vinham da vila élfica ao fundo começaram a fervilhar a adrenalina dos que cada vez menos se importavam com a vida sem a retaliação.

— Você ainda quer usar aquela estratégia?

— Com toda certeza.

— Você sabe que Allihanna irá espetar nossas cabeças em galhos de árvores gigantes, não sabe?

— Allihanna irá nos perdoar quando perceber que matamos goblinoides em troca...

De fato, Allihanna, deusa da natureza, odiava Ragnar, por sua maldita raça goblinoide, que vivia de destruir e conquistar.

Daí a perdoar o que eles pretendiam fazer era outro departamento.

Mornard era uma vila élfica, que não gostava da presença de outras raças. O paladino já havia ido até lá quando levou de volta viva uma elfa dominada por magia negra, após matar um senhor de mortos-vivos e exorcizar o espírito da filha que tomara a elfa.

Tal lembrança era um pouco assustadora para um homem que quase fora pai.

Era curioso pensar em criar filhos em um mundo onde existiam coisas piores do que mortos-vivos e elfas possuídas.

A vila élfica tinha uma arquitetura única. Imagine uma vila estendendo-se na vertical, como costumam ser as cidades élficas. Para definir os limites do vilarejo, contudo, uma determinada área foi cercada por uma espécie de muradas de aproximadamente 12 a 15 metros, mas que não obedeciam à arquitetura a que os humanos se acostumaram. Na verdade, os muros de Mornard se desenhavam em conjunto com aquela natureza sem agredi-la. Cada madeira que servia para engrossar a barreira territorial era cortada de maneira que se complementasse ao terreno e vegetação que teoricamente infringisse dano, apenas cercando a vila, mas não isolando-a exatamente.

Algumas barreiras rodeavam árvores; outras possuíam raízes escalando as extensões; outras eram inclinadas de forma que não atrapalhassem a angulação da luz. No meio de toda essa obra-prima, uma vila escalava na horizontal entre florestas e moradas suspensas. E não importasse a forma psicodélica com que funcionava a mente élfica para projetar estruturas complexas do tipo, o resultado final sempre era lindo de ver.

Ou, ao menos, fora um dia.

Naquele dia, contudo, não havia beleza. Duas tropas de goblinoides haviam atacado a cidade. Cada tropa possuía uma média de cinquenta hobgoblins, dentre soldados e sublíderes. Liderando as duas, havia um bugbear.

Uma parte da murada que delimitava a vila foi derrubada sem muito esforço e, uma vez dentro dela, os goblinoides começaram a matar.

O resultado eram pontes, casas e corpos no chão, derrubados por catapultas, pedras e flechas. Famílias élficas inteiras caíam dos céus como meteoros, trazendo um som de baque surdo com a queda na terra, feito acordes preguiçosos de uma orquestra macabra. Marretas esmagavam crânios e orelhas eram cortadas como troféus. Alguns goblinoides morriam nas perfurações de poucas setas e em número tão pequeno que nem mesmo sua raça provavelmente perceberia suas faltas.

Logo, em pouco tempo aquela vila era apenas o rascunho manchado e borrado da obra-prima que fora tantos anos atrás.

Nada daquilo parecia justo.

E estava na hora de se colocar essa dúvida à prova.

Hobgoblins escalavam as árvores da vila élfica feito gorilas, com violência e atos desengonçados. Alguns caíam e quebravam pescoços, mas costumavam carregar alguns elfos na queda, que já chegavam mortos ao chão.

Aproximadamente uma tropa inteira de cinquenta hobgoblins escalava a vila vertical. Um número parecido continuava ao solo, arremessando pedras e flechas, rindo dos que caíam e berrando salves ao deus Ragnar. Com a vila praticamente destruída, transformando aquelas pequenas muradas quase que em um imenso e bizarro vaso élfico de morte, eles já descansavam um pouco da marcha que haviam estabelecido há tempos; afinal, por mais que as lendas digam o contrário, até mesmo goblinoides descansam.

Tanto o é que foram esses que descansavam que morreram primeiro.

Eram 32 quase escravos. Um paladino.

As sete mulheres, ao lado dos três homens mais velhos, contornaram as muralhas de Mornard nas áreas em que não havia destruição. Ainda. Carregavam panos umedecidos com óleo em garrafa e ao redor de pontas de flechas, ao lado de um compêndio de orações dos piores tipos.

Já os outros 22 tinham uma função muito mais difícil. Cabia a eles agir como uma vanguarda e agredir de frente o inimigo.

Não era à toa que chamavam aquilo de missão suicida.

— Nós devemos avançar? — perguntou o homem do machado, momentos antes do ataque, ao perceber que os goblinoides do portão de entrada também contavam os mortos e vacilavam a atenção.

— Apenas quando começar o crepitar.

E então o fogo começou.

Do lado de dentro de Mornard, a morte já caminhava. Um crepitar se iniciou e as frágeis muradas de madeira começaram a queimar. Do lado de fora, mulheres e homens armados de tochas começaram a provocar um incêndio que se alastrou, causando dor no coração do homem de bem.

Hobgoblins começaram a rosnar, quando os primeiros tiveram cabeças degoladas ou esmagadas, de acordo com a arma ou a qualidade do fio da arma em questão. Os primeiros goblinoides morreram porque estavam de costas para o ataque. É claro que escutaram os gritos dos guerreiros humanos antes dos cortes e perfurações que lhe engasgaram sangue, mas no meio de uma batalha os capacetes de proteção prejudicam a audição.

Além disso, não é fácil diferenciar os gritos de humanos e elfos.

Alertados pelos primeiros a morrer, os outros se viraram e emitiram sons de bichos, avançando como feras. O mais curioso, contudo, foi que viram um pequeno grupo humano avançar contra eles, liderados por um louco em cima de um cavalo. O cavalo, que naquela altura também já estava louco, avançou fazendo estrago. Era curioso ver um animal em fúria cavalgado por um servo de um deus de justiça trazer caos a um exército bestial que se acostumara com a ordem. Era ainda mais curioso ver filhos de um deus de morte serem mortos por um paladino que deveria estar morto, mas parecia renascido.

Olhos e gargantas foram cortados, até que derrubaram o cavaleiro, ainda que o cavalo continuasse louco, dando coices a esmo. Os outros homens, e até mulheres, avançaram para o digladio, berrando feito insanos e acreditando na promessa de honra aos mortos e entrar em reinos justos.

O paladino cortou uma perna de goblin que não possuía proteção na altura das juntas do joelho, perfurou uma cintura, enfiou uma faca entre olhos, rasgou uma genital em um ângulo agudo inteiro, cortou um beiço de um mesmo humanoide que posteriormente perdeu as cordas vocais, abriu estômagos, foi jogado ao chão 11 vezes, pisoteado em algumas delas, e, ainda assim, se levantou em todas.

O mais impressionante, contudo, *sempre* eram as feições.

Por mais que aquele fosse um guerreiro santo experiente na guerra, ainda assim era espantosa a transformação que ocorria quando um servo de um deus como aquele duelava. A *inspiração* trazida no guerrear contaminava homens de almas perdidas, e baladas nasciam se houvesse sobreviventes para transmiti-las a artistas que não guerreiam, mas eternizam a guerra.

Havia coragem, havia justiça, havia verdade, havia vontade.

Havia fúria.

E tudo isso vinha de um homem que inspirava outros, ao redor de um mundo em chamas. Mulheres se juntaram à batalha, queimaram mais do campo de guerra e quase todas morreram logo de início, mas satisfeitas por arrastarem cadáveres de inimigos. Espadas se chocaram e produziram ecos. Lâminas arrancaram pedaços e produziram gritos. Goblinoides tropeçaram nos mortos e nem sempre tiveram a chance de levantar. O bugbear que liderava ambas as tropas começou a emitir sons que deveriam significar ordens, já que mesmo os soldados surpresos de repente se prepararam para matar.

O fogo das muradas se alastrou pelas árvores e continuou a subir.

Corpos de elfos condenados e hobgoblins em desespero tombaram em sequência, como se chovessem corpos em um dia de sol. E eles batalhavam. Um humano teve a espinha partida. Outra metade do rosto arrancada no dente, continuando a batalhar sem uma parte do rosto, antes de tombar na mão de inimigos que não tinha mais como enxergar. Hobgoblins em desespero pelo fogo que subia saltavam do tronco ou altura em que estavam, tombando como grandes frutas quando apodrecidas. O baque surdo, quando não os matava, os aleijava, o que na guerra era a mesma coisa.

Elfos condenados que temiam e morriam sem chance de repente enxergaram alguma esperança e começaram a reagir.

Talvez o melhor termo, dependendo da língua, contudo, ainda não seja *esperança*.

Alguns idiomas élficos poderiam traduzi-la como *justiça*.

Flechas começaram a descer do alto na direção de hobgoblins assustados. Eram elfos que viam o fogo chegar, mas estavam alto o suficiente para matar inimigos antes de tombarem ou tentar se salvar. Alguns corpos caíam sobre outros que batalhavam e funcionavam como pedras arremessadas pelo inimigo. Quando traziam grossos troncos de árvores com eles, o estrago era ainda maior. Pontes começaram a se partir e cair na cabeça de guerreiros.

As muradas continuaram a queimar e a queimar, e o campo de batalha cada vez mais foi se tornando reduzido. O número de homens ou humanoides ou elfos vivos, também.

Ragnar, o deus adorado como a morte, de qualquer maneira deveria estar satisfeito.

Keen, o deus da guerra, poderia dizer o mesmo.

Hedryl, ainda não.

O paladino, após matar mais três, colocou a mão no cordão sagrado e o retirou como se fosse esconjurar mortos-vivos. Ele ergueu a joia, como fazem os magos, ao menos os mais teatrais, e começou a murmurar palavras que apenas paladinos entenderiam. Os hobgoblins que iriam tomar lugar na fila dos mortos travaram, imaginando que do céu viria uma bola de fogo ou sabe-se lá o que paladinos renascidos e em fúria como aquele seriam capazes de fazer.

A bola de fogo, porém, não veio.

O que viera em seu lugar, contudo, se mostrou tão impactante quanto.

Porque no lugar veio a chuva.

Nuvens começaram a tomar o céu de repente, como se o mundo fizesse sentido. Rosnaram como se estivessem com fome e então as primeiras gotas caíram, e de repente aumentaram a intensidade e em segundos começaram a cair com violência, assim como acontece nas chuvas de verão. O fogo dançou desobediente, mas no fim compreendeu que não era mais dele aquele combate. E que a culpa do que quer que corresse por aquele campo de combate fosse da chuva. Ou fosse a chuva o choro do culpado.

No alto do limite da vila vertical, os últimos homens que resistiam observaram a água cair e imaginaram que aquilo era um acordo de Hedryl com o Sol. Outros disseram que eram aquelas as lágrimas de Allihanna, saudada como a deusa da natureza, por ver a destruição de seu patrimônio florestal. O que todos eram unânimes em dizer era que paladinos não deveriam ser capazes de fazer chover.

Provavelmente algum deus, ou mais de um, brincava de algum maldito jogo naquele campo de batalha.

O bugbear que liderava as tropas, irritado, tomou a frente dos mortos e partiu em fúria até o paladino. Garantiam alguns bardos, contudo, ainda que não estivessem lá, que fora o paladino quem partira em fúria para o bugbear.
A última afirmação faria sentido.
Fora aquele humanoide quem comandara o ataque que matara um filho que nunca nasceu.

O encontro daqueles dois no campo de batalha parecia algo propositadamente forçado; afinal, devido às circunstâncias, se poderia dizer que só havia dois motivos para aquilo acontecer daquela forma. Simplesmente porque, por mais que os infiéis digam que não...
No fim das contas, Hedryl tem os tabuleiros...
...aquele sempre será um mundo comandado pela justiça.
...mas é Nimb quem move as peças.
Ou pela sorte.

A espada humana de duas mãos se chocou com a imensa espada bugbear de duas mãos. Até hoje não se sabe se o som que viera depois fora do choque daquelas lâminas ou de um trovão em meio à chuva. Talvez o som também fosse a resposta de algumas dúvidas daqueles guerreiros.
Dizem que os deuses na chuva respondem a seus fiéis com trovões.
Flechas de elfos sobreviventes desceram perfurando ombros e gargantas de hobgoblins mal acostumados com resistências. Dois terços dos quase escravos humanos que ali chegaram dispostos a morrer cumpriram seu objetivo suicida e já haviam tombado. Os que sobreviviam ainda assim lutavam, tomados pela fúria inspirada por um paladino e o escutar dos aplausos dos mortos.
O bugbear o chutou e ele caiu mais uma vez na terra. Tentou pegar a espada, mas ela também foi chutada longe. Era interessante como, naquele microcosmo de um campo de batalha destruído, a fúria guerreira de ambos se parecia. Ambos pareciam avatares dos deuses que representavam.

A espada bugbear desceu e o paladino girou. A lâmina ergueu terra e lama com ela. O paladino lhe chutou o calcanhar, e, com a ajuda da mesma lama, o bugbear escorregou e tombou, perdendo também a espada. O paladino montou sobre o caído e lhe socou e socou e socou e socou o nariz, até deformá-lo feito um nariz desenhado com a mão esquerda por um pincel segurado com o punho fechado. E então o guerreiro sentiu um dos tímpanos zunir quando a orelha lhe foi acertada e perdeu o equilíbrio que a audição deveria lhe dar.

O bugbear o pegou pelo crânio e lhe afundou a cara na lama. O corpo se debateu feito um afogado. Então, tomado pela insanidade e desespero de que os que sobrevivem à guerra necessitam, as mãos que se debatiam foram colocadas sobre a imensa mão que lhe afundava o crânio. Entrelaçaram-se ao redor do imenso dedo anular do inimigo. E em dois movimentos de ângulos distintos o osso foi partido.

Dizem que até os mortos enterrados em cemitérios a quilômetros dali acordaram com o grito de dor de seu comandado.

O guerreiro se virou, arfando. Antes que o inimigo se recuperasse, encheu a mão com um punhado de lama e lhe arremessou no meio dos olhos, cegando-lhe temporariamente. Foi então que saltou sobre ele e uma das mãos, com unhas grandes e mal roídas, arranhou uma das córneas, rasgando um dos olhos do bugbear. Se era verdade que realmente escutara os gritos anteriores, então Ironfist provavelmente acordou de vez com aqueles também.

Enquanto se recuperava, o paladino mais uma vez tocou o cordão sagrado, fechou os olhos e murmurou coisas que nem mesmo os bardos compreendem. Runas etéricas foram desenhadas no ar como símbolos secretos. E mantras ocultistas, ecoados.

As últimas palavras, contudo, foram ditas no idioma humano:
— Poderoso Hedryl, meu nome é William Heuser, e minha vida é minha espada, e minha espada é minha vida...

Os bardos contavam mesmo que paladinos diziam coisas assim antes de matar seus inimigos.

Naquele continente condenado, todos os outros homens capazes de realizar aquele feito extraordinário estavam mortos.

Entretanto, o único ainda vivo estava de pé naquele vilarejo.

Começava com piscos, como se diversos vaga-lumes acendessem e apagassem suas luzes, dançando o número do infinito feito abelhas. Existiam também estalos para os que acreditavam que a magia tinha som. A luz ao redor do ponto do guerreiro santo em questão se intensificava e os piscos começavam a aumentar, tanto em infinitos quanto em intensidade. O coração acelerava e parecia prestes a entrar em colapso, como que acompanhando a nova vibração energética. A sudorese fazia o corpo ficar pesado. Os pelos se arrepiavam como se o corpo começasse a respirar somente pela pele. Por um momento, a impressão de um guerreiro naquela situação extraordinária era a de que o espírito queria sair do próprio corpo e se juntar à energia divina convocada. Já o corpo físico parecia pesado por se recusar a deixar a luta.

O que os mantinha conectados era a fúria. Guerreira. A mesma que corria no sangue do guerreiro do deus da justiça. E no guerreiro do deus da morte. Foi então que as moléculas começaram a se aproximar e aproximar e aproximar, e a energia antes sutil e divina, a se tornar densa. O que era luz começou a se tornar matéria, e um desenho de luz aleatório começou a tomar forma.

A forma de uma lâmina, e um gume, e um cabo. A forma de uma vingadora. Uma espada de duas mãos.

Uma espada de avatares.

Uma espada de Hedryl.

— É aquela... — eram mais ou menos assim os diálogos dos poucos homens, goblinoides ou elfos que ainda respiravam.

— A Espada dos Justos...

A espada Rumnam.

A Espada dos Justos.

A execução da magia mais lendária entre os devotos da extinta Ordem de Hedryl, tida como prova máxima da entrega de um homem àquele caminho, aprendida após matar seu primeiro dragão. Uma espada em energia divina concentrada em matéria, que cobrava de seu convocado uma responsabilidade ainda acima das que clérigos e paladinos já carregavam, baseada em severas punições e castigos do contrário.

Nada que aquele paladino não pudesse carregar.

Travados pela manifestação de uma das magias de guerra mais lendárias de Arton, os poucos hobgoblins ainda restantes interromperam suas lutas. Cego de um olho arrancado e de uma fúria de guerra, o bugbear apanhou uma das espadas de duas mãos que antes havia caído na lama e avançou em fúria para o paladino renascido.

Aquele foi o último ataque.

Foi na lâmina daquela espada sagrada que o líder bugbear morreu.

Alguns hobgoblins sobreviveram àquele dia. Muito poucos; devem caber nas contas de duas mãos de um homem, ainda que este tenha perdido alguns dedos em batalha. Talvez fosse mais interessante se dissessem nas tabernas que foram mortos, mas seria mentira.

Afinal, humanos também sabem fazer escravos e prisioneiros.

Às vezes até sob uma ótica justa.

Dos humanos, restaram menos de dez. Talvez oito, mas um não resistiria aos ferimentos. Dos elfos, sobreviveram mais, mas a maioria iria para o norte por não acreditar haver esperanças naquela guerra. Três deles, contudo, resolveram ficar, pois não podiam negar que um homem capaz de inspirar homens e deuses na guerra também seria capaz de inspirar outras raças.

O homem em questão ainda possuía em mãos uma espada idêntica à de seu deus, e enquanto ela estivesse em suas mãos isso significaria que havia uma missão a ser cumprida. E que ele era o último naquele continente a ser capaz de cumpri-la.

— O que faremos? — perguntou o homem mais velho, que curiosamente sobrevivera, ao contrário de outros, mais fortes e mais jovens.

— Caminharemos como nômades. Pregaremos a resistência. Convocaremos seguidores e ofereceremos uma opção aos que não querem fugir. Ou morrer sem tentar a luta.

— Poucos se juntarão a nós.

— É o que devem ter dito ao inimigo, quando ele disse o mesmo.

Houve um silêncio que vinha de dentro de cada um.

— Pretende reunir outros homens para duelar contra essa loucura? — perguntou o forte negro, que também sobrevivera.

— Não apenas outros homens. Outros elfos, anões, minotauros. Qualquer um capaz de resistir ao que deve ser combatido. É esse o legado dessa ordem.

— E de onde você tira certeza desses desígnios?

— Nem sempre compreendemos os desígnios. É por isso que chamam fé.

— Somos uma ordem agora? — perguntou a única mulher sobrevivente.

— Somos a base de um futuro exército, conectados por um mesmo sentimento.

— Mas, ainda assim, no fim das contas quem tem o tabuleiro e quem move as peças?

— A questão não é essa. A questão é que essa resposta não importa. Importa apenas que os vivos continuem sua entrega ao jogo, em honra daqueles que morrem por ele.

Os sobreviventes se olharam, como se o silêncio trazido pelo cansaço e o luto pudesse ser um elemento de consciência.

— E no fim estamos vivos por uma questão de azar ou de sorte? — insistiu o mais velho.

— Talvez apenas de justiça.

Por mais que soubessem a resposta e não houvesse motivo, aqueles sobreviventes sorriram como se o mundo, por uma breve trégua, não estivesse em guerra. Pensando bem, de vez em quando, até que era bom debater com paladinos, principalmente com aqueles que já haviam matado seu primeiro dragão.

ANA CRISTINA RODRIGUES nasceu no Rio de Janeiro em 1978 e mora em Niterói. Formou-se em História pela UFF. Publicou a coletânea de contos *AnaCrônicas* (A1, 2009) e participou de diversas coletâneas no Brasil e no exterior.

O PREÇO DE UMA ESCOLHA

O delegado Marcos Batista chegou ao serviço na mesma hora de todos os dias, cinco minutos antes do seu turno. E, como sempre, não pôde deixar de sentir orgulho ao ler a placa em frente ao edifício:

Delegacia de Polícia Oitava Regional Centro Largo da Carioca

Era uma das maiores da megalópole Rio-Sampa, com 45 departamentos. De todos eles, o de Crimes Especiais era o de maior destaque, o mais bem equipado e com a maior porcentagem de casos resolvidos. Marcos sentia uma ponta de satisfação ao pensar que parte daquele sucesso se devia ao seu esforço e dedicação.

No quarto andar, os plantonistas se preparavam para deixar o posto, enquanto os oficiais do turno do dia começavam a chegar. Para o velho policial, cabelos grisalhos assim como o bigode, de compleição ampla e olhar duro, era a melhor hora do dia.

Sua subalterna, a subdelegada Rita B. Domingues, estava sentada a sua mesa, tomando uma grande xícara de café. Ele escondeu um sorriso. Em seu inconsciente, a mulher tinha cheiro de café, o que combinava com sua pele morena, olhos castanhos e cabelos negros — mas principalmente por estar sempre com um copo do líquido nas mãos.

— Bom dia, Rita. Novidades?

— Bom dia, chefe. Nada de diferente no plantão, já li os relatórios feitos até as sete horas; portanto, pode relaxar. Quer café?

— Tem certeza de que não vai fazer falta? — a moça deu uma careta, indicando que não gostara da brincadeira. Marcos não escondeu o sorriso frente à piada que fazia todos os dias. Rita serviu o café, o aroma preencheu toda a sala. O delegado sentou-se e ouviu a jovem descrever os acontecimentos da noite anterior. Nada realmente de extraordinário, apenas um caso merecia destaque: um marido matara a mulher em uma festa. Ciúme. Seria um caso para a Homicídios, não fosse a arma do crime. O assassino era um neo-humano registrado, emissor de energia nível alfa, e matara a esposa com um raio energético.

Durante o relato, Marcos conteve uma exclamação contra os NH. Muito para seu desgosto e constrangimento, Rita também era registrada: neo-humano telepata nível beta e telecinética nível alfa mais. Desde o final do século XX, o número de NH entre a população havia crescido vertiginosamente. Depois do acidente no reator de Angra III, tornaram-se tão comuns e com poderes tão descontrolados que não restara alternativa além do registro compulsório. Todas as crianças eram testadas ao nascer. Nos casos em que a modificação genética fosse detectada, a pessoa passava a vida monitorada pelo governo, seus poderes controlados. O sistema era falho. Não impedia assassinatos corriqueiros, como o da noite anterior, e não evitara a ascensão do mais poderoso bandido dos últimos cinquenta anos. E era aí que Marcos e seu departamento entravam.

A linha de pensamentos foi interrompida pela jovem.

— Tudo bem aí, chefe?

— Sim, sim. Pensava em como não deixar casos assim acontecerem...

— É... A lei de registro não é infalível, não é mesmo?

Tentou não parecer constrangido.

— Rita...

— Ei, sou a primeira a achar o registro uma coisa boa. Sei do que um NH solto é capaz.

A conversa foi interrompida bruscamente com a entrada de um policial.

— Senhor, mensagem de Brasília, do Alto-Comando.

O oficial saiu, deixando Marcos e Rita sozinhos. Na tela pendurada na parede surgiu a mensagem que indicava a conexão sendo feita com Brasília. Em segundos, a superintendente nacional de Segurança ocupava a área central da superfície de plasma. A voz soou límpida, como se ela estivesse do outro lado da sala.

— Delegado, subdelegada, bom dia. Temo não ter boas notícias. Recebi agora um comunicado da Polícia das Nações Unidas. O prisioneiro número 28.792 foi desconectado do Serviço de Monitoramento Global. Teme-se que ele tenha voltado ao Brasil para se vingar.

Marcos gelou. Sabia exatamente quem estaria na mira do prisioneiro. Vinte anos atrás, Gonçalo Monteiro, um NH registrado, chegara ao posto de delegado de Crimes Especiais. Uma denúncia de corrupção e abuso de poder feita por um subordinado tirou Gonçalo do posto em meio a um grande escândalo. O Brasil havia deixado para trás a sua histórica corrupção, e a transparência da vida pública era protegida a qualquer custo.

O subordinado fora tratado como herói e agraciado com uma promoção, substituindo o antigo delegado. Anos depois, muito perto da aposentadoria, Marcos pela primeira vez colocou em dúvida o acerto de sua atitude.

— Que medidas foram tomadas, superintendentes?

— Todos os locais de entrada no país estão sendo monitorados e os postos de fronteira foram alertados. Não podemos deixar que ele retorne.

Marcos ainda estava perdido em seus pensamentos, mal escutando o diálogo entre as duas mulheres. Além de corrupto, descobriram que Gonçalo liderava uma perigosa quadrilha internacional, um dos pilares do crime organizado no Brasil. Veio à tona todo um esquema de assassinatos, sequestros e extorsões, para o horror da mídia, desacostumada com tais desvarios. Coube a Marcos desbaratar o esquema e prender a quadrilha. Todos foram deportados para a Região de Controle Norte, na Sibéria, onde se recolhiam os elementos perturbadores da Nova Ordem Mundial. Os dissonantes ficavam limitados a uma vasta área, onde tinham total liberdade sob monitoramento via satélite do Serviço de Monitoramento Global. De alguma maneira, Gonçalo conseguira se livrar do controle e estava solto. Livre para se vingar.

Despertou de seus pensamentos.

— Muito bem. Quem mais foi desconectado com ele?

— Pelas informações que obtivemos, mais ninguém, delegado.

— O trabalho de desconexão foi externo, provavelmente. Vou procurar pistas entre os antigos contatos de Gonçalo.

— Como quiser. Espero que consigam descobri-lo logo. Até breve.

Preparou sua maleta e colocou a pistola no coldre. Estava pronto para sair quando reparou que Rita também se levantava.

— Este é um problema meu, moça. Você fica.

— Não vou deixar você sozinho, chefe — ela o olhou sem a menor hesitação. — Se não me levar, eu sigo o carro.

Marcos não teve saída e resmungou de leve, fazendo um sinal para que ela o seguisse.

Buscas infrutíferas durante uma hora na zona de meretrício da praça Mauá desanimaram consideravelmente o delegado. As donas de bordel mais antigas, conhecidas de Gonçalo, não sabiam de nada, conforme provou a varredura psíquica (não autorizada, mas também não percebida pelas mulheres) feita por Rita. Recusaram os convites para um pouco de "diversão saudável" e se encaminharam para a zona portuária, ainda na Área Livre de Jogos e Diversões. Era a zona dos cassinos, casas de apostas e de contrabando — este último não praticado abertamente.

— Por que temos que entrar nessas tocas de ratazanas, chefe?

Rita olhou com desgosto a porta de madeira antiquada a sua frente.

— Não há melhor lugar para procurar pistas de um rato do que entre seus semelhantes, menina. E aqui tem um monte deles, com certeza teremos algumas respostas.

Ele admirou a arquitetura. O prédio que o Cassino Outono do Cais agora ocupava havia sido um armazém frigorífico até meados do século XX. Dessa época, só restara a fachada, encimada pela representação de um urso polar em uma região nevada. Abaixo, um letreiro holográfico anunciava a cerveja mais gelada da zona.

O cais do porto do Rio de Janeiro tivera seu grande ápice no século XIX. O alvorecer do XX o vira perder sua hegemonia para Santos. O tempo continuou passando e a cidade foi decaindo, culminando com a perda do papel de capital para a longínqua Brasília. Cada vez mais o porto tornou-se uma área de bandidagem e de contrabando.

Poucos eram os que andavam tranquilamente por aquela região, mesmo à luz do dia.

No início do século XXI, tentativas de revitalização começaram a surgir. Emperradas pela corrupção, as iniciativas de formar um polo cultural nos velhos prédios abandonados deram pouquíssimo resultado. As obras prometidas para os eventos esportivos dos anos 10 maquiaram a sujeira, derrubando o viaduto que obscurecia a região, mas o efeito durou pouco.

As coisas só mudaram com a Revolução, um movimento social apartidário que mobilizou toda a sociedade contra uma situação política corrupta e ineficiente que tornara a vida no Brasil insustentável em sua combinação de altos impostos, violência descontrolada, ausência do poder público, baixa renda e serviços públicos de baixa qualidade ou inexistentes. A sociedade civil e passou a gerir as iniciativas públicas por si, sem a intervenção do Estado. As mudanças aconteceram em todos os cantos do país. Projetos parados há anos, sem nenhuma projeção de término, eram concluídos. A distribuição de renda tornou-se mais justa. A violência diminuiu gradativamente. Finalmente o "gigante adormecido" acordara. Aos poucos, a sociedade livrou-se das oligarquias políticas, passando a eleger representantes que se envolviam com os verdadeiros problemas do país. Ainda bolsões de pobreza e de violência espalhados pelo território, contrabandistas e traficantes agindo nas sombras. Porém o Brasil de 2089 estava tão distante do país do começo do século que parecia outro lugar.

As velhas aulas de História do Brasil passaram em um flash na mente do delegado, despertadas pelo velho urso esculpido no alto daquela fachada. Quanta coisa ele não presenciara?

Sacudiu a cabeça e entrou no Outono do Cais. O ambiente dentro do velho armazém não lembrava em nada o exterior antiquado. A iluminação era atordoante. Ali, era sempre dia claro, e a noção de tempo perdia-se com facilidade. Jogadores de todas as partes do mundo estavam reunidos no salão de jogos, sentados em frente a caça-níqueis e mesas de 21. Mulheres impecavelmente vestidas comportavam-se como se estivessem em um grande baile.

Marcos foi direto ao balcão.

— Por favor, a senhora Carmem.

A jovem que preparava uma batida interrompeu o serviço para olhá-lo com desprezo.

— A senhora não recebe sem hora marcada, a não ser que sejam amigos íntimos ou da família. Não creio que seja o caso.

Rita deu um bufo de impaciência, enquanto o delegado calmamente tirava a identificação da carteira.

— Comigo, ela fala. Na hora que eu quiser.

A garota sumiu por uma pequena porta. Não demorou muito para que voltasse, o rosto fechado tentando esconder a irritação que sentia.

— Ela vai recebê-los. Segurança, por favor, acompanhe esses dois até a sala de dona Carmem.

Vestido de preto e óculos escuros, um rapaz aproximou-se. Fez um sinal e caminhou em direção a um elevador privativo. Ao reconhecê-lo, Marcos puxou conversa.

— Resolveu trabalhar com sua mãe, Luís?

Não teve resposta. O segurança permaneceu impassível. Subiram dois andares e chegaram a um mezanino sobre a área do cassino. Um mirante permitia uma observação plena do salão de jogos.

Não demorou para que a proprietária chegasse. Marcos sabia que Carmem Monteiro, ex-esposa de Gonçalo, era uma bela mulher de mais de sessenta anos. Todo o avanço da medicina estética e da indústria de beleza faziam com que não parecesse ter um dia além de trinta anos. Os cabelos ruivos caíam em delicados cachos pelas costas, e o vestido leve que usava realçava a elegância de seu corpo.

— Não achei que fosse vê-lo de novo, delegado.

O desprezo com que ressaltou o posto de Marcos fez Rita se empertigar, mesmo que ele tenha ignorado.

— Não a incomodaria se não fosse absolutamente necessário. Esta é a subdelegada, Rita.

A mulher fez um ligeiro aceno de cabeça que foi respondido da mesma maneira. Os três encaminharam-se para uma pequena sala de reuniões decorada com luxo, um ambiente ostensivamente rico. Carmem sentou-se em uma poltrona e, sem esperar pelo convite, Marcos escolheu uma cadeira. Rita preferiu ficar em pé.

— O que você quer de mim, delegado? Achei que nossos assuntos estavam encerrados.

O policial pigarreou.

— Nossos assuntos voltaram à baila, senhora. Seu ex-marido fugiu. Nossas fontes indicam que ele está voltando para o Brasil.

Observou-a com atenção, buscando alguma pista. Ele deixara Carmem por último por saber que, ao mesmo tempo que ela era a ajudante mais provável de Gonçalo, seria a sua informante. Porém, o belo rosto permaneceu imóvel.

— Não tenho nada a ver com isso, delegado. O senhor sabe muito bem que minhas relações com o Gonçalo não são boas. Afinal, entreguei-o ao senhor.

— Por isso mesmo estou preocupado com sua segurança.

— Meu corpo de seguranças é profissional e de completa confiança.

Ele deu um meio sorriso.

— Percebi que seu filho é um deles.

— Muito observador, delegado — ela se levantou, encerrando a conversa. — Agradeço o aviso. Porém, preciso trabalhar. Se me dão licença.

Marcos esperou até estarem fora do cassino para perguntar.

— Sentiu alguma coisa?

— Nada — ela parecia frustrada. — Pensei que embaralhadores fossem proibidos fora de tribunais de justiça.

— E são, mas isso significa muito pouco para alguém como Carmem, que vive no limite da legalidade.

Entraram no carro, sentindo os olhares do grupo de seguranças do cassino sobre eles.

— Vamos para onde?

— Para a delegacia. Mas vou mandar uma patrulha para cá imediatamente, o cassino tem que ser vigiado 24 horas.

— Com que base? Ela disse...

— Mocinha, você pode ser a telepata, mas conheço mentirosos a distância. Carmem sempre teve pavor do marido; se não ficou sequer com medo, é porque já sabia e provavelmente tem parte nisso.

— Podemos conseguir um mandado e levá-la para a delegacia. Lá, posso fazer uma sondagem completa.

— E alertar ainda mais Gonçalo? Ele vai saber que estivemos aqui e não encontramos nada. Se ele suspeitar, vai procurar outro contato. Temos que ficar com essa pista.

Ela concordou, aborrecida. Os dois seguiram em silêncio. Marcos sentiu um peso nervoso no estômago que não experimentava há vinte anos.

Dois dias depois, irritado com a falta de novidades, Marcos foi fazer a patrulha pessoalmente. Como Rita não aceitou ser deixada para trás, ambos passavam a noite em uma viatura disfarçada. Era um aerocarro de último tipo, perfeito para não ser detectado em meio aos carros de luxo presentes nos estacionamentos do Cassino. Marcos fazia as vezes de segurança e Rita estava disfarçada como motorista.

— Tem certeza de que não quer um cachorro-quente, chefe? Você comeu muito pouco nesses últimos dias.

Passando a mão pelos cabelos e olhando para fora do carro, Marcos respondeu:

— Sim, tenho certeza. Caso você não saiba, tem um NH de alto nível solto no mundo e ele quer me pegar.

Tentando limpar o rosto lambuzado do molho do sanduíche, a moça perguntou:

— Afinal, qual o ultrapoder dele?

— Computador. Ficha do prisioneiro 28.792. Código de acesso vocal. Barra. Três. Barra. Barra. Quatro.

Em poucos segundos, a voz monótona da máquina começou sua cantilena.

— *Nome: Gonçalo Monteiro. Idade atual: 57 anos. Paradeiro: desconhecido. Fugitivo da Região de Controle Norte. Tentativas de recuperação negativas até o momento. Estatura: 1,85m. Peso: 95 kg. Habilidades neo-humanas registradas: Disruptor elétrico nível beta menos, pirocinético nível gama mais, resistência extrema a dor nível alfa mais mais, força ampliada nível alfa mais mais, resistência a invasão psíquica nível gama, telecinesia nível alfa. Possível resultado de experimentação genética do Projeto ANJOS.*

— Computador, interromper.

Os olhos de Rita estavam arregalados.

— Ele é uma máquina! Pensei que o Projeto ANJOS fosse uma lenda para assustar neo-humanos e os forçar a fazer o registro.

— Não, foi uma dura realidade. Durante a ditadura militar, ainda no século passado, o governo descobriu a existência dos neo-humanos e fez atrocidades com eles. Estudei muito sobre isso. Só que não acredito que Gonçalo seja fruto desse projeto, mas sim uma experiência particular. Alguém está aprimorando os NH com intenções desconhecidas. O pior é que, se ele é isso tudo, o filho não deve ficar atrás; portanto, espere problemas em dobro.

Rita não respondeu. Ficou em silêncio, o sanduíche na mão.

— O que foi, mocinha?

— Você acha que o cara é mau só por ser filho dele?

Sorriu meio enviesado, tentando consertar o que dissera.

— Não foi isso que eu disse, Rita. Apenas acho que ele tem poderes quase tão grandes quanto os de Gonçalo e que provavelmente irá usá-los na defesa do pai. O que é bem normal.

A conversa foi bruscamente interrompida por um alerta do computador.

— *Atenção. Neo-humano não identificado. Localização: interior do Cassino Outono do Cais.*

Os dois se entreolharam e ficaram alertas. Não demorou muito para que o alvo surgisse, saindo sozinho do Cassino. Sem pensar, Marcos saiu do carro.

— Acabou de novo, Gonçalo.

Sem olhar na direção do policial, o bandido acenou com a mão. Marcos foi arremessado de encontro ao carro, enquanto Rita saía, arma na mão. Mais preocupada em ajudar o parceiro, não impediu a fuga de Gonçalo. O delegado recuperou-se logo e, sem dizer uma palavra, sentou no assento do motorista. Programou o computador, ignorando o olhar interrogativo de Rita, que finalmente rompeu o silêncio.

— Chefe, o que houve?

— Vamos atrás dele. Ele deu bobeira e o computador de bordo conseguiu fixar o sinal dele. Se demorarmos, o filho vai chamar reforços. Se segura!

Saíram em disparada. Durante muitos anos, a região portuária tivera uma via elevada da qual só restavam fotografias. Com os aerocarros e a utilização maciça de transporte público ferroviário, o trânsito na região do Rio como um todo ficara tranquilo. Passaram sobre os grandes reservatórios de gás, que alimentavam toda a região, cortando em direção à avenida Brasil. No seu traçado, havia alguns poucos carros e caminhões rodando no asfalto, liso e bem conservado, mas o grosso do seu tráfego estava no ar.

Marcos dirigia como um louco sem respeitar os sentidos do trânsito. Por duas vezes, ultrapassou carros por cima, manobra extremamente proibida. Fechou um caminhão leve, jogando uma moto-jato para fora da pista.

— Você está louco, velho!

— Não, olha ele ali! Tenho que pegar esse cara...

Um braço saiu do carro que perseguiam, e uma granada de impacto foi arremessada. Marcos desviou e foram atingidos na lateral. O carro começou a perder altura. Estavam perto da Ilha do Fundão, a antiga Cidade Universitária. Manobrando com perícia, conseguiu descer a viatura em um monte de terra. Naquele local, que já fora movimentado, poucos carros passavam. O silêncio era quase total. Rita o encarou.

— E agora?

Não foi preciso responder, pois Gonçalo acabara de aterrissar com o seu aerocarro. Tinha um sorriso irônico no rosto.

— Marcos, meu querido. Há quanto tempo. Fico feliz em ver que recebeu aquela promoção tão merecida. Ainda está muito bem acompanhado — sorriu para Rita.

— Deixe-a fora disso!

Em um movimento rápido, Marcos tentou atirar no seu antigo chefe. Não foi ligeiro o bastante. Gonçalo simplesmente acenou com a mão e arremessou Marcos longe. Não deu tempo para que se recuperasse e o ergueu com telecinesia. Os pés balançando, o velho delegado encarou sua nêmesis.

— É assim que vai terminar, Gonçalo?

— Claro. Vou ver você morrendo lenta e dolorosamente, asfixiado, sem ar, pedindo clemência.

A garganta de Marcos era apertada por uma força invisível. O ar custava a chegar aos seus pulmões. O mundo começava a ficar escuro e ele começava a pensar na morte. De repente, estava no chão, com um baque surdo.

Rita estava na frente do bandido, os cabelos eriçados e as pupilas muito dilatadas — sinal de que estava usando seu poder. Gonçalo parecia mais surpreso do que ferido, fixando o olhar enfurecido na moça. Sua emoção o cegava para o delegado, que olhava a cena.

Sua arma ainda estava no coldre. Era só atirar na nuca dele. Não podia — iria matá-lo. Policiais não matavam mais. Era coisa de bárbaros dos séculos passados. E, se mirasse em qualquer outro lugar, a resistência de Gonçalo à dor tornaria tudo aquilo inútil.

Hesitou por segundos trágicos. Rita continuava usando seu poder, tentando erguer o bandido. Suor pingava de sua fronte. Com um gesto de impaciência, Gonçalo terminou com tudo.

— Não foi com você que vim brigar, intrometida.

Arremessou uma bola de fogo, atingindo a oficial em cheio. Ela apenas gritou e o cheiro de carne e tecido queimados invadiu as narinas de Marcos. Enlouquecido de dor e raiva, esqueceu-se de seu comprometimento contra a barbárie dos tempos anteriores. Antes mesmo que o seu inimigo pudesse fazer qualquer outro movimento, atirou três vezes com a arma na nuca, na cabeça e nas costas. Gonçalo caiu sem emitir som.

Marcos sequer o olhou de novo. Correu para abraçar o corpo queimado de sua oficial.

— Ei, chefe.

— Não fale nada, eu vou chamar uma ambulância e tudo vai ficar bem.

— Melhor não, pai. Não vai dar tempo. Fica comigo, por favor.

Em poucos segundos, Rita Batista Domingues expirou em seus braços. Um vazio dominou o delegado. Fizera a escolha errada e agora deveria pagar o preço. Carregou o leve corpo da filha neo-humana até a viatura e finalmente pediu reforços. Uma chuva fina começou a cair na noite escura.

JULIO ROCHA nasceu em 1977 no Rio de Janeiro. Formou-se em Análise de Sistemas na Faculdade Nuno Lisboa. Publicou os romances *Teia negra* (Vermelho Marinho, 2005) e *Acanãs* (Usina de Letras, 2011), além do livro teórico *Técnicas para escrever ficção* (Vermelho Marinho, 2009).

POLACO

As pernas de Matias tremiam sem que pudesse controlá-las. Por mais que dissesse que não tinha nada a ver com aquilo, ninguém o ouvia. O homem magro e cheio de cicatrizes no rosto chegava a babar de tanto ódio. Há poucas horas, sequer imaginava que iria realizar seu sonho de conhecer o Rio de Janeiro. E, agora, lá estava ele prestes a não ter mais sonho algum.

Chegou à loja às oito, como fazia todos os dias. Não gostava muito do emprego, mas em uma cidade pequena como Cordeiro, no interior do estado do Rio, não havia muito o que escolher.

— Bom dia, Matias! — disse o gerente, com um largo sorriso de apresentador de TV.

Matias estranhou, já que raramente seu Carlos respondia às saudações matinais, ainda mais assim, tomando a dianteira com tanto entusiasmo.

— Bom dia — disse, um tanto tímido.

— Tenho ótimas notícias!

O chefe se aproximou e passou o braço por cima do ombro de Matias...

— Você, finalmente, vai conhecer o Rio de Janeiro.

— Mas eu não sei andar no Rio não, seu Carlos, tá doido?

— Eu conto com você. O Jairzinho, lá da filial, quebrou a perna e vai ficar 15 dias em casa. Você vai substituir o garoto.

Por alguns instantes, Matias visualizou praias, garotas de topless, bailes funk e outras cenas vistas nas novelas desde menino. O Rio era logo ali, mas, para quem a viagem mais longa havia sido até Nova Friburgo, a Cidade Maravilhosa parecia estar em outro continente.

— E então? O que me diz? — seu Carlos falava ainda com sorriso forçado.

— Sei não. Tô com medo de me perder por lá.

— Meu filho, não tem erro. Toma aqui ó: dinheiro pra passagem e alimentação. Neste papel está o número do ônibus que você precisa pegar quando chegar na rodoviária. É só descer no ponto final, que fica na porta da loja.

— E vou dormir onde?

O sorriso do gerente ficou ainda mais largo.

— No sobrado da loja. Tem um apartamento com quarto, banheiro e cozinha. Coisa fina. Você pode comprar comida no supermercado da praça. Desse jeito, não tem como se perder no Rio.

Um sorriso disfarçado brotou no canto da boca de Matias. "Tá bom que vou para o Rio e vou ficar na pracinha. Vou ver a praia e procurar um baile funk."

— Seu ônibus sai às dez; portanto, você tem duas horas para ir em casa, pegar suas coisas e ir para a rodoviária.

— Tá bom, seu Carlos. Já tô de partida — disse Matias, pegando o dinheiro e o papel das mãos do gerente e saindo em disparada porta afora.

Já no ônibus, abriu o jornal que comprou na rodoviária de Cordeiro. Queria descobrir logo onde as coisas aconteciam no Rio de Janeiro. Eram apenas 15 dias de aventura, precisava aproveitar o máximo possível. Após ler algumas linhas dos classificados, caiu no sono e só acordou quando o motorista bateu em seu ombro.

— Ô rapaz! Já chegamos.

Ele esfregou os olhos e levantou cambaleante. Deu alguns passos, mas voltou para pegar o jornal que havia deixado na poltrona ao lado. Quando desceu do ônibus, ficou impressionado com aquela gente toda apressada passando de um lado para outro.

— Nem acredito. Estou no Rio de Janeiro — disse baixinho.

Foi até o ponto indicado por seu Carlos e pegou o 334 em direção ao Cordovil. Às três da tarde, estava em frente à loja e tratou de procurar logo seu Pedro, o gerente. Encaminhou-se até um rapaz uniformizado.

— Por favor, o seu Pedro está?

— Está falando com ele.

— Você é o seu Pedro? O gerente? — disse Matias, franzindo a testa. O rapaz parecia ter a mesma idade que ele.

— Sou eu mesmo. Mas, por favor, pare de me chamar de senhor. Só Pedro está de bom tamanho. E você deve ser o Matias, de Cordeiro, que veio nos ajudar?

— É — respondeu, estudando a fisionomia de Pedro. Ainda tinha dúvida se o rapaz estava brincando. — Bom, vou te mostrar o lugar e apresentar os outros funcionários. Depois te levo lá em cima para você ver onde vai ficar hospedado. Só vou precisar de você por aqui amanhã; portanto, pode tirar o resto do dia de folga.

— Onde tem um baile funk?

— Baile funk? — Pedro abriu um sorriso com a pergunta inesperada.

— É. Onde aquelas meninas gostosas ficam rebolando até o chão.

Pedro não se conteve e caiu na gargalhada.

— Você tá falando sério?

— Tô. Qual o problema? — Matias fechou a cara.

— Nenhum, nenhum — Pedro deixou a gargalhada virar apenas um sorriso sem graça.

— Lá perto da minha casa tem um baile que bomba — disse uma menina morena, que veio dos fundos da loja.

— Matias, esta é a Penélope, nossa caixa.

— Prazer, Penélope. Matias.

— Valeu, brother. Legal te conhecer. Tá mesmo a fim de ir ao baile?

— É. Eu queria conhecer.

— Vou deixar os dois se entendendo enquanto falo com aquele cliente. Depois, volto pra te levar até o sobrado.

A letra de Penélope estava difícil de ler, mas o pior mesmo era ter que pegar dois ônibus para chegar ao tal baile. Depois de alguns minutos decifrando o número do primeiro ônibus, Matias caminhou até o ponto indicado pela menina. Aguardava há quase vinte minutos e nada. Nem parecia que passava ônibus ali. Carros só passaram três ou quatro. No ponto, não chegou ninguém. Ficou preocupado. Aquela rua deserta o fez lembrar de sua mãe, que nunca o deixou ir ao Rio por causa da violência.

Ouviu um som de batidas de funk vindo do final da rua. Não demorou para que um Chevette marrom aparecesse. O carro vinha bem devagar e parecia ser ocupado apenas pelo motorista e o carona. Os dois com o braço para fora do veículo, batendo na lataria no mesmo ritmo da música.

— Esses caras podiam me dar uma carona até o baile — falou baixinho, rindo da própria piada.

O Chevette parou no ponto e um homem completamente careca e tatuado, que estava no banco do carona, encarou-o de volta.

— Tá rindo de quê, ô palhaço?

O sorriso logo desapareceu do rosto de Matias.

— De nada não senhor. Tô rindo de nada não.

— Taí sozinho na porra da rua e rindo desse jeito. Só pode ser da gente — disse o motorista, esticando o pescoço para olhar.

— Não. É que lembrei de uma piada.

— Tá querendo... Valdo! Esse cara é o Polaco!

— Porra, é ele mesmo! — O careca abriu a porta do carro e foi em direção a Matias com uma pistola apontada para sua cabeça.

— Polaco? Quem é Polaco? Eu não sou o Polaco, meu nome é Matias.

— Entra logo no carro, porra!

Quando caiu no banco de trás do Chevette, Matias chorava. O careca pegou sua camisa e levantou até a cabeça, deixando seu rosto coberto. Alguns minutos depois, estava dentro de um barraco. Frente a frente com Balanagulha, o chefe da área segundo o careca.

— E então, Polaco? Andou sumido, hein? — disse o traficante, mascando o que parecia ser um pequeno pedaço de pau.

— Eu não sou o Polaco, não senhor. O senhor está me confundindo com outra pessoa — Matias sentiu as pernas bambas.

— Para de enrolar, Polaco. Tu me vendeu a parada toda malhada. Tá cheio de cliente vindo aqui me encher o saco. Eu quero minha grana de volta.

— Eu juro, moço. Não sei do que o senhor tá falando. Não sei de malhada nenhuma.

— Mas tu tá mesmo querendo virar presunto, né, cumpadi?

— Pelo amor de Deus, moço. Pode perguntar lá na loja em que eu trabalho. Meu nome é Matias.

— Polaco, Polaco, Polaco... Tu costumava ser mais macho... tá sem teus capanga, né mermo? Aí o bicho pega pro teu lado.

— Já disse pro senhor que meu nome não é Polaco.

— Vai tê jeito não, né, Polaco. Minha grana eu não vejo mais. Valdo! Leva e joga na vala. Esse aí não vai vender pó malhado pra mais ninguém.

De volta ao Chevette e com a camisa tapando a cara, Matias chorava e tentava convencer o careca do mal-entendido. Depois de algum tempo rodando, eles finalmente pararam e o careca tirou a camisa do rosto dele.

— Sai do carro, Polaco.

Ele obedeceu e viu que estavam em um terreno baldio. Podia perceber algumas construções ao longe, mas ali era completamente deserto. Com a pistola apontada para sua cabeça, caminhou na direção indicada por Valdo.

— Aí tá bom. Ajoelha e fecha o olho — disse o careca.

Matias obedeceu e começou a rezar baixinho.

Um barulho no mato chamou a atenção do careca e, por alguns segundos, ele pensou em sair correndo, só que não conseguia se mover. Vários homens armados saíram do mato e vieram na direção deles.

— Mas não é que decidimos usar o mesmo lugar para apagar nossos desafetos — disse o jovem que vinha na frente do bando.

— Po-po-polaco? — o careca quase deixou a arma cair.

— Qual é a surpresa, Valdo? Até parece que nunca me viu.

— Mas você tá...

— Tô o quê, mané? Tu que tá invadindo minha área pra ficar desovando presunto.

Ao chegar mais perto, o jovem encarou Matias, que estava com os olhos vidrados e a boca semiaberta.

— Que porra é essa? Clone? De onde tu tirou esse cara?

— Olha, Polaco, eu não tô entendendo mais nada... — gaguejou o careca, agora visivelmente nervoso.

O motorista saiu de fininho, mas um dos homens segurou seu braço e o jogou de volta para o lado do colega.

Matias não acreditava no que estava vendo. O jovem parecia ser seu irmão gêmeo. Agora entendia por que o traficante o confundira com o tal do Polaco. Eles eram iguais.

— Já que o careca não quer falar, fala tu, ô clone do capeta. Que que tá acontecendo aqui?

— Eles me pegaram no ponto do ônibus, me levaram para um lugar onde um tal de Balanagulha disse que queria o dinheiro dele de volta e eu...

— Fala devagar, porra! Assim eu não entendo porra nenhuma.

— Desculpe, seu Polaco. O tal Balanagulha queria que eu devolvesse o dinheiro dele. Me falou que eu tinha vendido alguma coisa malhada. Eu disse que não era o senhor. Quer dizer, nem sabia que o senhor existia, mas eu disse que não era o Polaco. Então eles me trouxeram até aqui e iam me matar quando o senhor chegou.

— Levanta daí. Qual o teu nome? — perguntou Polaco, aproximando-se.

— Matias.

— Tu é daqui da área?

— Não senhor. Sou do interior.

— E tá fazendo o que aqui?

— Eu vim substituir um funcionário de uma loja no Cordovil.

— Passa lá pra trás que tu não vai querer ver isso.

Matias foi caminhando lentamente em direção ao mato. Quando achou que já estava longe o suficiente, começou a correr. Depois de alguns minutos, ouviu dois tiros. Continuou correndo em direção às luzes do horizonte. Só parou quando encontrou uma rua, onde pegou uma van que passava pela rodoviária.

Embarcou no último ônibus de volta para Cordeiro.

E não conheceu o baile funk.

HELENA GOMES nasceu em Santos, São Paulo, em 1966. É jornalista, professora universitária com especializações na área de Educação e autora de mais de vinte livros de ficção e não ficção. Foi finalista no Prêmio Jabuti 2011 com o juvenil *Sangue de lobo* (DCL, 2010, escrito em parceria com Rosana Rios) e a adaptação *Tristão e Isolda* (Berlendis, 2010), que recebeu o Selo Altamente Recomendável da FNLIJ. Publicou também os livros *Lobo Alpha* (Rocco, 2006), *Assassinato na biblioteca* (Rocco, 2008), *Sabor de sangue e chocolate* (Escrita Fina, 2011) e o infantil *Nanquim: Memórias de um cachorro da pet terapia* (Paulinas, 2008), entre outros.

PARA SEMPRE EM UM DIA

Urraca tinha 12 anos quando os soldados cristãos saquearam sua aldeia no Alentejo, após voltarem de mais uma incursão em território mouro. Um deles descobriu a menina escondida atrás de uma árvore. Arrastou-a de lá, puxando-a pelas tranças, enganchou-se nela como um cachorro excitado e brutalmente arrancou-a da infância. O segundo e o terceiro soldados também a usaram, mas foi o quarto quem a degolou.

Sem sentir mais nada, a menina permaneceu imóvel até que o ataque sangrento terminasse. Quando se pôs em pé, viu que o sangue secara, mas a cabeça um tanto solta, graças ao corte medonho na altura do pescoço, incomodava bastante. Entre os cadáveres que foram seus parentes, amigos e conhecidos, perambulou pela aldeia até encontrar linha e agulha numa das choupanas. Foi um tanto complicado costurar a si mesma. Claro que não ficou o melhor dos remendos, mas teria de servir. Não havia ninguém para ajudá-la. Todos estavam mortos. Aliás... Ela também não devia estar morta?

Saques de soldados tanto cristãos quanto mouros eram rotineiros. A própria Urraca fora gerada numa dessas ocasiões, filha de qualquer um deles. A mãe morrera no parto e a menina acabara com uma prima que, cheia de filhos, não lhe dava a mínima atenção.

Urraca desejou chorar a perda de sua família. Não conseguiu. Com o avanço das horas, também descobriu que não sentia fome, sede ou sono. Quando, enfim, a madrugada terminou, percebeu que não poderia receber a nova manhã da mesma forma que recebera a anterior e muitas outras antes dela.

Teria de partir para longe do único lugar do mundo que conhecia.

★★★

As terras de seu reino invadiram-lhe a visão em tons de verde tão sutis que imaginou sentir um friozinho gostoso na barriga. O brilho do sol iluminava sua jornada ao desconhecido. Não respirava mais e o calor natural do corpo a abandonara. Só que continuava andando, movendo-se. Tinha fôlego de sobra. E sorria. Começava uma nova vida que lhe prometia a eternidade.

Mas... E se começasse a apodrecer?

Urraca balançou a cabeça com força. "Os vermes jamais vão me devorar!", prometeu a si mesma. Após o meio do dia, pôs-se a atravessar sua primeira floresta. E foi lá que mais uma vez o destino lhe reservou uma reviravolta.

Sem querer, a menina virou o ponto de aterrissagem para alguém que acabava de ser arremessado. Não viu nada; houve o impacto violento e a terra invadindo sua boca após ser comprimida contra o chão pelas costas desse alguém. Ele sangrava muito — tivera os olhos arrancados. Tentou se levantar, mas quem o arremessara cobriu-o, numa velocidade inacreditável, e abocanhou-lhe a jugular. Mais sangue começou a jorrar.

Naquele momento único, presa e caçador sabiam que a morte era inevitável.

Urraca, espremida pelo peso dos dois, esticou-se ao máximo para observar o caçador. Ou melhor, a caçadora. Era uma garota um pouco mais velha do que ela, de traços distorcidos pela bocarra de caninos generosos. Gemia de prazer com a ingestão crescente de sangue. A presa era um rapaz que, apesar da desvantagem, teimava em lutar. Uma das mãos continuou apertando o punho de sua espada, inutilmente buscando forças para usá-la.

Urraca teve pena do coitado. Com dificuldade, retirou o braço preso pelas costas dele e também agarrou o punho da espada.

O reforço fez a diferença. Após erguer a lâmina, ele reuniu forças que jamais imaginava ter e afundou-a entre as costelas da caçadora. A jugular foi solta por milésimos de segundos, o tempo necessário para largarem a arma e o rapaz empurrá-la de cima dele.

Urraca viu-se livre de repente. O rapaz se levantara, tirara uma faca do cinturão e, sem ter como enxergar, estava na defensiva. A caçadora não demonstrou pressa. Pôs-se em pé com facilidade, como se a espada fincada na lateral de seu corpo não atrapalhasse. Exibiu os caninos, pronta para uma nova abocanhada. O rapaz não teria nenhuma chance.

Quando ela voou sobre ele, Urraca sufocou um grito. Os dois desabaram no chão, a caçadora novamente cravando os dentes na jugular. A menina quis fechar os olhos; não conseguiu.

Abruptamente a caçadora afastou-se, a faca cravada em seu coração. Fitou o céu, abriu os braços... Seu lamento ecoou pelas copas das árvores, cortante, dolorido, irreal. Tombou de joelhos e, depois, de frente, o que fez a arma perfurá-la ainda mais. Estava morta.

Ofegante, o rapaz largou-se no chão. Os ferimentos no rosto e no pescoço não paravam de sangrar.

— Tu ainda estás aqui? — perguntou numa voz muito fraca.

— Estou — murmurou Urraca.

— *Ela...* morreu?

Curiosa, a garota se aproximou da morta. Vestida com trapos, suja e descabelada, com a bocarra ainda aberta, ela parecia mais um monstro do que um ser humano.

— Morreu. Ahn... É o que tu fazes? Caças monstros?

O rapaz assentiu.

Irônico. A presa era um caçador.

— A faca... Usa-a agora... no meu... coração.

Urraca balançou a cabeça, sem entender. O que ele lhe pedia? Que o matasse, era isso?

Chegou mais perto do rapaz. Ele vestia roupas caras e usava um enorme crucifixo de ouro preso a uma corrente do mesmo metal ao redor do pescoço. Suas botas eram boas, porém estavam desgastadas por muitas viagens. Os olhos tinham sido arrancados de modo grotesco e a menina não duvidava de que aquilo fora obra dos dedos da morta. Engoliu em seco só de imaginar a dor que ele sentia. Mesmo assim continuara lutando ferozmente para executá-la.

— Por que me pedes para matar-te?

Não teve resposta. O verdadeiro caçador perdera a consciência.

★★★

O cavalo do rapaz não estava longe. Urraca encontrou-o pastando tranquilamente, com todos os pertences do dono num alforje amarrado à sela. Manso, deixou-se levar. A garota tinha muito que fazer. Primeiro, cuidou do dono do animal. Limpou-o, fez-lhe curativos para estancar o sangue e trocou-lhe a túnica e a calça por outras peças limpas que achou no alforje.

Admirou-se com a beleza do rapaz. Havia um rosto de traços bem-feitos e barba quase aloirada, no mesmo tom dos cabelos compridos. O corpo masculino, modelado por uma rotina de lutas e caçadas, atraiu-a a ponto de deslizar seus dedos finos e infantis sobre cada músculo do tórax e dos braços fortes. O calor que aquele rapaz emanava produzia nela um misto de carinho e descoberta. Queria aconchego, o abraço que nunca recebera, mas também queria algo mais que não sabia bem definir.

Depois, foi cavar um buraco com as mãos e enterrou a morta. Por fim e a muito custo, colocou o rapaz mais pesado do que ela sobre a sela e puxou o cavalo pelas rédeas para longe dali. Anoitecia.

Na manhã seguinte, no canto que julgou o mais seguro da floresta, Urraca desceu o rapaz da sela, esticou-o junto às raízes de um carvalho e liberou o cavalo para o desjejum. Do alforje, tirou um pedaço de pão e carne defumada. Faria um caldo para alimentar seu paciente.

★★★

Mergulhado nas trevas, o rapaz sentiu um caldo morno entrar com cuidado em sua boca. Uma voz de menina falava com ele. Eram palavras de incentivo.

"Deus, eu devia estar morto!", constatou, em pânico.

Conhecia o futuro, algo que sempre acontecia a outros sobreviventes. Vira mães sugando o pescoço de seus filhos pequenos até secá-los por dentro. Vira maridos arrancarem as vísceras de suas famílias, fartarem-se e ainda lamberem o chão ensanguentado ao redor apenas para saciar a própria gula. Presenciara mortes horrendas, destruição, selvageria. Tudo porque aquelas pessoas tinham sobrevivido à mordida dos bebedores de sangue.

Matara muitos daqueles monstros desde que recebera a missão de caçá-los. Não havia glória em suas vitórias, apenas a certeza de que poderia tornar o mundo um lugar um pouco melhor.

Agora ele também seria um deles. Perderia seus valores, a fé em Deus, o amor pelo próximo. A fome pelo sangue quente da presa iria dominá-lo e caçaria apenas para satisfazer seus instintos.

Não conseguiu engolir o caldo, como previa. Cuspiu tudo, o estômago começando a se queixar de fome.

— Mata-me... — implorou.

Foi o último lampejo de humanidade antes que as trevas dominassem seu espírito.

★★★

Para a aflição de Urraca, o rapaz não conseguia se alimentar, cada vez mais entregue à vontade de morrer.

— Fica... — pediu ela, aninhando-se contra o seu peito. — Não quero que morras.

A noite veio e, com ela, a madrugada. O corpo que a menina protegia se tornou gelado.

— Tenho fome — disse o rapaz, de repente, e se desvencilhou dos braços magricelas que o envolviam.

Urraca abriu um sorriso enorme. Como ela, o rapaz também não morrera!

— Teu coração não pulsa mais — analisou, com as narinas muito abertas. — Não serves para me alimentar.

Levantou-se. Uma venda cobria os dois buracos que existiam no lugar de seus olhos.

— Tenho fome — repetiu.

— Ainda há o caldo e...

O rapaz fez uma careta de nojo. Depois, voltou-se para a menina e, de modo rude, puxou-a pelos pulsos.

— Quero sangue humano!

★★★

Um animal cego não teria a mínima chance de sobreviver numa floresta. Não saberia caçar e tampouco se defender dos inimigos. Urraca mordeu os lábios, infeliz. Era no que aquele belo rapaz se transformara: num monstro cego e sedento por sangue humano.

Quanto tempo duraria sozinho, sem ninguém para cuidar dele?

Com suavidade, ela se desprendeu das mãos agora tão geladas quanto as dela e acariciou-lhe os cabelos longos.

— Estarei sempre contigo — prometeu.

★★★

Não conseguiu convencê-lo a deixar suas vítimas com vida, principalmente quando eram crianças com pouco sangue para satisfazer-lhe o apetite. Urraca ajudava-o a caçá-las em ataques furtivos e noturnos às aldeias próximas à floresta. A transformação trouxera ao rapaz agilidade e força surpreendentes, mas era ela quem o orientava quando precisava da visão.

De barriga cheia e feliz, ele passou a sentir outra necessidade. Numa noite, após se fartar com o sangue de um pastor que perdera a hora de voltar para casa, avançou para a menina. Não disse nada, só agiu. Deitou-a e a possuiu com voracidade. O atrito entre seus corpos, ambos gelados, deu-lhe ainda mais prazer. Era como, enfim, encontrar uma sombra após um dia escaldante percorrendo o deserto.

Após o ápice, aquietou-se na frieza do corpo da menina, apoiando a cabeça em sua barriga. E, após tanto tempo, finalmente sorriu, um gesto que soou como uma lembrança de sua humanidade.

Urraca enlaçou-o pelo pescoço, sentindo-se amada pela primeira vez em sua estranha existência. Ele era filho, pai, irmão e agora marido. Teve a certeza de que sua pequena família deveria aumentar.

— Não mates mais — pediu.

Desta vez, o rapaz acatou o conselho. Não matou a vítima seguinte nem as que vieram depois. E logo elas estavam na floresta, à procura de orientação, tão vulneráveis quanto ele fora. Urraca recebeu-as com carinho, ensinou-as a não matar as vítimas que começariam a fazer. E não demorou para que sua pequena família continuasse a crescer, o que a encheu de mais felicidade.

O rapaz firmou-se como líder sobre os novos membros. Caçavam juntos, Urraca sempre funcionando como mãe de todos. E a cada vítima abatida e transformada, o rapaz vinha até a menina e a fazia só dele.

— Nada é para sempre, Urraca — disse numa madrugada após reencontrar a paz por que tanto ansiava. — Os caçadores virão.

***

Eles vieram. Cercaram a floresta pelas bordas e, em investidas certeiras, começaram a caçar um a um os membros da família de Urraca. Ela desesperou-se com cada perda, traçou estratégias de ataque e defesa, ajudou a matar um e outro caçador. Para sua surpresa, o rapaz não reagiu como deveria.

— Não lutarás? Não farás nada para defender nossa família?

— Não vês, Urraca? Nós é que somos os monstros!

Ela jamais aceitaria aquele extermínio. Já tinham lhe arrancado uma vida antes; não permitiria que fizessem isto de novo. Mas os caçadores eram astutos e ainda contavam com o reforço dos homens das aldeias vizinhas.

As execuções prosseguiram, eles avançaram para o interior da floresta, o cheiro de vingança cada vez mais próximo.

No final de uma madrugada decisiva, eles vieram até a menina.

***

A criança de que Urraca mais gostava foi a primeira a perecer durante o ataque. Teve a cabeça separada do corpo. Em sua fúria e fome por destruição, os quase cinquenta aldeões eram liderados por um punhado de caçadores, que se distinguiam pelas roupas caras e pela corrente com o crucifixo de ouro, igual ao que o rapaz ainda usava.

Desesperada, a menina pegou a espada, que escondia atrás de um punhado de arbustos, e correu para defender o que restava de sua família: uma idosa e dois adolescentes. A arma, porém, foi rapidamente rechaçada pela espada de um dos caçadores. A menina perdeu o equilíbrio e caiu, enquanto o inimigo seguiu em frente para trespassar-lhe o coração. O golpe foi rápido e preciso. Após julgá-la morta, ele investiu contra um dos adolescentes, já cercado por um grupo de homens.

A menina mal reparou no novo corte. Levantou-se, a espada em punho, e tornou a avançar contra o tal caçador. Apesar de surpreso, ele reagiu de modo instintivo. A lâmina decapitou Urraca.

A cabeça voou até o chão, deu algumas cambalhotas e, enfim, parou de lado. Já o corpo simplesmente tombou inerte após soltar a arma. Acuado, o adolescente não teve como se defender. As várias apunhaladas simultâneas encheram-no de pavor; uma delas acertou-lhe o coração.

Urraca recusou-se a assistir à chacina, mas não teve coragem de cerrar as pálpebras. Em seu campo de visão, descobriu que a mulher mais idosa de sua família conseguira prender uma jugular. Não chegou a mordê-la. Um dos aldeões, com um porrete nas mãos, afundou-lhe o crânio. Mais golpes vieram de seus companheiros, o que velozmente reduziu a idosa a um amontoado de carne e ossos.

— Arrancai a cabeça ou furai seu coração! — berrou um dos caçadores. — São as duas únicas formas de matar os monstros!

Aquele cadáver destroçado ainda poderia viver? A menina duvidava disso. Os aldeões, no entanto, obedeceram.

Atrás da cabeça de Urraca, o adolescente que sobrara ainda lutava. Apesar das vantagens adquiridas com a transformação, acabou massacrado como os demais.

Agora só restava o rapaz que Urraca sempre amaria.

— Onde está Sua Alteza? — perguntou o mesmo caçador, num tom de voz que denunciava sua autoridade sobre os homens. O silêncio se impôs naturalmente.

— Estou aqui.

Urraca arregalou os olhos, apavorada. Com passos decididos, o rapaz abriu caminho entre a vegetação até os inimigos. Parou diante do líder dos caçadores. Automaticamente alguns aldeões curvaram-se, um cochichou que aquele devia ser o irmão caçula do rei cristão.

— Não quero que morras — balbuciou Urraca. Ninguém a ouviu.

O rapaz, um príncipe, abaixou a cabeça.

— Faze o que vieste fazer — disse para o líder.

— Ainda tens tua humanidade, Alteza? — estranhou o outro.
— Não. Mas encontrei uma sombra no deserto.

★★★

O rapaz teve a cabeça decepada da mesma forma que Urraca. Ela engoliu a tristeza, a revolta, o ódio por todos aqueles homens. Eles é que eram os monstros!
— E agora? Queimamos os cadáveres? — perguntou um caçador.
O líder hesitou e, então, sorriu.
— Que alimentem os animais da floresta! — decidiu.
A manhã já ia alta quando partiram.
Pela primeira vez, Urraca desejou morrer, a única vontade que ninguém poderia realizar. Mordeu os lábios. Não sabia por que era daquele jeito. Talvez fosse uma maldição.
"Mas... e se for um dom?", sussurrou-lhe um pensamento.
Perdera a família e o príncipe de sua vida, é verdade, mas antes de perdê-los conhecera o amor. Então, se a eternidade, para ela, era inevitável, só havia uma escolha: apostar na esperança. "Os vermes jamais vão me devorar!", reforçou a promessa.
Após fechar os olhos, juntou toda a força de vontade e chamou por seu corpo. Como se adivinhasse que teria muitas covas para abrir com as próprias mãos e a família inteira para enterrar, ele custou a obedecer. Quando o fez, ergueu-se, preguiçoso, e passou a remexer os bolsos do vestido atrás de linha e agulha.
Desta vez, teria mais remendos para costurar.

CAROLINA MUNHÓZ nasceu em São José do Rio Preto (SP) em 1988. Formou-se em Jornalismo pela Universidade Paulista de Campinas. Publicou o livro *A fada* pela editora Novo Século em 2011 e, no mesmo ano, ganhou o Prêmio Jovem Brasileiro como melhor escritora jovem.

OUTRA VEZ NA ESCURIDÃO

Muito antes de os humanos conviverem com internet, celulares e televisões, sábios pressentiam quando uma estrela nascia. Uma força diferente reinava sobre a Terra, indicando que alguém especial iniciava sua jornada. Não se importavam se os chamassem de bruxos, malfeitores ou criaturas negras. Para os sábios, a bênção de sentir o poder de uma nova estrela já parecia ser o suficiente. Mal sabiam que outras criaturas mágicas também sentiam a força pulsando no mundo, feito um coração selvagem no peito de uma mulher apaixonada. Seres poderosos, mas que usavam essas estrelas para brilhar em seu céu particular. Apenas em um céu. Ato egoísta para criaturas assim. Insensível, talvez. Mas certo, pois possuir uma estrela dessas significava ter a mais pura energia do mundo. Quem não gostaria de botar as mãos em tamanho poder?

Sophia sentiu quando Jade nasceu em meados de setembro na Londres enevoada, em uma área suburbana de pouco valor. "Como ela é poderosa", pensou, no momento em que percebeu a energia daquele ser invadindo as veias grossas como pura heroína, capaz de deixar seu corpo pálido e curvilíneo arrepiado. Aquela humana era perfeita. E ela seria sua.

Precisava esperar alguns anos para ver se ela realmente iria brilhar. Muitos humanos talentosos jogavam fora os dons comedidos pelos deuses e a fada negra não podia se dar ao luxo de perder anos enfeitiçando a garota por nada. Considerada uma Leanan Sídhe, quase uma fada amante, Sophia recarregava as energias ao encantar e seduzir jovens talentos perdidos pelo mundo. Jade tinha grande potencial para ser um desses artistas que depois reinam nas marcas negras espalhadas pelo peitoral e braços da Leanan Sídhe. Marcas significativas, pois retratavam as vidas dos humanos envolvidos e inspirados por aquela mulher.

Humanos mortos pela maldita fada.

A Leanan percebeu o dom sendo exercido pela garota aos poucos. Qualquer balançar de quadril vindo dela ao ouvir jazz já a deixava excitada, como se dependesse daquilo para viver. Só faltava entender como o dom se manifestaria na artista. Ainda não mostrava sinais concretos de ser uma dançarina. Então não entendia por que o ritmo daquela música fascinava tanto a jovem humana de longos cabelos negros, bochechas salientes e lábios rosados carnudos. Na adolescência, a fada notou um avanço na magia. A garota começava a tocar guitarra e os finos dedos dedilhavam o instrumento lembrando maestros conduzindo orquestras sinfônicas. Aquilo era arte. Mas ainda não parecia ser o bastante. Não para uma Leanan Sídhe. Afinal, se todos os humanos que tocassem algum instrumento fossem inspirados por uma musa, não haveria metade da população viva. Todos teriam morrido sugados pelas Leanans. O irônico era que ninguém perceberia. Afinal, quem conseguiria notar um padrão em mortes como aquelas? Algumas das vítimas não aguentavam a pressão de perder a fada e se atiravam de enormes edifícios ou davam tiros certeiros na cabeça. Alguns se drogavam até a morte, outros eram achados congelados no frio de outra parte do mundo. Todas as mortes pareciam estranhas. Contudo, a Terra era um lugar estranho. Não havia um padrão. Apenas mortes. Uma grande carnificina.

    Os anos foram passando e Jade crescendo, tornando-se uma mulher tímida, sem nenhum grande talento ou beleza aparente. Pelo menos os pais achavam isso em seu íntimo egoísta. Mas Sophia entendia mais. Sabia mais. Estava claro para ela, pois sentia o dom na garota. Jade seria especial no mundo. Traria um tempero, um tom sexy e complicado para gerações. Sim, ela moveria gerações. Para a fada isso se tornava evidente. E por que não seria? Um brilho daquele tinha de ser especial. Tão especial como a joia rara que havia inspirado o seu nome.

    Em pouco tempo a timidez da garota foi vencida e ela foi se revelando nos palcos improvisados de boates undergrounds e agitados pubs londrinos. Ela comemorava com brindes e mais brindes após cada apresentação. Jade queria se destacar, tendo vontade de mostrar sua arte para o mundo. Mesmo que ela se resumisse a algumas casas noturnas por aí. Tinha brincado de criar uma banda quando criança, porém foi na juventude que realmente mostrou o dom, começando a cantar profissionalmente com um parceiro de soul music. Assim o mundo ouvia sua voz. E como era linda. Parecia um anjo de tom embriagado, sedutor, chegando a ser triste, quase enigmático. Nessa época parecia não haver dor naquela voz. Seria só mais tarde que isso iria acontecer? Sophia descobriria em pouco tempo.

A vida de artista é difícil. Para alcançar o sucesso, são necessários muito trabalho e noites sem dormir lutando em busca de algo mágico. Jade sentia precisar de alguma coisa assim. Ainda não tinha muitas expectativas de atingir o estrelato. Precisava de uma dica do destino para acreditar mais em sua capacidade, na sua voz. A fada negra não podia interferir no talento dela e aguardava pelo momento certo de enfeitiçá-la. E esse momento chegou quando Jade fechou contrato para o primeiro álbum com uma boa gravadora inglesa. O produtor que tinha escutado as demos havia ficado impressionado com tamanha voz, misturada em jazz e blues. Não tinha nada parecido no mercado e aquela mulher dava a impressão de ser diferente o bastante para se destacar. O homem sabia o tesouro que tinha nas mãos e iria usá-lo.

O lançamento do álbum seria apenas no Reino Unido, mas a cantora sentia-se feliz de ter a oportunidade de se expressar. Daria tudo para conseguir criar músicas capazes de inspirar pessoas a mudar de vida. Para ela, a chance de ter seu som gravado era uma grande mudança em uma, até o momento, pacata vida. O tédio já pairava sobre aquela alma atormentada, e o álbum tinha aparecido no momento certo. E assim começou a criação de um CD mais forte do que ela mesma e sua voz. Algo que de início, ao ser lançado na terra da rainha, alcançou as paradas, mesmo de uma forma tímida, como ela costumava ser. Estava na hora de a Leanan Sídhe fazer seu papel na história da futura líder das paradas britânicas.

Passou-se o tempo, e os singles apareceram no mercado, mas ainda sem o tempero necessário para o ápice. Sophia precisava desse diferencial, pois seria o momento em que ficaria mais presente na vida de Jade e através dela recarregaria as energias. Mesmo estando envolvida com outro artista, a Leanan resolveu inspirar a cantora para dar a ela uma chance de aproveitar o sucesso absoluto. Um ser inspirado por uma Leanan Sídhe tinha de ser muito grato pela oportunidade. Aquela era uma chance em um milhão. E foi em uma noite chuvosa de quase transbordar a fonte da Trafalgar Square que Sophia resolveu aparecer para Jade. As gotas pareciam retratar as futuras lágrimas da garota. Porque a cantora iria chorar e muito quando percebesse não ter tempo para aproveitar o sucesso. Será que ela ligaria tanto para isso? No fundo, Sophia sabia que sim.

A cantora dormia profundamente, esparramada na cama coberta por lençóis pretos de seda. Uma escolha não tão boa para uma noite fria em Londres. Mesmo com o aquecedor ligado, dava para ver os mamilos ouriçados debaixo da única peça de roupa que vestia, a camiseta preta velha de gola arredondada de um time de futebol britânico, que escondia as diversas tatuagens desenhadas no corpo. Seu rosto estava borrado de maquiagem escura da noite anterior, o cabelo preso com grampos, e um cheiro de vodca pairava no ar. Aquele era o momento. Sophia sentou-se delicadamente na ponta da cama tentando não fazer barulho. Estava na forma feérica, e então as asas coloridas batiam em um ritmo suave e as marcas negras pelo corpo se movimentavam levemente por estarem perto de Jade. Usava um vestido curto prateado revelando as pernas grossas, e os cabelos loiros eram quase do tamanho da metade do vestuário. Aquele era o instante em que Jade acordaria e veria em sua cama a mulher mais linda do universo. Veria uma fada esperando por ela. Quem não gostaria de acordar com uma visão dessas?

— Que maldição! Quem é você? — questionou alterada a cantora ao acordar e dar de cara com a Leanan Sídhe sentada tranquilamente.

A fada apenas sorriu. Jade não entendeu por quê, mas sentiu-se bem ao ver o doce sorriso. Isso não mudava o fato de que havia uma pessoa, ou seria coisa, estranha em seu quarto.

— Estou ainda sonhando ou tomei algo forte demais ontem no bar? — continuou a perguntar.

Sophia tentou se aproximar da mulher para ver se o magnetismo aumentava. Por alguma razão inexplicável, a garota se encolheu.

— Calma, querida. Não existe razão para ficar assim. Não precisa ter medo de mim — disse a Leanan. — Sou apenas uma amiga.

A mulher ainda se encontrava encolhida no canto da cama, lembrando um rato preso em uma gaiola.

— Na verdade, eu não tenho que ficar calma, não! Não te conheço. Não sei nem o que você é. Na verdade preciso acordar, pois esse sonho está ficando cada vez mais bizarro.

— Isso não é um sonho, Jade. Sou tão real como qualquer uma de suas músicas...

— E o que você sabe sobre minha música? — a cantora interrompeu rispidamente.

— Sei tudo! E mais até do que você mesma. Porque sei onde ela vai chegar e ainda serei o motivo para ela chegar até lá.

— Esse papo tá parecendo de maluco — disse Jade.

— E não somos todos malucos? — retrucou Sophia.

A fada parecia ter razão. Insanidade era algo que caminhava junto com ela desde pequena. Se tinha chegado a ponto de se considerar louca por estar vendo a fada negra sentada de pernas cruzadas em sua cama, era um sinal de que finalmente abraçava a maluquice. Mas o que isso poderia fazer com ela? Já se sentia no íntimo uma pessoa diferente. Anormal. Nada daquilo seria estranho.

Aos poucos foi ficando mais à vontade com a alada. Enfim, o poder da Leanan Sídhe começava a fazer efeito. Jade rendia-se aos encantos de Sophia, sentindo-se seduzida por cada som melódico que saía da boca angelical da fada. Pareciam palavras sincronizadas, como se em vez de falar ela cantasse uma canção de ninar, daquelas que só de ouvir uma nota já nos faz sentir sonolentos. Um soninho gostoso e confortável de fim de tarde ou pós-almoço. E a feérica já ficava com tesão pela mulher de camiseta curta e longas pernas à sua frente. Imaginava-a dançando em um palco ao som da voz da mesma mulher. Da nova rainha do jazz pop.

— Então você não é uma alucinação e também não veio tentar me matar? — perguntou Jade mais calma.

— Na verdade, se eu quisesse te matar, eu não tentaria. Eu conseguiria — comentou Sophia ainda sorrindo. Uma cena perturbadora.

— Mas não. Não sou uma alucinação, fantasma ou qualquer coisa parecida. E também não vim te matar agora.
— Então por que está aqui? — questionou a mulher.
— Por que não estaria? — Sophia retrucou.
A resposta fez Jade se sentir completamente feliz. Alguém dava importância para sua existência. Algo novo para a garota que no fundo era muito complexada e solitária. Padrão básico para um artista que provavelmente seria seduzido por uma Leanan Sídhe. Jade fazia tudo ficar mais fácil com a dependência emocional. Seus vícios também ajudavam no processo.

O contato começou a se tornar mensal. Sophia ainda não precisava da garota, mas já queria dar o gostinho de poder para a gulosa cantora saborear. Ela sabia o quanto o fato de dar uma atenção especial mexia com ela e isso já se tornava um bônus. Quando a ajuda dela fosse necessária, saberia criar músicas incríveis. O esforço seria recompensado.
— Eu não entendo — disse, confusa, a garota. — Por que não pode passar mais tempo comigo?
— Já te disse isso milhares de vezes.
— Eu sei, mas não quero aceitar. Preciso tanto da sua companhia, do seu carinho. Você é muito especial para mim, Sophia!
As duas se encontravam novamente sentadas na cama bagunçada. Ao ouvir a declaração, a fada abraçou a mulher com força, parecendo uma mãe confortando um filho. Pegou o rosto dela com as duas mãos geladas e a olhou nos olhos. Era uma troca de carinho muito intensa, como se há anos esperassem por aquele olhar de compreensão.
— Tenho assuntos a resolver e pouco tempo para me dedicar a você. Mas tudo vai dar certo.
— Você ainda vai poder ficar comigo? — questionou a mulher, borrando mais uma vez o delineador preto.
— Alguma vez eu disse que não ficaria?
Jade sorriu. A presença da fada a deixava bem. A nuvem negra que existia na mente se espalhava aos poucos. O coração apertado como se estivesse amarrado constantemente afrouxava.

Tudo graças à mulher. Graças à incrível fada.

As duas ainda não tinham um contato físico maior. Existia uma relação de carinho, afeto, quase como uma força maternal apenas. Sophia tentava se controlar nas ações para ainda não dar uma ilusão maior, pois não queria começar a sugar a energia de Jade antes da hora. Mas a cantora era tão sedutora, tão sexy, com atos malucos e roupas provocantes. Era muito difícil se segurar no final do dia. Contudo, em outros momentos, Sophia se sentia aliviada, porque o carma carregado pela cantora era grande. Sentia uma energia negra envolvendo a mulher, uma sensação de desespero, tristeza. Via-a muitas vezes chegar em casa cambaleando após shots de tequila e fileiras de cocaína. Não que aquilo fosse anormal entre seus escolhidos. Muitos artistas se viam penetrados nesse mundo sombrio, mas ela parecia buscar esse auxílio por solidão e não por revolta como aparentava para as outras pessoas. Sophia chegava a ficar com dó, mas ainda tinha outros na mente.

— Por que minha música não estoura nas rádios? — questionou Jade para a fada enquanto caminhavam pelas ruas góticas do bairro de Camden Town.

Quem visse de longe acharia que a mulher de vestido curto decotado e batom vermelho de cereja era maluca ou estava drogada, pois dava a impressão de estar falando sozinha. Camden Town podia ser o bairro dos punks, mas ainda era frequentado por muitos turistas e pessoas não alternativas. Ver alguém conversando com o nada não parecia normal.

— Porque tudo tem o seu momento — respondeu a fada.

— E quando o meu vai chegar?

A Leanan parou de andar e segurou a mão esquerda da garota com força.

— Quando você parar de perguntar e começar a agir — respondeu.

A mão dela endureceu e Sophia pôde ver os lábios comprimirem. Havia tocado em um ponto fraco de Jade. Talvez aquilo fizesse a menina acordar para o mundo. Principalmente para a carreira.

No dia seguinte, no quarto cheirando a cigarro e bebida derramada, a cantora resolveu trabalhar. Já fazia um bom tempo que não cantava com o parceiro e muitos meses haviam passado desde que lançara o primeiro álbum. Se tinha intenção de fazer algum sucesso verdadeiro, precisava agir. A fada estava certa. Mas Jade cogitava muitas vezes se tinha ficado louca ou se os remédios e drogas usados estavam corroendo seu cérebro. As visitas da fada eram maravilhosas, mas no fundo sempre se questionava se seriam verdadeiras. Se tudo não passava de um sonho. Aproveitou os milhares de perguntas explodindo na cabeça para transbordar os sentimentos no papel. Precisava compor músicas divinas. Músicas capazes de agradar uma fada. A sua fada madrinha. Se atingiria o objetivo, ainda era uma incógnita. Mas desejava receber um carinho da mulher que amava: a Leanan Sídhe.

A mãe da garota percebia que o vício dela aumentava a cada dia. A filha parecia estar criativa e se esforçando para compor novas músicas, mas todas as noites eram regadas a bebidas e coisas piores. Os pais cogitavam se ela deveria ir para uma clínica de reabilitação. A menina fugia todas as vezes que tentavam conversar sobre isso. Ela achava que não aprenderia nada em uma classe ou terapia, mas conhecimento não vinha de graça, não era como as bebidas que tendiam a aparecer na sua frente, todas e todas as noites. Para Jade, os uísques degustados aumentavam a criatividade, para assim se encontrar outra vez na escuridão, e mais um novo álbum então nasceria.

Foram meses escrevendo páginas e páginas de materiais, muitas vezes jogados fora ou reaproveitados. O processo de criação consistia nisso e tudo piorava com a falta de visitas da fada, mas Jade tentava se inspirar na presença dela e sonhava todas as noites com futuros beijos na boca que parecia ser macia e quente como o sol de domingo. A cantora criava músicas dançantes e ao mesmo tempo depressivas, dando a impressão de levar a mente do ouvinte a um filme antigo, cheirando a charuto e champanhe. Muitas vezes Jade brincava com o violão e, entre um gole e outro, tentava criar mais alguma frase de impacto. No final, sempre conseguia. O álbum ficava perfeito. À noite, a mulher sonhava e tudo também parecia ser perfeito.

Em Annwn, mundo onde as fadas reinavam, Sophia podia sentir os ritmos da música da mulher batendo no coração. Jade pedia por ela. Muitas e muitas vezes. Precisava visitá-la, porque já não dava mais para fugir da ânsia. Ela a queria mais do que qualquer coisa e isso ficava claro em cada refrão criado. Aquele seria um CD magnífico. O mais interessante era que Sophia o inspirava, sem nem mesmo ter se esforçado para seduzir a garota. Sua personalidade parecia ser tão instável que, com poucas conversas e abraços, Sophia havia conquistado aquela alma. Agora seria fácil dominá-la e fazê-la sua por completo. Possuindo cada centímetro do corpo dela, receberia uma explosão de sentimentos, a maioria deles de tesão. A Leanan necessitava daquilo. Do amor da cantora melódica.

O fim da tarde de mais uma semana sem novidades chegava, cobrindo o céu de sangue, deixando Londres com um tom avermelhado deslumbrante. Jade saía arrumada, mas ainda cheirando a tabaco, em direção a uma casa noturna, onde iria cantar. O salto do scarpin preto usado enroscava nos vãos das pedras da calçada. Ela quase tropeçava, sem se importar. Cambaleando, entrou no estabelecimento abafado.

Encontrou o pequeno local já quase lotado de fãs esperando para ouvi-la, mas ela não estava feliz. A ausência de Sophia ao seu lado, caminhando sensualmente, arrastando o vestido pelo chão grudento com restos de drinques, fazia aumentar seu nervosismo. Sentia o estômago dar cambalhotas. Por que a fada a deixara? Ela já escrevia novas músicas. Canções inspiradas nela. Não havia motivo para Sophia desaparecer.

O show começou. As luzes diminuíram gradualmente de intensidade, deixando uma penumbra romântica no ambiente e a plateia quase imperceptível. Os músicos encarnavam um visual social negro e elegante, que combinava com o dela, sempre apreciado pelos fãs. Até copiados por algumas mulheres. Jade precisava começar. Entrou no palco quase caindo em cima da bateria. Era fraca com absinto. Os fãs perceberam sua embriaguez e uivaram como um bando de lobos famintos, apreciando o lado perverso dela. A cantora deu um sorriso rasgado no rosto fino e, ao aproximar-se do microfone, todos ficaram em silêncio. O anjo da morte começava a cantar. Do meio do palco escuro, Jade pôde ver, bem no meio da multidão, uma figura fosforescente, irradiando luz para todos os lados. Só havia uma criatura com tamanho brilho.

A presença de Sophia fez com que Jade engasgasse no meio da canção, mas ao ouvir o comentário rude do baixista continuou. O peito explodia, a região no meio das pernas umedecia e Jade sentia ser a hora. O dia tão desejado. Será que realmente Sophia seria dela? Estaria procurando finalmente por ela? Pelo sorriso estampado na face da fada, algo dizia que sim.

Jade movia-se no palco e via Sophia imitar os gestos no meio da multidão. Não entendia como ninguém naquele local conseguia perceber a energia. Para ela a força parecia mais do que evidente e tinha de se segurar para não se jogar do palco na direção dela. Queria tanto a abraçar, render-se aos beijos molhados de saliva quente e poder explorar cada marca negra do seu corpo. Talvez houvesse tempo mais tarde para tudo isso. Resolveu seguir alguns artistas de seu tempo e começou a fazer amor com o público. Gemia alto, suspirava, puxava o próprio cabelo embaraçado e ajoelhava-se no palco, quase como se estivesse numa sessão erótica em algum motel clandestino. Os fãs deliravam, dançando no ritmo sensual e pedindo mais e mais. A Leanan não parava de sorrir, vendo o espetáculo que Jade armava para ela. O corpo estremecia a cada segundo e sentia-se sendo preenchida. Não seria energia demais? Jade em seus momentos de empolgação quase dava sua alma para a Leanan Sídhe e aquilo não era bom. Se relaxasse, Sophia poderia roubá-la cedo demais.

Jade reinava soberana no palco. Sophia respondia a seus apelos remexendo o corpo como se estivesse conectada à sua voz. Os delicados pés davam passos pequenos para as laterais. Os joelhos e cintura movimentavam-se como se estivesse em um zigue-zague sedutor, parecendo uma naja ao ser encantada por um flautista. Os olhos encontravam-se fechados, deixando-se levar pelo som, e a boca murmurava a letra criada pela mulher encantada. A cascata platinada estava jogada por cima do ombro e já grudava pelo suor em seu decote. Jade apenas observava, padecendo de desejo. Sabia que presenciava um momento único. O instante em que uma Leanan Sídhe dançava sua música. Estava orgulhosa.

— Você estava incrível — disse Sophia, ao se aproximar do palco após o show.

Jade suava, um pouco sem fôlego, não apenas pelo desgaste de sua intensa apresentação, mas pelos copos que virava durante as músicas.

— Não. Você é incrível! — ela retrucou.

As duas sorriram. E a proximidade de seus corpos expunha a necessidade de explorar os pontos mágicos da carne de cada uma.

— Vamos sair daqui? — sugeriu a Leanan, esticando a mão para Jade.

— Conheço um lugar... — ela respondeu.

Segurando a mão da fada discretamente para não parecer uma maluca no meio da casa noturna, Jade andou entre o público até a porta dos funcionários, que levava para seu camarim.

Quase chegando ao seu desejado destino, o guitarrista interrompeu o caminho.

— Pronta para comemorar? — questionou o rapaz animado.

Assustada, a mulher respondeu:

— Mais tarde. Preciso de um tempo sozinha. Mas divirta-se.

— Estou vendo que entrou em outra fossa. Cuidado com o que apronta.

Após dar uma dura na cantora, o homem voltou à pista de dança. Jade estava com o coração disparado. Era estranho falar com alguém com a fada ao seu lado.

— Quase fomos pegas — comentou esbaforida.

Sophia deu uma gargalhada divertida.

— Nós não temos como ser pegas, sua boba — disse, ainda rindo. — Esqueceu que só apareço para você?

A mulher não achou engraçada a cena.

— É complicado me acostumar com essas esquisitices — comentou bufando.

— E elas não valem a pena? — Sophia questionou.

Sophia abriu violentamente a porta do minúsculo camarim, puxando Jade para dentro e trancando-as em seguida. Seus corpos estavam colados e seus lábios quase se encostavam. A respiração de Jade estava ofegante. O momento que ela esperava realmente aconteceria. Agora não sabia se estava preparada. Talvez nunca estivesse.

Jade acariciou o rosto de Sophia e as duas se olharam ternamente, como se mais nada no mundo importasse. Numa explosão de desejo, seus lábios se encontraram. Jade tinha um gosto cítrico na boca, provavelmente de alguma bebida ingerida, que deixava Sophia com tesão. Brincavam como duas crianças, revezando o beijo entre os lábios e a língua suavemente. As mãos de Jade acariciaram o pescoço delicado da fada, que envolveu a cintura da cantora e a apertou com força. Os seios raspavam uns nos outros e as pernas se enroscaram. Pareciam estar em apenas um corpo. Duas almas em uma carne.

Elas se beijavam intensamente. Sophia forçou-se a abrir os olhos para visualizar as maçãs rosadas do rosto da nova presa. Ao mesmo tempo que se rendia à paixão, sabia que seu sentimento pela cantora não era verdadeiro. Seria um passatempo. Seu objetivo era outro, não podia perder o controle.

— Você me deseja? — perguntou Sophia.

Não conseguindo respirar entre o amasso e a pergunta, Jade balançou a cabeça quase sem força, totalmente entregue à fada. Com uma força anormal, Sophia pegou Jade pela cintura e a sentou numa bancada branca, encaixando-se por entre as pernas da humana. Seus beijos percorreram os braços tatuados da cantora. Entre os desenhos, parou no de um pássaro que voava, dando sentido à frase tarimbada ao lado que mostrava seu desejo de liberdade.

Naquele momento, Sophia a deixaria fazer o que quisesse.

Interrompendo a sessão de pequenos beijos pelo corpo magro, a Leanan perguntou:

— Canta para mim? Somente para mim?

Jade não conseguiria negar um pedido como aquele, mas também não sabia se tinha forças para cantar. Aos poucos, sons saíam da boca agora vermelha de tanta pressão, e a música que se tornaria a mais conhecida dela começou a ser pronunciada. Aquilo deixava Sophia louca e parecia que Jade também ficava assim, pois seu corpo estremecia e ela soltava gemidos involuntários.

— Como você é linda...

A Leanan não deixava de elogiá-la, fazendo a força e voz da garota aumentarem ainda mais. Quem estivesse de fora acharia que ela estava cantando como uma desequilibrada. Contudo, para Sophia aquilo era lindo.

As duas se amaram. Os gemidos foram constantes e os mais altos que a fada já teve oportunidade de ouvir. Jade deixava-se levar para outro mundo, outra dimensão, onde seria feliz com aquela sensação tão intensa. Quando viu que a cantora não parecia mais aguentar, Sophia cravou as unhas vermelhas na coxa branca dela e esperou pela energia que sentiria pela satisfação da garota. As veias ardiam, queimando mais do que o inferno. Aquilo era muito bom. Por que o inferno era considerado tão ruim assim? Não conseguia entender.

Naquele momento teve toda a vida de Jade em suas mãos. E se sentia bem por isso. Objetivo inicial bem-sucedido.

A relação entre as duas passava a ser prioritária. Agora Sophia focaria apenas na garota e em ninguém mais. Jade merecia a atenção. Aproveitariam a nova música e produziriam um novo álbum. Algo que atingisse todas as paradas de sucesso, dos Estados Unidos ao Japão. A amante querida receberia sua recompensa por ser tão maravilhosa. Aquele sempre foi um combinado coerente. Se a presa a satisfazia, ela a iluminava dando a maior inspiração do mundo. Por causa disso, as duas passaram horas em cima dos papéis escolhendo as melhores canções. Também rolavam em cima deles enquanto faziam amor alucinadamente. Pegavam fogo e pareciam destinadas a ficar juntas.

Talvez não.

Sophia sentia Jade se entregar muito fácil e com uma intensidade maior do que o necessário. Logo estaria com a carga de energia completa e teria que abandoná-la. Não havia um humano vivo para contar como era ficar sem sua fada, após ela se recarregar. O mesmo aconteceria com Jade. Por que a garota precisava ser tão emotiva?

Precisava encontrar uma forma de a cantora dosar a paixão, para ficarem mais tempo juntas. Sophia não sabia muito bem qual seria o plano, mas encontraria uma forma de desacelerar a outra. Até porque toda a animação chegava quase à overdose. Tinha tudo controlado. Uma afeição de humano para ela agia como uma fileira de cocaína. Sem o amor do humano ela não sobrevivia, porém, com uma dose exagerada, também corria o risco de sofrer. Como controlar isso parecia ser complicado. Contudo, Sophia já tinha uma boa experiência e Jade devia ser a trigésima pessoa que seduzia. Não cometeria erros.

As músicas ficaram prontas em pouco tempo e em seguida a cantora mostrou o trabalho para o produtor. O sorriso do homem falava mais do que tudo. Era óbvia a alegria de todos da gravadora, pois reconheciam o enorme valor daquele álbum. A frágil, mas ao mesmo tempo revoltada garota, tinha produzido músicas incríveis de timbres e gingados perfeitos para a rádio. Havia uma em especial que podia fazer muito sucesso. A letra falava de coisas diferentes, ousadas. Nunca alguém havia escrito sobre vícios de uma forma tão despojada. Aquilo seria uma mina de ouro. Uma grande quantidade de dinheiro para o bolso deles. Claro que muitos iriam julgá-la, provavelmente achar as letras inapropriadas. Mas o produtor não se importava. Se a mulher fosse forte como aparentava, iria ter de se acostumar com aquilo. E se não se acostumasse, por um tempo, eles a teriam em todos os tabloides e rádios.

Jade não pensava nisso. Para ela, aquele álbum seria uma forma de liberdade, de poder falar o que pensava. Agir da maneira que quisesse, sem precisar consultar pais, membros de bandas ou pessoas estranhas. A única presença obrigatória ao seu lado era a de Sophia. Com ela, o coração ficava mais leve. Jade pensava em como ficava assim, tão rendida ao amor daquela mulher. Talvez por Sophia ter sido a única que acreditou no valor dela desde o início.

Mas agora ninguém duvidava mais.

Outras músicas foram criadas pelo estúdio e pessoas contratadas para acompanhá-la nas gravações e futura turnê. Até o visual de Jade parecia ser mais invejado. Ela não se importava com isso. A única coisa que a indignava era quando alguém tentava prejudicar o álbum feito com tanta paixão e melancolia. Mas com certeza Sophia a impediria de tentarem prejudicá-la. Uma defendia e protegia a outra.

Pelo menos Jade acreditava nisso.

Não tinha um dia de estúdio em que a fada não a acompanhasse. Tinha se tornado uma fiel escudeira, ficando sempre a observá-la quando cantava nas cabines de gravação. O produtor chegava a comentar que muitas vezes Jade parecia perdida, olhando para o nada, fixando os olhos em algum ponto imaginário. Porém, ressaltava que nesses momentos ela cantava como um anjo e pedia para continuar no ritmo.

O álbum estava pronto e o lançamento aproximando-se. O ânimo da cantora se alternava constantemente e, muitas vezes, Sophia não sabia como lidar com ela. Já tinha se relacionado com artistas assim, mas Jade era mulher e com as mulheres sempre parecia ser mais difícil. Os hormônios tendiam a não ajudar na hora do estresse ou alegria, por isso ficava na retaguarda e tentava pensar em um plano para dosar o afeto dela.

O futuro parecia estar do lado da Leanan Sídhe, porque em pouco tempo já tinha uma resposta para a questão. Havia um homem que poderia ajudá-la e não seria difícil atraí-lo para aquela bagunça. Foi por causa disso que Jade conheceu Phil.

— Sua música é linda — disse o rapaz magro para Jade ao cruzar com ela no backstage de uma casa noturna.

A garota ficou sem graça, algo anormal para ela, e apenas sorriu. Reparou que mesmo tendo um porte físico estranho, parecendo quase uma vareta, ele possuía certo charme. As tatuagens pelos braços e o chapéu preto lembrando gângsteres a atraíam. Quando deu por si, estava há alguns minutos encarando o rapaz, ainda parado à sua frente, e Sophia, invisível ao seu lado, apenas observava a cena. Jade percebeu o erro que cometia e olhou em pânico para a Leanan. A outra apenas gargalhou e mostrou não haver problema naquilo.

— Só que eu te acho mais linda do que sua música — completou o rapaz.

Uma cantada romântica demais para um roqueiro de gravata cheirando a uísque.

— E o que você vai fazer a respeito disso? — questionou em tom sedutor a cantora.

Ele riu.

— Te pagar uma bebida.

Pegou a mão magricela da morena e a levou para perto do bar tumultuado com diversos copos jogados pela bancada. Pelo canto dos

olhos, Jade procurou por Sophia com medo de perdê-la, mas a fada continuava a rir e a observá-la, encorajando-a.
— Duas cervejas — pediu o rapaz.
Antes de recebê-las, notou o olhar de desaprovação dela e percebeu que cometia um equívoco.
— Melhor... Traga duas vodcas duplas.
Pelo sorriso de confirmação, o garoto percebeu que sua chance com a cantora melhorava. Sabia que ela era conhecida e já tinha ouvido seu material, mas não imaginava o sucesso que estava por vir.
Nem ela.

Jade sentia-se confusa, dividida em relação ao garoto. A Leanan comemorava o sucesso de seu plano. Com Phil na vida dela, talvez a garota sossegasse em sua obsessão pela fada. Sophia amava Jade de sua maneira e não queria a perder tão cedo. Seria uma pena a cantora morrer antes de o mundo inteiro ouvir sua voz. Nesse caso, Phil seria essencial, porque daria a ela uma sensação de humanidade. Desde que a Leanan entrara na vida da garota, ela não pensava em mais ninguém. Quase nem se lembrava dos pais. A fada já a satisfazia mais do que o necessário. Mas era evidente a atração pelo rapaz tatuado. Sentia tesão por ele. Jade chegava a se sentir triste pelo fato de a fada não ligar para a atração dela. Quando foi para a cama com o rapaz, Sophia só observava e mordia os lábios ao vê-la ser dominada por ele. A confusão de sentimentos parecia ser grande e quase inexplicável. A cantora precisava de um pouco de paz e aquela não havia sido a melhor hora para isso. O single do segundo álbum havia sido lançado e tinha ficado entre as cinco músicas mais tocadas da Europa. Em poucas semanas, do mundo. Jade se transformava na grande estrela que deveria ser.

— Baby, você toda hora parece dispersa — comentou Phil alguns meses depois para a garota fumando, sentada na sacada da nova casa em Camden Town.
— Você é que me enche a paciência o tempo todo — respondeu ela, rude. — Preciso de um tempo sozinha. Você poderia dar uma volta, né?

Phil revirou os olhos castanhos em sinal de frustração. Desde que começaram a se ver era assim. Um dia, Jade estava loucamente apaixonada por ele, no outro, respondia com grosserias ou o atacava. Mas ele era maluco por aquela mulher e iria lutar pela relação.

— Vou comprar mais bebida então. Quer algo mais forte?

A mulher parou de olhar para o horizonte e virou-se para ele, dizendo:

— A droga mais enlouquecedora que você achar.

Ele riu debochado.

— Essa você já tem. Sou eu.

Sozinha em casa, a cantora pôde parar para respirar tranquila. A vida não era mais a mesma e a empolgação inicial com Phil e até mesmo com Sophia passara. Só tinha vontade de vomitar, usar pílulas entorpecentes, fumar cigarros proibidos e beber até passar mal. Alguma coisa acontecia com ela. Sentia-se cada vez mais fraca. Até mesmo violenta. Precisava de paz, e aquilo parecia ser impossível.

A fama havia chegado e arrebatado sua vida. Agora, definitivamente não possuía um ritmo pacato. Sempre existia um evento para ir, muitas vezes uma grande apresentação musical. Ela tinha se tornado a garota do momento. A cantora que todos ouviam e desejavam assistir ao vivo. Mal sabiam que ela quase não conseguia parar em pé de tanto maltratar o corpo e a mente. Precisava dar um jeito naquela situação humilhante.

— Você só sabe brincar comigo — disse raivosa numa tarde para Leanan Sídhe, nua, debruçada na janela do quarto.

A loira virou a cabeça e, ainda de costas, respondeu:

— Quem brinca com você é você mesma. Eu dou o combinado. Você me queria e aqui estou. Também desejava o sucesso e ele está mais do que evidente na sua vida.

— Mas eu não queria sofrer assim. Sinto quase como se estivesse morrendo e, para piorar, agora existe Phil na minha vida me deixando louca.

A Leanan Sídhe riu.

— Você é louca, Jade! Só não percebeu ainda porque não quis. Phil é um homem terrível. Entendo que é violento, te faz usar mais dessas porcarias, mas ele é o que tem te mantido viva. Não se pode ter tudo na vida.

— Quando você fala essas coisas sem sentido, fico ainda mais furiosa — resmungou a cantora.

— Elas vão fazer sentido para você, menina. Só espero que no momento certo.

Ao terminar a conversa, a fada negra caminhou lentamente até a cama de estilo medieval, onde a cantora encontrava-se deitada apenas de calcinha. Tirando o cigarro da boca dela, beijou-a intensamente, iniciando mais uma sessão de amor.

A equipe de Jade aumentava e ela não tinha mais controle sobre sua carreira internacional. Passava os dias misturando bebidas exóticas e aparecendo em programas idiotas de TV. Esse era o preço do sucesso. Phil quase sempre a acompanhava e Sophia aparecia pelo menos uma vez por semana. A cantora sentia falta da fada e queria que a fase de criação voltasse, para ficar com ela, mas Sophia insistia no afastamento e ela não compreendia. Passou a se dedicar mais ao namorado, que estava sempre ao seu lado, apesar de não saber se por dinheiro ou por amor.

A terceira carreira de pó conseguida por Phil em um dos bairros pobres da cidade deixou Jade prostrada no sofá. O humor dela estava péssimo e o rapaz tentava se distrair com alguns amigos pela enorme casa da mulher. Ele comemorava o pedido de casamento aceito no jantar da noite anterior. O "sim" de Jade fora tão espontâneo que até ele se assustou. Talvez com o casamento, Sophia lhe desse mais atenção. Ser ignorada pela fada a machucava muito.

— Minha gostosa! Hoje é dia de celebrar — disse Phil aproximando-se do sofá com uma garrafa de tequila. — Vamos nos casar! As palavras saíam confusas. O rapaz tinha bebido muito durante o dia e provavelmente tomado ecstasy para estar tão amoroso.

— Me deixa em paz — murmurou a garota virando para o outro lado do sofá.

— Olha só, James! — gritou o roqueiro para um amigo ruivo do outro lado da sala. — Nem casou ainda e já está me ignorando.

Os dois riram sem parar. Jade se irritou. Mais que isso, sentia raiva. Por que iria casar com aquele idiota?

— Seu filho da mãe desocupado — gritava ela pela casa com as veias do pescoço saltando. — Só sabe viver à minha custa e se meter em encrenca. Quero que saia da minha frente e leve todos esses perdedores e essas vagabundas para fora da minha casa. Saia agora antes que eu te mate.

Enquanto empurrava o noivo porta afora, dava socos e tapas na cabeça dele. Não parecia um casal prestes a se casar. Na verdade, não parecia um casal.

Acostumado com os ataques da mulher, Phil revidou a agressão com um tapa na cara e bateu a porta, quase quebrando o vidro. Jade caiu no chão com a violência e lá ficou por alguns minutos. Tentou acalmar o pranto e pensar numa saída para aquele impasse. Estava descontrolada e Phil não ajudava, sempre dependente, alterado, violento.

— Mais uma vez no chão? — disse, calmamente, Sophia para a cantora ainda jogada no piso frio.

A fada observava a cantora no momento em que foi agredida pelo noivo neurótico. Ao vê-la ajoelhada ao seu lado, Jade a agarrou pela cintura como uma criança precisando de colo. Chorava de ensopar o vestido amarelo de Sophia e praguejava contra todas as entidades conhecidas por ela.

— Não adianta você culpar os deuses pelas suas atitudes — disse Sophia.

— Eu não fiz nada para merecer tudo isso — retrucou a garota entre longos suspiros. — Minha vida sempre foi uma bosta.

A Leanan Sídhe se mostrou chateada.

— Como é ingrata! Nasceu com um dom incrível, tendo uma família até presente e está tendo a oportunidade de ter uma carreira invejada por muitos. Qual é o seu problema?

Jade não sabia responder.

Meses passaram e nunca um álbum ganhou tantos prêmios e teve tanta mídia. A ironia era que Jade não se esforçava para aquilo, sempre faltando aos shows, saindo em tabloides depois de brigas e aparecendo na televisão com entorpecentes no nariz. Ela implorava para ser odiada e as pessoas continuavam a idolatrá-la. Agora, casada, vivia brigando com Phil e, na maioria das vezes, ambos saíam com hematomas pelos corpos raquíticos. Os dois se matavam aos poucos e Sophia apenas observava. Para ela, nada mudava. Jade continuava a cantar pelos palcos do mundo e ela obtinha a energia necessária. Percebia o desgaste da amada e sabia que logo Jade não aguentaria mais. Sophia via muitos artistas lutarem contra as drogas, a fama e a solidão. Alguns reconheciam os erros e conseguiam sair dessa vida. Com exceção dos afetados por uma Leanan Sídhe. Para esses, um fim trágico os aguardava. A fada temia que Jade não tivesse uma passagem tranquila. Sua música podia salvar vidas, mas ela não se importava.

Em mais uma semana complicada, Phil voltou para casa sangrando. Mesmo irritada, Jade não conseguiu esconder a preocupação. Ele se recusava a falar. No dia seguinte, chegou a intimação e, depois de alguns meses, ficou claro que Phil seria preso. Ele tinha se metido em mais uma briga e, apesar de ser a cantora mais rica e famosa de sua geração, dessa vez Jade não conseguia reverter a situação do marido, a quem, no fundo, amava. Aquele afastamento seria uma tragédia.

Sem o controle de sua agenda, em pouco tempo estava novamente no palco. Precisava cantar e ganhar dinheiro. Seus gastos eram cada vez mais exorbitantes e percebia que o lucro dos shows não estava sendo dividido de forma correta. Sentia-se enganada. Chegou ao local do show com dores pelo corpo. Estava com mania de se mutilar, como se beber até cair já não fosse o bastante. Quando subiu ao palco, atrasada, ouviu vaias. Seu visual estava deprimente e a voz quase não saía. Estava extremamente rouca. Não deveria ter subido no palco. Culpava a equipe por tê-la forçado. No meio de uma das músicas, lembrou-se do marido. A distância não faria bem para os dois. Podia sentir o fim do casamento no peito dolorido. Quis chorar, mas, para os fãs, tinha de se manter uma rocha.

Phil foi condenado e Jade ficou desamparada. Sophia estava mais distante ainda. A cantora sentia-se usada e enfeitiçada. A fada só havia trazido desgraça para sua vida. Por que tinha se envolvido com ela? E, apesar de não entender o sumiço, apesar de odiá-la muitas vezes, Jade sentia falta dos beijos, dos toques, do hálito no pescoço, das besteiras murmuradas. Se não podia ter Phil, Sophia devia voltar.

Mas Sophia não tinha mais interesse nela. Jade era uma grande estrela e a fada tinha cumprido seu dever. Seu amor pela cantora morria aos poucos.

Era uma noite quieta no agitado bairro de Camden Town. Em baixa estação não havia tantas pessoas circulando pela vizinhança. Jade estava sozinha em casa, debruçada no vaso sanitário, quase inconsciente. Mais uma noite regada a drogas e bebidas. Precisava de socorro, mas havia dispensado todos os empregados e não havia ninguém para ajudá-la. Os seguranças, os únicos funcionários que não foram mandados embora, vigiavam o exterior da casa e não ouviram seu pedido de ajuda. O pânico a dominava. A garganta parecia fechar, sentia-se tonta e totalmente sem força. Pensou em sua vida. Conseguiu o que quis e agora tentaria ser livre. Ela se lembrou de Sophia. A fada tinha realmente a abandonado. Esse foi seu último pensamento, antes de seus olhos fecharem e de o silêncio invadir sua alma.

Havia uma luz. A claridade tentava invadir os olhos irritados. Os sentidos voltaram aos poucos. Primeiro ouviu barulhos, depois um cheiro forte de éter. Forçava para abrir as pálpebras, mas parecia algo impossível. Aquela estranha luz. Percebia o corpo mais leve e tentou novamente abrir os olhos. Abriu-os lentamente. Reconheceu os grandes e redondos olhos verdes de sua mãe a encarando.

— Não vou dizer que isso foi um susto, pois já está virando rotina — começou a falar a mãe com uma expressão indecifrável. — Minha filha, me diga como posso ajudá-la. Não quero te perder.

A súplica parecia sincera. Percebia que mais uma vez tinha parado no hospital, contudo não se lembrava como chegara lá. Havia apagado no banheiro e ninguém passaria por lá tão cedo.

— Você deu sorte. Se eu não tivesse pressentido que estava mal, provavelmente estaria morta nesse momento — disse a mãe.

— Como assim? — questionou a cantora com a voz ainda rouca.

— Quando fui dormir, iniciei minha oração e pedi para que os santos te guiassem. Senti um aperto forte no peito e em seguida ouvi em meu ouvido uma voz suave falar seu nome. Não sei como isso aconteceu, mas naquele momento sabia que você estava em perigo. Liguei na hora para os seguranças e dei autorização para a procurarem. Não aguentei esperar e dirigi para sua casa. No meio do caminho já tinham me retornado avisando do seu desmaio. Você estava com os batimentos cardíacos muito fracos. Quase morreu. Você consegue imaginar como uma mãe se sente ao receber a notícia de que sua filha quase partiu?

Jade via lágrimas deslizarem pelo rosto redondo da mãe. Sentia-se um lixo por tê-la feito sofrer assim. A mãe não merecia aquilo. A cantora percebia que seus atos não prejudicavam somente ela. Estava cansada de passar noites em hospitais e de magoar todos a sua volta. Vendo a mãe chorar, percebia o veneno de suas atitudes. Tinha que se cuidar. Pela mãe, pelo seu pai e, principalmente, por ela mesma. No fundo, sentiu uma pontada de felicidade cutucando o espírito. Pelo relato da mãe, Sophia havia voltado para ela. Somente a Leanan tinha o poder de avisar a mulher sobre o desmaio. Jade estava intrigada.

— Me desculpa! — sussurrou a garota.

A mãe soltou um suspiro pesado.

— Temos que pensar em formas mais eficazes do que desculpas — disse ríspida. — Seu pai e eu pretendemos te internar. Você precisa se cuidar, minha filha.

A cantora levou um choque. Os pais sempre se mostraram animados com a ideia de colocá-la em uma clínica de reabilitação, mas nunca impuseram a situação. A excitação parecia ser bizarra, mas era normal para pais de adictos. Eles a queriam limpa. Queriam seu bebê de volta.

Jade ficou em silêncio por alguns minutos. A mãe respeitou seu momento e aguardou a resposta da filha. Pela primeira vez, uma troca de respeito mútuo acontecia. Ela, que sempre se sentira deixada de lado, agora notava a preocupação da família.

— Tudo bem — respondeu.

Foram duas palavras mágicas. E, naquele momento, Sophia apareceu no quarto do hospital e Jade abriu um enorme sorriso. Sem perceber a cena, a mãe da cantora beijou a testa da filha. Nascia ali uma semente de esperança.

Foram muitas idas e vindas a elegantes clínicas de reabilitação. A garota tentava se acostumar com a ideia de dividir seus sentimentos com estranhos. Participou de longas sessões de terapia e, aos poucos, foi ganhando autoestima. Algo que nunca teve. Precisava seguir novos rumos. Tinha a família para cuidar e uma carreira a esperando. Se os pais, fãs e equipe não acreditassem nela, não teria mais motivos para viver.

Desde a aparição no hospital, Sophia não voltou a visitá-la. A cantora entendeu aquilo como um sinal de incentivo. Cada vez que ela tomasse uma decisão certa ou melhorasse em alguma coisa, provavelmente a fada apareceria. E ela queria aquilo. Sentia falta da Leanan.

— Ficamos tão felizes com seu progresso — comentou a mãe em uma das visitas.

— Estamos orgulhosos de você — completou o pai.

Quando percebeu a leveza em seu corpo, Jade notou que era a hora de mudar sua vida. Saiu da clínica e voltou para a casa. A mãe tinha contratado uma empregada e o local se encontrava impecável. Jade decidia as últimas questões pendentes e pensava em uma forma de colocá-las em prática. Pouco tempo depois, Phil recebia na prisão os papéis do divórcio. O produtor de sua gravadora ficou animado ao ver a artista voltando à ativa. Jade resolveu também ajudar outras pessoas, em especial crianças de países mais pobres. Aos poucos tomava consciência do seu papel no mundo.

Ficou firme nos objetivos por um tempo. Resistiu às tentativas de contato de Phil, aos convites para festas de supostos amigos e tentou ficar longe da amada bebida, mas parecia ser bem mais difícil do que imaginava. Os ensinamentos do tratamento eram eficazes, mas ela era fraca. Tinha suas recaídas.

Sophia, mesmo já envolvida com outro artista, ainda tinha contato com Jade. A cantora tinha sido um dos relacionamentos mais longos de sua vida, porém sentia a proximidade do fim. Viu a recuperação de Jade, física e emocional, mas faltava ainda determinação para a cantora. Percebeu que precisavam conversar novamente e talvez este fosse o último encontro.

— Olá, Jade!

A fada aparecia em uma manhã de domingo em que a cantora não tinha conseguido dormir. Ela havia passado a madrugada toda fumando cigarro na sala, assistindo a vídeos das suas apresentações nos últimos meses. Não conseguia pensar em programa de sábado à noite mais depressivo que aquele.

Quando percebeu a presença da Leanan Sídhe na sala, largou o cigarro ainda aceso no cinzeiro e correu para encontrá-la. Antes que a fada pudesse falar, tomou-a nos braços, beijando-a apaixonadamente. Sophia ficou em choque. Com os beijos, recuperou o prazer em tê-la novamente. Sentiu a energia sugada da cantora. Fez bem em visitá-la. Precisava daquela dose de adrenalina.

Beijaram-se e acariciaram-se por um bom tempo, mas o carinho se sobrepôs ao desejo sexual.

— Você demorou... — sussurrou a mulher.

— Você sabia que um dia eu voltaria — respondeu Sophia.

A garota abraçou a fada mais uma vez com força.

— Sinto como se este fosse o último abraço.

Sophia beijou a testa de Jade.

— Nunca será o último. Vamos ficar juntas para sempre.

— Nas suas marcas? — questionou a cantora.

— No meu coração — respondeu a fada.

Sentindo pela última vez o gosto doce da boca da fada madrinha, Jade percebeu que seu tempo tinha acabado. Sophia se afastava e sua vida havia se transformado em um caos. Mesmo querendo viver e se achando invencível, sabia que no mundo era apenas uma alma complicada em processo de evolução. Precisava acalmar pelo menos uma alma antes de partir daquela vida, e por isso chamou a mãe.

— Muito obrigada pelo jantar, filha — comentou a mulher ao deliciar-se com o último pedaço de medalhão de frango. — Sinto falta de momentos como este.

— A senhora merecia muito mais de mim.

A mãe riu do comentário.

— Não existe mãe mais orgulhosa do que eu no mundo, meu amor. Você não precisa ser tão dura consigo mesma.

Foi a vez de a cantora rir. Até no final, a mãe tentava poupá-la de seus problemas. Pensava em como havia sido burra todo aquele tempo desprezando os pais.

— Eu te amo! — sussurrou Jade.

— Eu também te amo muito... — respondeu a mãe.

Dias depois, o segurança de Jade a observava pela janela. A cantora não saía da casa havia quase uma semana. Parecia ter dormido mais uma vez no sofá. Não era a primeira vez que ela ficava assim, jogada, após noites exagerando em seus vícios. Entrou na casa e a chamou. Não houve reação. Nenhuma resposta.

Horas depois, os fãs se amontoaram em frente do prédio. Mas a alma de Jade já tinha sido levada pela Leanan Sídhe. A cantora finalmente deixara aquele mundo. Havia fugido de sua escuridão.

O relatório final mostrou que ela havia ingerido quase duas garrafas de bebida em uma noite sozinha. Para um corpo debilitado, era fatal.

E com 27 anos a rainha do jazz pop deixava o mundo em lágrimas. Um mundo que tentou cuidar dela. Que tentou lhe dar amor.
Mas ela teimava em dizer não.
E não. E não.

VERA CARVALHO ASSUMPÇÃO nasceu em São Paulo, em 1957. Recebeu os prêmios Gralha Azul e Guimarães Rosa de contos. Está na coletânea *Jogos criminais II* (Andross, 2011). Publicou os romances *Paisagens noturnas* (Landscape, 2003), *Viagem virtual* (Larousse, 2004), *Na caravela virtual* (Larousse, 2004) e *Caldeirão de raças* (Prumo, 2010).

A SABEDORIA DE CLEMENTINA

Alforriada, a negra Clementina vivia ao norte da Sé. Todas as manhãs, depois de percorrer umas tantas casas recolhendo trouxas de roupa suja, dirigia-se às quebradas do Tamanduateí. Era ali que as roupas se entrelaçavam e os boatos ganhavam consistência. Desde que se instalara a Academia de Ciências Sociais e Jurídicas do Largo de São Francisco, eram os resquícios das estripulias dos estudantes o que mais alvoroçava a conversa. Na pacata e garoenta São Paulo, os moços revolucionavam os costumes e renovavam as fantasias, entregando-se a orgias e excessos físicos de toda espécie. Da Europa vinham ecos da era vitoriana, em São Paulo reinava a Marquesa de Santos, ex-amante do Imperador, mantenedora da maior fortuna da cidade e senhora do melhor salão. Era ela a promover saraus onde autoridades e estudantes exibiam seus dons declamatórios.

No final da tarde, antes de ir para casa, Clementina passava pelo chafariz para pegar água. Era ali que paravam as tropas para matar a sede dos homens e dos animais e saciar a curiosidade dos habitantes. Era ao redor dos chafarizes que negros, escravos e alforriados se reuniam para ouvir, contar e recontar as novidades que no correr do dia se espalhariam por toda a cidade.

Naquela manhã, logo ao sair de casa, antes mesmo de recolher roupas, Clementina deparou-se com o fato inusitado que estava abalando toda a população. Mal o sol havia lançado seus raios sobre a cidade, os chafarizes se alvoroçaram com as proezas da cruz preta, enorme crucifixo fincado num pedestal de pedras na frente de um sobrado, numa rua que tinha seu nome. Os fiéis chegavam, acendiam velas votivas ao seu redor.

O alvoroço nos chafarizes se dava porque, durante a noite, uns poucos homens de coragem que andavam pelo nevoeiro juravam ter visto a cruz perambulando pelas ruas. Com as pernas fraquejando diante do milagre, não tiveram forças para acompanhá-la. Quando se recuperaram do transe, aos tropeços, chegaram ao pedestal e a cruz havia retornado. Os homens ficaram atônitos e não sabiam explicar com precisão o ocorrido, dando margem às imaginações mais alvoroçadas.

Nas quebradas do Tamanduateí, com as saias arrepanhadas entre as pernas, as lavadeiras paravam de esfregar as roupas dos sinhozinhos e das sinhás e se benziam, conjeturando sobre aquela extravagância de uma cruz andar pela cidade. As águas corriam entre suas pernas e elas só pensavam no milagre. No final da tarde, com o ocorrido a preencher todos os interstícios da imaginação, Clementina comandou uma romaria de lavadeiras até o sobrado onde ficava a cruz preta. Comovidas, as lavadeiras largaram as trouxas, ajoelharam-se. Um cordão de velas acesas, muito maior do que o que normalmente havia, isolava os devotos da cruz. A cada uma, correspondia o pedido de uma graça.

Passados poucos dias, a comoção mal havia arrefecido e a cruz andou novamente. Desta vez, mesmo atormentados com o milagre, homens que estavam na rua conseguiram acompanhá-la. Viram-na caminhar até a casa de um importante plantador de café que possuía duas filhas solteiras. Não sabiam ao certo por quanto tempo a cruz havia parado ali, o milagre os pusera de tal forma pasmos que não observavam a cruz com os olhos da realidade. Viram-na contra o clarão do luar que impunha um ar fantasmagórico por toda a cidade.

Na lavagem de roupa da manhã seguinte, Clementina aventou a hipótese de a cruz estar indicando as moças a serem beatificadas, ideia logo incorporada às conversas das ruas e chafarizes. Dias depois, a cruz foi novamente vista em andanças, desta vez para outros lados, parando na casa de outro importante senhor com filhas solteiras. Também desta vez, a luz da lua vencia a neblina, clareava a noite.

A cada andança da cruz, a cidade se assombrava. Senhoras da sociedade dignavam-se a ir ao pedestal acender sua vela. O populacho caía de joelhos, sentindo em cada músculo o resplendor do milagre. Na esperança de resolver os tantos casos pendentes de sua vida, Clementina ia diariamente ao lugar. Se a cruz indicava as moças que seriam beatificadas, acalentava-lhe o sonho de que algum dia, mesmo sendo negra e tendo dado à luz vários filhos de amores diversos, ela chegasse até sua casa.

Aos poucos, os passeios da cruz em noites de luar foram se transformando num hábito. Sempre havia alguém que via a movimentação e, apavorado, não conseguia explicar exatamente o itinerário. De qualquer forma, os videntes não paravam suas averiguações, tinham ciência das sinhazinhas misteriosamente dignas da visita.

A cada dia mais atordoada pelo falatório, terminada a lavagem de roupa, Clementina se chegava às casas escolhidas pela cruz. Deixava-se ficar no local impregnado de fluidos divinos. Olhava o céu e rogava à Virgem que a cruz a visitasse, que ao menos passasse em frente à sua pobre casa.

Clementina era uma negra sacudida, conseguira alforria à custa de trepar com o seu senhor. Não teve medo de enfrentar a vida livre lavando roupa para sustentar a si e aos filhos. Com a audácia nata que a vida ia aprimorando, resolveu que, se a cruz não ia à sua casa, seria ela a segui-la. Todas as noites, acomodava os filhos e ia postar-se nas imediações do pedestal, esperando o milagre. Nem as garoas, nem o frio, nem o cansaço pelo trabalho do dia a desanimavam. Postava-se na porta de uma selaria próxima ao sobrado onde ficava a cruz e aguardava.

Finalmente, numa noite enluarada, ela estava bem desperta quando o assombroso pio de uma coruja a avisou que algo estava para acontecer. Com os olhos bem abertos, viu a cruz estremecer e, em seguida, pôr-se em marcha.

Apesar da audácia, quase sucumbiu ao pasmo do milagre. Com a alma por um fio, sob a intensa luz do luar, sorrateiramente seguiu a cruz. Aos poucos, o deslumbramento do milagre foi passando e começou a ver as coisas com olhos da realidade. Intrigada, percebeu que a cruz era carregada por homens que gargalhavam, passando uma garrafa de boca em boca. Vestidos em casacas de gente importante, saltitavam pelas ruas pedregosas, carregando a cruz como se carregassem uma coisa qualquer, sem importância.

Clementina não tinha coragem de se aproximar o suficiente para ver seus rostos. Pela balbúrdia que faziam, com certeza eram estudantes do curso jurídico. Seguiu-os sem trégua até que viu a cruz parar embaixo de uma das janelas do sobrado do capitão Joaquim Florêncio, homem temido, que possuía duas filhas solteiras. Clementina lavava roupa daquela casa e conhecia as duas sinhazinhas, possuidoras de mãos de fada tanto para doces como para bordados, além do desempenho de músicas alegres ao piano.

Enquanto imaginava a beatificação, não tirava os olhos da cruz. Viu então que dois dos rapazes, com incrível destreza, escalaram-na e, pulando a janela, penetraram num dos cômodos da casa. Os outros desapareceram na primeira esquina, deixando a cruz solitária, reverberando ao clarão da lua.

Tremendo, com a alma prestes a lhe sair pela boca, pedindo que a Virgem Maria a perdoasse pelo atrevimento, Clementina escalou a cruz. A luz da lua prateava-lhe a figura, projetando no solo uma sombra precisa. Finalmente apoiou os pés nos braços da cruz e, estática, espreitou pela fresta da janela. A princípio só ouviu suspiros, farfalhar de roupas. Os suspiros transformaram-se em gemidos. Foram aumentando numa tal intensidade que pareciam tomar a cidade. Quando seus olhos se acostumaram, avistou corpos resfolegantes sobre a cama, cabelos emaranhados. Sem poder tirar os olhos da cena, sentindo rajadas de calafrios a perpassar-lhe o corpo, viu cada carícia, cada estremecimento. Acompanhou a abundância de gozos, captando os movimentos mais secretos. Num grave assombro, percebeu que aquela cena teria estranhas ressonâncias em sua memória. Com um brilho de gelo, a lua pairava sobre a cidade.

Ao ver que os rapazes recompunham a vestimenta, Clementina saiu do pasmo e apressou-se em descer sem fazer barulho. Atingiu o chão quando outros estudantes se reuniam, talvez para ajudar a carregar a cruz de volta, talvez para subir ao quarto.

Ao vê-la, foram eles a se desnortear, confundindo-a com alguma alma de outro mundo. Os que estavam no quarto desceram com rapidez e, como se vissem o diabo, puseram a cruz nas costas. Saíram em disparada. Com o hálito de alma penada às suas costas, não levaram a cruz ao pedestal, seguiram até o riacho do Anhangabaú e a jogaram nas águas. Clementina não saiu por um segundo do seu encalço.

Os estudantes foram continuar sua balbúrdia em outro local. Ela ficou a noite toda olhando a cruz que se apoiava no lento fluir das águas. Encarava tudo com temor, mas também com esperança e curiosidade. De repente, a lua saiu de trás de uma nuvem, e a cruz pareceu afogar-se num círculo de águas claras. Assombrada, Clementina não fez mais que fixar os olhos naquela imagem, até que os primeiros raios de sol iluminaram o ar.

Na alba do amanhecer, a cidade toda andou até o rio para ver a cruz que, mesmo na correnteza das águas, insistia em ficar de pé. Sem sair da margem do rio, com a estranha sensação de já ter vivido ou sonhado o que via, ela testemunhou a trêmula luz da primeira vela acesa. Clementina tentou contar tudo o que vira ao seguir a cruz, mas sua voz falhou, ela própria achou que delirava. Com o correr dos dias, as graças alcançadas aumentaram na mesma proporção das velas votivas. Foram tantas as chamas, tantas as graças alcançadas, que uma capela foi construída no local. A cruz foi recolhida das águas e fincada ao lado. Dali só saiu depois que a cidade virou metrópole.

Na vida de Clementina, foram muitas as noites de incertezas e insônias até que o assombroso pio de uma coruja a chamou. Iluminada pela mesma luz da lua que lhe indicara os caminhos seguidos pela cruz, andou até a capela. Um cordão de velas acesas isolava a cruz. A cada uma das velas correspondia o pedido de uma graça. Ajoelhada, com o calor das chamas a iluminar a alma, viu a luz da lua com um brilho de água na escuridão. No meio do círculo iluminado, destacava-se a cruz preta em todo o seu resplendor. Do fogo das velas, elevava-se um murmúrio crepitante que se confundia com o farfalhar do rio e realçava ainda mais o resplendor da cruz. Foi então que, onde o populacho caía de joelhos sentindo em cada músculo a exaltação do milagre, Clementina conseguiu sair de uma vertigem que a aniquilava. Como se fosse possível surpreender num espelho os reflexos das cenas acontecidas em tempo e espaço diferentes, ainda com as andanças da cruz ressoando em sua mente, decifrou que as coisas, os atos e a própria vida não deixavam de ter seu sentido oculto. Talvez fosse preciso um determinado tipo de lua cheia para revelar-lhes as diversas fosforescências.

MARTHA ARGEL nasceu em São Paulo. Bióloga pela USP, é ornitóloga, com doutorado em Ecologia pela Unicamp. Além de inúmeros livros de não ficção, publicou os romances *Amores perigosos* (Llyr, 2011), *Relações de sangue* (Giz, 2010; Novo Século, 2002) e *O vampiro da mata atlântica* (Idea, 2009), e ainda a antologia crítica *O vampiro antes de Drácula* (Aleph, 2008), junto com seu marido, Humberto Moura Neto. Lançou também diversas coletâneas de contos e tem textos publicados em antologias, jornais e sites.

ENTREVISTA COM O SACI

Há muito tempo que ela via essas coisas e se acostumara com a batalha surda e inevitável entre a vida e a morte, mas aquele velhinho tinha algo que a deixava desconfiada.

Maria de Lurdes preparou os comprimidos que dona Erotides tomava às quatro e, enquanto esperava que a velhinha cor-de-rosa os engolisse, um por vez, como era seu costume, observou o outro paciente no canto.

Um velhinho preto, pequeno e enrugado, retraído em sua cadeira de rodas. Um pé solitário aparecendo debaixo da manta e quase balançando no ar. Um gorro vermelho cobrindo a carapinha branca.

Tão triste, tão só.

Não que essa fosse uma cena rara por ali. O difícil, num asilo como aquele, igual a todos os outros onde ela já tinha trabalhado, era achar um velhinho que não parecesse triste e só.

Mas aquele ali no canto...

Ele já estava no asilo antes de ela chegar, o que não queria dizer muito, pois fazia apenas três semanas que fora contratada. Lurdes tinha olhado a ficha dele. Sebastião era seu nome e, inevitavelmente, todos o chamavam de seu Tião. Fazia bem uns cinco anos que estava no asilo, sem nunca ter recebido uma visita, se fosse dar crédito ao que o outro atendente, o Inácio, tinha contado. Não, mentira, depois ele se lembrou. Uma vez, fazia uns quatro anos, uma velhinha tinha vindo. Depois, nunca mais. Disse Inácio que ela parecia até mais velha que seu Tião. Já deve ter morrido, concluiu ele, dando por encerrado o fornecimento de informações.

Ela o olhou de novo. Olhos tristes, pousados além da janela, perdidos na paisagem. Paisagem, será que merecia esse nome tão bonito? Casas velhas do outro lado da rua decrépita. Uma árvore solitária resistia teimosa à pressão cruel da feiura urbana. A única árvore que se via por qualquer janela da clínica, pensou Lurdes. Os olhos de seu Tião estavam sempre fixos na planta.

Clínica geriátrica. Depósito de velhos. Sala de espera da morte. Como tem gente ruim nesse mundo.

— Seu Tião, no que o senhor pensa tanto?

Olhos amarelos de tanta idade a olharam. Uma chispa de vida passou por eles.

— Ô minha filha, no que é que um velho pode pensar?

Ela se agachou ao lado dele. De novo, aquela fagulha. Curiosidade ou um agradecimento por aquele gesto simples, que dizia sem palavras que ela não ia virar as costas e se afastar depois do interesse fingido por dever.

— Na morte, seu Tião, mas não são só os mais velhos que pensam nela. Sabe que, cuidando de todos os pacientes daqui, às vezes eu sinto pena, mas então penso que é bobagem. Vai saber se de repente não sou eu que vou antes. Pra morrer basta estar vivo, posso sair daqui hoje e um motorista bêbado me atropelar na primeira rua ou uma bala perdida pode me achar... A maior certeza da vida é a morte, seu Tião. A maior incerteza é quando ela chega.

Ele deu uma risadinha banguela e silenciosa, daquelas que chacoalham o corpo e fazem os olhos da gente rir junto. Não deu tapinhas na mão que ela, sem pensar, tinha colocado sobre o joelho único dele. Esse tipo de coisa só os velhinhos dos filmes fazem.

Quando ele riu, seus olhos brilharam com algo que quase a fez pensar nele cinquenta anos mais moço. Ou sessenta. Setenta.

Que idade ele tinha?

Não estava na ficha. Ele parecia mais velho que as estrelas.

Por algum motivo, duvidou que o velhinho enrugado pensasse na morte e desconfiou de que ele estava, de alguma forma, brincando com ela.

— Vai, seu Tião, conta pra mim, no que é que o senhor estava pensando, de verdade?

Ele olhou pela janela, pensativo, parecendo nem ter ouvido.

— Eu tava pensando naquele ipê-amarelo ali. Ele é que nem eu...

— Sozinho — Lurdes sentiu uma pontada no coração ao dizer isso. Coisa triste.

— Pior. Último — ele disse, misterioso. Deu um suspiro e fincou de novo os olhos na árvore, calando-se. Lurdes entendeu o ponto final, levantou e foi cuidar dos seus afazeres. Seu Tião podia ser um favorito, mas ela ainda tinha de cuidar de todos os outros, e o tempo sempre era curto, tão curto.

Ela passou o resto do dia, até a hora em que foi dormir, pensando naquela palavra. Último. Por quê? Vai ver toda a família dele tinha morrido, por isso ele não recebia visitas. Um apertão contraiu o estômago de Lurdes. Angústia. A dor de pensar na solidão. Vai ver ele viu a mulher morrer, os filhos, quem sabe uma filha preferida, um netinho ainda novinho... Coitadinho do seu Tião.

No dia seguinte, a ideia ainda lhe martelava o cérebro e ela resolveu indagar.

— Por que último, seu Tião? O senhor perdeu sua família, foi?

Lurdes de novo estava ao lado dele, os dois de novo em frente à janela, e desta vez puxou um banco e se acomodou melhor. Tinha feito tudo mais depressa, podia ficar com ele uns minutinhos mais e desvendar aquele pequeno mistério.

O velho a olhou com olhos que de velhos não tinham nada, apesar do branco do olho já não ser mais branco e apesar da pele de ameixa em meio à qual se abriam. Lurdes teve a súbita impressão de que não gostava muito daquele olhar. Um olhar afiado de quem calcula possibilidades.

— Família eu nunca tive pra perder. Os outros é que me perderam.

Ela deu um risinho nervoso.

— O senhor fala esquisito, seu Tião.

— A senhora não vai dizer que eu tô é gagá?

Não. Ela não ia dizer. Sabia que não estava e não sabia explicar como sabia. Foi isso que lhe disse.

O homem a olhou por um instante, daquele jeito que arrepiava, antes de falar. Deu a impressão de que estava tomando uma decisão importante.

— Eu vou lhe contar uma história, dona Lurdes, se a senhora quiser escutar, mas, se não quiser, não tem problema.

Lurdes se espantou com a oferta. Ela queria escutar, sim, claro que queria, mas não ia dar para ser agora. Depois que ela largasse. Depois das seis, em vez de ir direto para casa, viria ter com ele. Ele havia conseguido atiçar sua curiosidade, que agora queimava por dentro.

Às seis em ponto estava de volta. Puxou o banco e, olhando pela janela, viu a árvore solitária, dourada, agora que o sol estava baixo, espremido entre duas casas e quase roçando o horizonte.

O velhinho mirrado pareceu satisfeito ao vê-la se acomodando ao seu lado, num sinal claro de estar disposta a escutá-lo.

— Vai, seu Tião. Conta, que eu tô escutando.

— Tô vendo, dona Lurdes, tô vendo. Bom, é uma história de muito tempo atrás, de quando as pessoas não moravam na cidade grande e passavam a vida inteirinha nas fazendas, nas vilas de poucas casinhas, sem correria, sem apuro. Eu era muito levado. Naquela época, diziam traquinas. Eu era um moleque traquinas... — ele riu ao repetir a palavra tão velha, mais velha do que ele — arteiro, cheio de estripulias, vivia aprontando.

— O senhor ainda tinha a outra perna? — queria saber como ele a tinha perdido, mas não teve coragem de fazer a pergunta direta.

— Não, dona Lurdes, tinha não, mas uma já era suficiente pra aprontar muito — ele riu gostoso e continuou. — Eu não tinha casa, mas morava em todo lugar. Nos matos por aí, nos cafezais e cerrados, em tudo quanto era canto eu estava em casa. Corria pelos pastos, me enfiava nas brenhas. Onde eu estivesse nesse mundão, estava bem. Mas do que eu gostava mesmo era de chegar nas sedes das fazendas. Chegava de fininho e ninguém me via, e era aí que eu aprontava. Mil e uma eu aprontava. Uma das coisas que gostava de fazer era cortar o arame do varal quando os lençóis estavam esticadinhos, alumiando de tão branquinhos. Ah, era uma beleza ver tudo aquilo despencando na terra vermelha do terreiro! Outra que eu fazia era, logo depois que a horta estava bem semeadinha, abrir o portão só um tiquinho, só o suficiente pra galinhada entrar. Ah, quando a dona via a horta toda revirada, as galinhas de papo cheio de sementes, eu morria de rir!

Lurdes estava assombrada.

— Credo, seu Tião, mas o senhor não era arteiro, era malvado mesmo!

— Ih, dona Lurdes, ainda não lhe contei nada! De noite eu ia no curral, soltava os bezerrinhos que estavam apartados, e eles corriam pra mamar, e quando o fazendeiro ia tirar leite de manhãzinha, os bichinhos estavam felizes da vida, e as tetas das vacas secas, secas. Eu também gostava de afrouxar bem o nó das cordas no poço, e quando a pessoa jogava o balde lá embaixo, o nó desamarrava e o balde afundava n'água. E quando eu conseguia entrar numa cozinha, então? Aí sim eu me divertia. Misturava o açúcar com o sal, azedava o leite pingando limão e jogava punhados de cisco no meio do feijão já escolhido. Entupia a chaminé que era pra cozinha encher de fumaça, jogava a brasa do fogão à lenha no chão para a cozinheira descalça pisar, derrubava a xícara mais bonita, jogava pimenta na comida, empurrava pra fora o bolo de fubá que esfriava na janela... Ah, quantas eu não fiz!

— Ô, seu Tião, isso é coisa que se conte com tanto orgulho?

— Mas, dona Lurdes, eu tenho um orgulho danado dessas coisas. Eu era um dos melhores, a senhora sabia?

— Um dos melhores dede quê, seu Tião?

— Ué, dona Lurdes!! A senhora não percebeu ainda? Olha a minha cor, a perna faltando... — ele ergueu a mão até o gorrinho vermelho —, olha aqui meu barrete e as coisas que estou lhe contando. Que que eu ia ser, mulher?

Lurdes arregalou os olhos para o velhinho, enfezada.

— Ah, mas o senhor está me fazendo de boba, seu Tião! — exclamou indignada e ficando de pé num pulo.

Ele a olhou de um jeito cínico e com seu sorriso que era só gengiva.

— A senhora acha? — e ele esticou a mão. No meio da palma, um furo, bem redondo, que a trespassava, e a mulher viu o tapete sujo e puído através dele. Estranho que nunca tivesse reparado naquela deformidade tão... estranha.

— Isso deve ter sido algum acidente, uma coincidência — ela rosnou.

Ele de novo levou a mão à carapinha, agora para mostrar a orelha, pontuda como naquele personagem da velha série de ficção científica que ainda passava na tevê.

— O senhor não é um saci — ela grunhiu.

— O saci — lembrou ele com delicadeza. — O último.

— Retiro o que disse, seu Tião. O senhor *está* gagá.

Ele continuou sorrindo e de alguma forma parecia ter remoçado.

— Vou-me embora — antes que ele tivesse tempo de protestar agarrou a bolsa num gesto irritado, virou-se e saiu pela porta da rua, tesa de fúria, sem nem se despedir dos colegas, que a olhavam espantados.

— Volta amanhã e eu continuo minha história — a voz do velho perseguiu-a até ela fechar a porta.

Durante a viagem de ônibus, ela ia pensativa. A raiva foi se desfazendo, sumindo, esgarçando, e em seu lugar instalou-se de novo a curiosidade. Ela riu sozinha, de repente, e o rapaz que ia a seu lado, equilibrando-se também em pé no corredor lotado, olhou-a desconfiado.

Velho doidinho. Velho encantador. Que maneira de livrar-se do tédio, que boa peça ele lhe pregara. Com certeza não era saci, mas que levava jeito, levava. Uma sensação boa de estar, de algum modo, ajudando o paciente aqueceu-lhe o peito.

No dia seguinte ela se apressou de novo, e de novo o procurou em frente à janela com a árvore, de novo dourada, e ele sorriu. E ela ficou mais de uma hora ouvindo o seu Tião.

— Naquela época era comum o pessoal morar muito longe da cidade. A viagem costumava ser difícil e tinha muita mulher que nunca podia fazer compras em loja. Então tinha os mascates, os turcos, o pessoal chamava, que iam de fazenda em fazenda vendendo verdadeiras maravilhas, pano pra roupa, linha de costura, panelas, velas, toalhas de mão e de mesa, tudo que a senhora imaginar, dona Lurdes. Quando iam entrar na casa, eles costumavam largar as botas do lado de fora da porta, que era pra não encher de barro a sala da freguesa. Eu ficava escondido ali perto, esperando o mascate entrar e aí, quando não tinha ninguém espiando, eu ia lá e fazia xixi dentro das botas. Ah, quando o mascate vinha de volta e enfiava o pé e descobria a bota toda molhada, era um rebuliço! Quem acabava levando toda a culpa eram os cachorros da casa, e ai que um daqueles pulguentos estivesse por perto na hora, tomava no lombo até fugir ganindo, com o rabo bem enfiado no meio das pernas.

— Ô, seu Tião, quanta maldade — Lurdes se controlava para não rir das artes que ele inventava e da satisfação contando essas coisas.

— Tinha noite em que eu resolvia abrir a porta do paiol de milho, e então eu soltava o gado do curral e tocava tudo lá pra dentro. Quando o sitiante acordava, não tinha sobrado milho suficiente pra fazer uma tigelinha de fubá...

Ela não aguentava e ria.

Não era possível que ele tivesse feito mesmo tudo aquilo. Eram traquinagens demais. Estripulias demais. Fosse verdade ou invencionice, porém, era um prazer ouvi-lo. Por duas semanas, todos os dias Lurdes se sentou às seis, em ponto, e escutou as histórias de seu Tião. Ficava até as sete e então tomava o rumo de casa.

Num momento de inspiração, ela começou a escrever os causos que seu Tião contava, no caderno que a filha mais nova tinha usado só até a metade. Chegava tarde em casa, quase nove e meia. Dava um beijo de boa noite em cada uma das filhas, sete e seis anos, olhava os olhinhos de jabuticaba e pensava "que sorte tenho por ter duas meninas tão lindas". Então jantava a comida requentada pela mãe. Uma velhinha que cuidava dela, pra mudar um pouco a rotina. Cardíaca, frágil como uma borboleta que a qualquer momento voaria, e ainda tão preocupada com a filha. "Mãe, mãe", pensava Lurdes enquanto ouvia como tinha sido o dia na casa, "que sorte tenho em ainda ter a senhora comigo". E evitava pensar no que, sabia, ia acontecer a qualquer momento.

Depois que a mãe dormia, ela ia escrever. Escrevia quase até a meia-noite. As horas de sono ficaram curtas, mas ela não ligava.

No dia seguinte levantava cedo e tudo acontecia igual, de novo.

Percebeu que sua atenção fazia bem a ele. Ele ria mais, tinha menos rugas. Tinha a impressão de que até o cabelo dele estava mais escuro.

Ele agora comia bem.

Foi aí que pequenas coisas começaram a acontecer no asilo.

Urinóis entornados debaixo das camas. O bolo da sobremesa que parecia ter areia dentro. As dentaduras que sumiam e apareciam nos lugares mais estranhos. As xícaras e pratos que amanheciam quebrados. Os ralos do banheiro que entupiam todos os dias. Os lençóis que voltavam da lavanderia todos manchados de roxo. E os maços de cigarro dos visitantes e médicos que desapareciam.

Lurdes achava tudo muito esquisito. E cada vez que alguém reclamava de algo, ela olhava para seu Tião desconfiada e recebia de presente um sorriso desdentado.

Um dia o sorriso veio cheio de dentes. Ela franziu a sobrancelha.

— Inácio, o seu Tião está de dentadura nova?

— Que eu saiba, não — Inácio nem levantou os olhos da planilha. Antes, ele já não ligava para o que acontecia. Agora que a sucessão de pequenas catástrofes aumentava seu trabalho, ligava menos ainda para o que quer que não tivesse relação imediata com a solução de problemas, que sempre, *sempre!*, era cobrada dele.

Naquele dia, às seis, ela se postou na frente do velhinho, com as mãos na cintura, e olhou firme para ele.

Ele riu.

— A senhora ainda não acredita?

— Que o senhor é o saci? Não mesmo.

— Hi-hi-hi — riu ele. — A senhora é engraçada.

— Não sei qual a graça, velho mentiroso.

— A graça é que, de nós dois, só a senhora acredita que não acredita. Hi-hi-hi.

— Que que o senhor quer dizer, seu Tião? Eu já disse que o senhor está gagá.

— Então, dona Lurdes, por que a senhora fica me escutando todo dia, tanto tempo?

— Pena do senhor.

Ele riu muito mais alto, com gosto, jogando a cabeça para trás.

— Pena, pena, a senhora é muito engraçada — limpou as lágrimas dos olhos amarelos, ainda amarelos, e continuou. — A senhora faz um esforço danado pra não reparar como a cada dia que passa estou ficando mais forte, menos velho. Só a senhora mesma é que não dá o braço a torcer, porque tá todo mundo comentando. E os dentes que voltaram, então — ele deu um sorriso exibindo a dentaria alvíssima. — Aposto como a senhora já tentou se convencer de que é dentadura nova. É nada, minha filha. Tudo dente de verdade que voltou. E eu sei que a senhora tem certeza de que sou eu quem está quebrando os ovos na geladeira dia sim, dia não, só que vai negar isso até não mais poder.

À medida que o velho ia falando, ela ficava cada vez mais vermelha. De irritação com o velho por falar aquelas coisas e com ela, por ouvir.

— Vai, dona Lurdes, fala, fala que a senhora acredita que eu sou o saci. A senhora acredita, sim. E digo mais, a senhora sabe que é por isso que estou ficando mais forte a cada dia. Eu estava morrendo, definhando, e foi a senhora que me trouxe de volta.

Ela se aproximou, o rosto bem perto do dele, e disse, numa voz baixa e ameaçadora, separando bem as palavras:

— O... senhor... está... gagá... velho!

Ele chegou o rosto ainda mais perto do dela, um brilho incontrolável nos olhos, alegria, expectativa, e disse no mesmo tom:

— Eu vou provar, a senhora vai ver!

— Prova, então, seu velho caduco!

— Pois então espere!

E enquanto ela se afastava, furiosa, ouvia as risadinhas satisfeitas dele.

Nos dias seguintes foi ficando cada vez mais difícil acreditar que ele não era o saci.

Coisinhas ruins, pequenos contratempos — chaves extraviadas, canetas que estouravam, pratos de sopa que entornavam, gente que tropeçava e se machucava — acontecia com todos. Atendentes, pacientes, secretárias, visitantes. Todos. Menos com ela.

Mas seu ceticismo era inabalável. Ela encontrava explicação para tudo. Coincidências, só isso.

E, na sua versão, o que o deixava mais forte a cada dia era a alegria pela pirraça que ele estava fazendo. Velho safado. Mas ela, no fundo, continuava sentindo-se feliz por ajudar seu Tião.

Todo dia ela ainda se sentava ao pé dele e dizia: "Vai, mentiroso, qual é a lorota de hoje?" E ele contava mais uma.

— Um dia, fiquei sabendo que ia ter uma festa de casamento num sítio muito pobre. O pai da moça não tinha um boi para matar no dia da festa, e estava desconsolado por isso. Até que sua mulher lhe disse: "Calma, Custódio, vou juntar umas galinhas bem gordas e a gente faz umas bonitas galinhas ao molho pardo e fica todo mundo satisfeito." Um dia antes do casório, a mulher debulhou o milho e juntou as galinhas no terreiro, e escolheu as mais gordinhas, que foi pegando uma por uma e trancando num barracãozinho. Depois de prender umas vinte, ela deu o trabalho por encerrado e foi servir a janta pra família. Durante a noite eu entrei no barracão por uma tábua solta, que fechei bem fechadinha atrás de mim pra nenhuma delas escapar. Passei a noite inteira depenando a galinhada lá dentro. Foi uma trabalheira, dona Lurdes, mas, no dia seguinte, os vizinhos começaram a chegar cedo, e, quando a mãe da noiva veio com as comadres para torcer o pescoço das galinhas, fui mais ligeiro, tirei a tábua solta e deixei a galinhada toda escapar. Foi uma beleza, era mulher correndo atrás de galinha pelada pra todo canto. A galinhada estava apavorada, e sumiu tudo no mato. A mãe da noiva teve que oferecer arroz com feijão e fubá pros convidados.

No fim de cada história, um sorriso de dentes perfeitos rematava a narração. E a mulher voltava para casa e escrevia tudo no caderno.

Fazia já um mês que eles tinham essas suas entrevistas diárias. Um dia, no meio de uma frase, seu Tião encolheu na frente dos olhos de Maria de Lurdes. A pele se encheu de pregas. O cabelo ficou branco. A boca murchou e, quando se abriu num gemido, os dentes já não existiam. As costas se encurvaram, e por um instante os dois se olharam sem entender.

— Seu Tião! Que que é isso?

Os olhos dele estavam arregalados, enormes, repletos de surpresa e sofrimento.

— Lurdes, Lurdes, você não estava mentindo, não era você, não era você...

Ela ainda olhava abobada o homem, de novo frágil e miúdo, quando alguém chegou correndo.

— Lurdes, Lurdes! Corre pra atender, é a sua filha no telefone, parece que aconteceu algo com a sua mãe.

Uma dor fina e profunda atravessou-lhe o coração e ela olhou de novo o velhinho murcho. Viu a compreensão nos olhos dele.

Viu a compreensão em seu próprio coração, ao pensar no caderno cheinho de histórias do saci, sempre ali em cima da mesinha do quarto que ela dividia com a mãe.

Sua mãe!

Então ela acreditou.

E, quando isso aconteceu, uma vez mais o saci ganhou vida, e ela o viu de novo transmutar-se bem diante de si, os anos sumindo a olhos vistos.

Ele pegou as mãos dela nas suas, agora firmes e lisas, e a ternura na sua voz não tinha fim.

— Obrigado, Lurdes. Se eu pudesse ajudar sua mãe do jeito que você me ajudou... Mas eu não posso.

★★★

Passou-se uma semana antes que Maria de Lurdes voltasse ao asilo, tanta coisa para organizar em casa agora que sua mãe não estava mais lá. Alguém tinha de cuidar das crianças. Tinha sido fulminante. A menorzinha é que tinha encontrado a avó. Quando Lurdes chegou em casa, tinha juntado muita gente tentando ajudar, mas já não havia o que fazer.

Lurdes achou o caderno caído ao lado da cama, mas não precisava disso para ter certeza de que fora sua mãe quem, ao acreditar, nas últimas semanas havia devolvido a vida e as forças ao saci.

Na volta ao trabalho, junto com a atenção e o carinho dos amigos, ela recebeu a notícia: seu Tião desaparecera dois dias antes.

Ela não ficou surpresa. Já esperava por isso.

Naquele dia voltou para casa, fez tudo o que tinha a fazer e então chamou as filhas, que não aguentavam de tanta impaciência. Os olhinhos de jabuticaba brilhavam enquanto ela retomava, no ponto em que havia largado na noite anterior, a leitura de sua entrevista com o saci.

E como na noite anterior, e na noite antes dela, um assobio fino, alto e estridente soou lá fora, na noite, no meio da rua.

Maria de Lurdes sorriu, feliz pelo saci.

JANDA MONTENEGRO nasceu no Rio de Janeiro em 1984. Formou-se em Letras pela UFRJ e fez pós-graduação em Produção Editorial. Publicou a novela *Antes do 174* (Ibis Libris, 2010) e uma versão do romance infantojuvenil *O incrível mundo do Senhor da Chuva* (Vermelho Marinho, 2011).

OUTRAS ONOMATOPEIAS

O chefe bateu na mesa com as duas mãos espalmadas.
— Então isso é tudo por hoje, senhores. O grupo de São Paulo escolheu o nosso projeto, e a empresa vai ser responsável pela distribuição no setor. Parabéns à equipe! E um bom feriado a todos.

O grupo de seis pessoas aplaudiu o homem de óculos que discursava e, em seguida, todos se levantaram, cada um cuidando de guardar seus pertences e sair o mais rápido possível da sala.
— Odervan! Ei, Odervan!

O homem que estivera sentado mais afastado na mesa durante toda a reunião levantou a cabeça.
— Pois não, chefe.
— Odervan, meu caro... Você não tem planos para este feriadão, tem?

A pergunta o pegara desprevenido.
— Bem, eu...
— Ótimo! Então você não vai se importar de fazer um favorzinho para nossa empresa antes de ir pra casa, certo? Quero dizer, puxa! Vocês todos estão de parabéns, vão até ganhar um bônus no final do mês!

Odervan não sabia o que dizer. Como aquela ausência de resposta era justamente a resposta esperada, o chefe continuou:
— Vou precisar que você vá até São Paulo pegar um documento.
— São Paulo, senhor?

"São Paulo é outra cidade!", pensou.
— É, São Paulo. Você conhece? A capital econômica do país... Tenho certeza de que te mostraram no mapa. — O chefe deu-lhe uma cutucada nas costelas. Odervan ficou sem saber se aquilo era de fato uma piada ou uma indireta.
— Senhor, eu...

— Ótimo! Você pega o voo das sete lá no Santos Dumont, vai até a filial, pega o documento e volta! Olha que maravilha: você vai voltar hoje mesmo! Nem vai atrasar o churrascão de sábado, hein?

O chefe deu um leve tapinha nas costas dele e saiu pela porta de vidro, sem olhar para trás. Odervan, ao contrário, olhou ao redor, descobrindo-se na recepção da empresa, e ficou se perguntando como viera parar ali, já que ainda há pouco estava na sala de reuniões.

— Oi, amor! Sim, já saí do trabalho. Sim, foi tudo bem na reunião. Tá, ok, eu espero.

Enquanto aguardava do outro lado da linha, Odervan aproveitou para manobrar o carro pra fora do estacionamento da empresa e pegar logo a pista principal. Numa sexta-feira, véspera de feriado prolongado no Brasil, isso significava trânsito congestionado em qualquer direção.

— Sim, ainda estou aqui, amor. Aham. Aham. Escuta, eu... Não, tudo bem. Ah, ele ligou? Aham. Não, sim, tudo bem que ele leve as crianças no domingo. Amor, escuta: eu...

Uóóóón. Uma moto passou a toda velocidade ao lado do carro, fazendo com que Odervan jogasse o automóvel pra direita e, assim, quase provocasse um acidente com outro carro que vinha por ali, tentando ultrapassá-lo pelo acostamento.

— Tá maluco? — vociferou o motorista de um Corsa preto. — Fica aí, falando no celular e nem presta atenção no que tá fazendo! Quem tu pensa que é?

Ao perceber que o outro motorista tinha encostado o carro e já abria a porta, Odervan, num puro instinto de sobrevivência, já que o sujeito era muito maior do que ele, pisou fundo e saiu de cena cantando os pneus.

— Ei! Ei, seu filho da...! — mas Odervan não chegou a ouvir o final da frase, pois já estava bem longe dali, cortando os outros carros, garantindo que o fluxo de automóveis da avenida das Américas não se tornasse um obstáculo para sua fuga. Chegou até a ver o outro motorista entrar de volta no Corsa, mas estava certo de que não daria tempo para uma perseguição. Já estava soltando o ar que nem percebera ter prendido...

Triiiiiim!! Triiiiiiim!!

Ele olhou para o banco do passageiro e reparou que tinha largado o celular, mas não se lembrava de tê-lo colocado ali.

— Alô? Oi, amor! Não, calma! Não... não... claro que não, amor! Não, eu não desliguei o telefone na sua cara! Não, claro que não! É que... não, é que... um motori... Aham, claro que eu não faria isso, amor. É que... Não...

Ele percebeu uma viatura da polícia parada no canteiro central da avenida das Américas e, quando passou diante dela, abaixou a mão com o celular para que não fosse parado, embora tivesse notado que um dos policiais estava de costas e o outro cochilava no banco do passageiro.

Bom, era melhor prevenir do que... Como era mesmo o ditado?

— Não. Não, amor. É claro que estou te ouvindo. Aham — não adiantava tentar explicar que largara o aparelho por três segundos enquanto passava diante da viatura policial. — Escuta, amor, eu... Ok, certo. Pode ser sim. Sim, eu já saí do trabalho. Mas escuta, eu...

Odervan quase bateu o carro. O veículo da frente havia parado repentinamente, mas, antes que Odervan pudesse praguejar, ele reparou que os outros motoristas também estavam parando.

"Engarrafamento. Ótimo!", pensou.

— Escuta, amor, eu... Sim, é justamente sobre isso que quero falar. Não, tudo bem, macarronada tá bom pra mim. Tudo bem, eu espero.

Ele olhou para o visor do painel. 17h23. O voo saía às 19h e ele ainda estava na estrada da Gávea. "Tem que dar tempo. Esse engarrafamento não vai durar até o centro da cidade!"

— Oi, alô, amor! Sim, ainda tô aqui. Bem, eu precisava te falar... Aham. Escuta, é sobre hoje... Não, não aconteceu nada. Só que... é, então, eu vou chegar tarde hoje.

O carro avançou dois metros no congestionamento enquanto Odervan ouvia a esposa gritando ao celular.

— Calma. Calma, amor, escuta. Não, é do trabalho. É, mas calma. Eu volto hoje! Aham, prometo! Não, isso não tem nada a ver. Claro que meu chefe não me chamou só por isso! Amor, escuta. Não, não. Posso conseguir promoção, claro. Amor, é fim de ano. Claro que eu acho que ele poderia ter chamado qualquer outro gerente, mas ele confia em mim. Calma... Não, não é nada disso. Não, eu volto hoje, é claro! Vou pra São Paulo.

Mais à frente, Odervan percebeu que os carros se acotovelavam num funil logo na entrada do Túnel Zuzu Angel. Em situações como essa, não havia espaço nem para gentilezas, mas algo estava errado. Pelo retrovisor, ele observou, lá no final do engarrafamento, alguns carros darem meia-volta e saírem na contramão.

— Amor, eu preciso desligar. Não, claro que não. Não, isso não tem nada a ver. É claro que não tô fingindo, eu realmente preciso desligar! Não, não estou fazendo isso porque não quero mais te ouvir. Eu adoro te ouvir, meu amor! Não, não é que eu não queira ouvir as verdades. Pode ser na volta? Não, eu não disse nada! Querida, meu anjo: eu volto hoje, prometo. Não fica assim. Olha, lembra daquele restaurante que você queria tanto ir? Que tal hoje, quando eu voltar? Hein? Eu te ligo quando estiver de volta e te encontro direto lá, ok? Te amo!

Desligou antes da resposta.

"Ótimo! Acabei de fazer uma promessa que não posso cumprir", pensou.

No início do engarrafamento, Odervan observou duas motocicletas pretas estacionadas displicentemente, interditando as duas pistas da esquerda no sentido zona sul. As motos eram de um modelo estranho, com os chassis raspados, como se fossem uma montagem de peças de vários modelos diferentes.

Na pista central, cones em laranja e branco ajudavam a interditar a passagem dos carros para as outras pistas. Os motoristas, apreensivos e obedientes, passavam espremidos pela pista da direita. Odervan ficou olhando para a esquerda, tentando encaixar as peças, e nem reparou que seu carro se movia quase que automaticamente; o pé frouxo na embreagem permitia que o veículo seguisse o fluxo vagarosamente, como se fossem vacas enfileiradas antes do abatedouro, distraindo-se com a paisagem, sem focar no perigo à frente.

Um Honda amarelo estava estacionado à esquerda, parado pela blitz. Dois homens com jaquetas jeans abordavam o motorista, que saía do carro. Odervan não conseguia ver seus rostos, pois estavam de costas.

Bam! Bam!

Odervan assustou-se com o barulho. Alguém tinha dado duas pancadas no capô de seu carro, enquanto ele olhava distraído em outra direção. Tentou ver quem havia batido, mas o sujeito estava muito próximo do carro, de modo que só era possível enxergar o braço esquerdo do homem sinalizando para Odervan encostar.

Ele era o felizardo da loteria da blitz.

Resignado, viu uma mulher tirar o cone que impedia a passagem, girou o volante e embicou o carro para a esquerda, saindo do corredor polonês.

Desligou o motor. Respirou fundo três vezes e abriu o porta-luvas, buscando a documentação do carro, que estava no nome da empresa.

Toc! Toc!

Alguém batia no vidro da porta do motorista com a falange da mão. Sem se virar, Odervan apertou o botão do vidro, enquanto, com a mão direita, finalmente alcançava os documentos do carro.

— *What the fuck are you doing?*

Odervan virou a cabeça em direção à porta. Parado, do lado de fora, estava um sujeito loiro, vestindo uma calça jeans surrada (ou teria sido comprada assim, surrada, porque é estilo?) e uma camiseta em que estava estampado o Bart Simpson imitando o Che Guevara, com o braço direito estendido, gritando: *Free, Palestine!*

— Desculpe. O que disse? — perguntou Odervan.

O gringo aproximou-se do carro, colocou a mão no capô e ajeitou o fuzil, que até então ficara escondido do campo de visão do motorista.

— *I said que porra você estar fazendo.*

Odervan olhava, incrédulo. O gringo continuou:

— *Por que você mexer no carro?*

Odervan permaneceu estático.

— *Fuck man!* Por que você continuar olhando? *You think this is funny?*

Odervan olhou ao redor, buscando explicação. Não havia nada que indicasse que aquilo era gravação de algum filme ou de um desses programas de *reality show*. O gringo tinha olhos cheios de raiva e segurava o fuzil com destreza. Aliás, um fuzil que parecia uma réplica bem-feita, beirando o realismo. Seria de verdade?

— Desculpe, senhor. Eu...
— *Did I said* você poder falar, porra?
Ficou mudo.
— *Now*... Eu querer você fora do carro. Deixar chaves *inside*.
Como? O gringo quer que eu saia do carro? E ainda por cima deixando as chaves dentro? — pensou.
— Senhor, eu tenho um voo...
— *I SAID* SAIR DO CARRO! *NOW!*
Odervan tentava ser educado diante do absurdo, mas o gringo parecia alterado. O sujeito bateu com a ponta do fuzil na lataria do carro, impaciente. "O que fazer? O que fazer? Esse fuzil parece de verdade!" Odervan sentia o suor das mãos e o pânico que o imobilizava.
— Oh... Não sair, hum? *You think you're funny*, hum?
O gringo gritou qualquer coisa em uma outra língua e os outros — havia outros! — responderam rindo. Uma mulher se aproximou. Esta, ao menos, aparentava ser mais brasileira
— Que que tá pegando aí? — ela falava num tom debochado, arrastando cada vogal.
— Este *motherfucker* não querer sair do carro. Achar engraçado!
A mulher aproximou-se do carro. Odervan, ainda em choque, segurava o volante com tanta força que os nós dos dedos estavam esbranquiçados.
— Que que tá pegando, tio? Tu vai ficar de palhaçada ou o quê? Sai da porra do carro agora!
"Que é isso? Cadê a polícia? Quem é essa gente? Quem deu autoridade para fechar o trânsito e parar os carros?"
— Eu ten...
— Sai da porra do carro, tio! Tu é surdo?
Odervan bem que queria obedecer, mas simplesmente não conseguia se mexer. Era como se algo muito maior do que o perigo o segurasse naquela posição.
— *See?* Eu dizer: *he's retard!* — o gringo gesticulava, exaltado.
— Tu tá querendo morrer, tio? Obedece o alemão ou vai levar pipoco!
Alemão? O cara falava inglês.

— Eu n...
Blam!
O gringo chutou a porta e Odervan levou um susto tão grande que soltou o volante.
— *This is a blitz*, mermão!
A mulher, ao lado, riu.
— É, tio! É blitz, porra! Blitz de Natal, tá ligado? Agora sai da porra do carro que a gente não tem a noite toda!
Os dois riam, triunfantes.
Desesperado, Odervan olhava para o relógio. 18h07. Chegaria atrasado no aeroporto, perderia o voo, não conseguiria pegar o documento em São Paulo, brigaria com a mulher e ainda seria obrigado a gastar trezentos reais num restaurante brasileiro com nome alemão que tinha acabado de inaugurar na rua de trás.
Alemão?
O que a porra daquele alemão tava fazendo ali? Desde quando gringo podia fazer isso? E por que todos os outros, que pareciam brasileiros, davam ouvidos a ele?
— *What is this? What is this?*
O loiro exaltara-se novamente e apontava pra alguma coisa no vidro de trás do carro. Confuso, Odervan observou tudo pelo espelho interno. Viu o sujeito apontar para algo colado no carro e a mulher dizer qualquer coisa em voz baixa.
— *Shit! Shit!*
O homem deu dois socos no porta-malas. Odervan abaixou a cabeça instintivamente, ainda com a lembrança do fuzil na memória.
— Ô tio! Tu é professor?
De repente, a voz da mulher já não tinha tanto ódio. Era mais como se estivesse com cautela agora.
— O quê? — ouviu a voz sair-lhe da garganta quase num sussurro.
Ela se aproximou da lateral do carro e olhou-o nos olhos.
— Tô perguntando se tu é professor, tio.
Ela fez um sinal com a cabeça, indicando a parte de trás do carro. *Escola Estadual Pirilampo do Brasil.* "Claro!" Odervan lembrou-se do adesivo da escola da sua filha colado no vidro de trás.
Confuso, apenas assentiu com a cabeça.

— *Shit! Shit!* Professor! — ouviu o gringo vociferar, estapeando um outro indivíduo da gangue, que estava próximo.

— Porra, tio! Por que tu num disse logo que era professor, mermão! Ô Zueira — a mulher dirigiu-se ao indivíduo que tinha levado o tapa. — Tira o cone daí que o tio aqui tá liberado!

Pelo retrovisor, Odervan viu o terceiro sujeito retirar o cone da rua e fazer sinal pros outros carros pararem e esperarem ele sair. Ligou a ignição, manobrou o carro em direção à saída da blitz e recebeu um carinho da mulher que chefiava o grupo:

— Geral aqui é teu parceiro, tio. A gente também é professor. Tamo ensinando os gringo a fazer blitz.

Odervan abriu um sorriso,

— Vai com Deus, mas vê se não dá mole por aí não. Tem muito bandido nessa cidade. Tá ligado?

Trimmm, trimmmm.

O celular estava.

DELFIN nasceu em Campinas em 1972. Formou-se em Publicidade e em Jornalismo pela PUC-Campinas. É proprietário do Studio DelRey de produção editorial e editor da revista on-line *Machado*. Publicou os livros de contos *Kreuzwelträtsel* (Edições K, 2004) e *Se eu tivesse um machado* (Edições K, 2004), além do conto "Sentinela", na coletânea *Portal 2001*, organizada por Nelson de Oliveira.

O ESCRITÓRIO DE DESIGN PROBABILÍSTICO

A namorada de Othon achou bacana no começo. Fazia tempo que ela não tinha um amor tranquilo, alguém para não só chamar de seu, mas para salvá-la da vida louca, da agitação das noites sem fim nas piores baladas. Ela o conheceu quando voltava do agito, numa manhã de sábado. Estavam na padaria da moda, que vende de tudo hoje em dia, inclusive o pão e o leite que estavam nas mãos dele. Os dois se toparam na fila do único caixa aberto, que estava com problemas na máquina registradora. Enquanto o gerente não resolvia a questão, os dois começaram uma conversa que, para ela, não tinha mesmo muito nexo, mas que ele continuou com uma seriedade e serenidade que a pegaram de jeito. Hoje ela não faz ideia do que falaram, lembra apenas que eram absurdos imensos. Mas Othon a tratou decentemente, o que não acontecia com frequência. Ele deu o número do telefone residencial e ela só ligou porque estava muito de ressaca para enfrentar uma festa que entrasse domingo afora. Foram ao cinema no final da tarde, depois jantaram, depois transaram na casa dele. E foi assim, bacana, no começo.

Quando se viram durante a semana seguinte, ela percebeu o entusiasmo no rosto dele. E, a princípio, ocorriam-lhe os assuntos mais diversos, por achar que ele se desinteressaria facilmente se ela não estivesse antenada com todas as novidades, tendências e futuros modismos. Percebeu em poucos dias que Othon gostava de falar dos assuntos mais banais, quase chatos, como as atuações nas novelas da tevê, se ia chover ou fazer frio, como estava caro o preço de qualquer coisa ou a quantidade de açúcar no suco natural. Era cansativo e ela achava que parecia coisa de velho. Othon é nome de velho, ela pensou diversas vezes. O fato é que foi se acostumando à mesmice, à rotina, aos olhos claros e à barba sempre por fazer, a uma vida calma e segura. Ele lhe deu a tranquilidade que procurava desde que saiu da casa dos pais para morar na capital. Ela lhe retribuía calma, quieta, sem se indispor, dando a ele o carinho que, acreditava, uma vida tão monótona e vazia precisava ter.

Não demorou para que oficializassem o namoro e fossem morar no apartamento de Othon. Um bom apartamento, num bom bairro, quase chique e perto de tudo. Ela poderia se acostumar com aquilo e foi o que fez. Ele tinha um bom trabalho e nunca reclamou de falta de dinheiro. Othon comprava para ela quaisquer coisas que fossem necessárias, mesmo quando não eram realmente uma necessidade. Ele gostava de vê-la feliz e, de fato, era isso o que acontecia. O sonho dela era encontrar alguém que não chegasse em casa sempre indisposto, reclamão, trazendo os problemas do trabalho para casa. Algumas vezes perguntou a Othon sobre o emprego dele. Todas as vezes ele dizia que era um emprego legal, do qual gostava muito e que pagava bem. Em uma ocasião, perguntou como era o lugar. Ele disse que era um escritório grande, que dividia com outras pessoas, que tinha uma grande mesa de reuniões e, durante quase todo o expediente, era exatamente o que fazia: reuniões. Ela considerou o ambiente de trabalho dele coerente com a pessoa que ele mostrava ser. E nunca mais perguntou sobre o assunto.

Othon já tinha pensado em ter uma namorada. Mas a vida era muito boa para que tivesse que dividi-la com alguém. Desde que começou em seu emprego, sabia que este seria divertido e que cada dia de trabalho seria uma aventura muito diferente da anterior. Tinha sido assim nos últimos cinco anos e não havia sinais de que isso fosse mudar. Ele é um funcionário dedicado e chega ao edifício todos os dias por volta das nove da manhã. Quase sempre é o primeiro, mas os seus companheiros de escritório costumam chegar na mesma hora. Quando abre a porta, existe a alegria da pequena cozinha com a geladeira cheia e as máquinas gratuitas de salgadinhos, café e refrigerantes. E, no compartimento anexo à parte interna da porta de entrada, há o envelope do dia, que só deve ser aberto quando todos estiverem sentados à mesa de reuniões.

São cinco as pessoas que trabalham com Othon. Todos começaram a trabalhar no mesmo dia e são, desde o princípio, uma equipe que nunca foi mudada. Há uma forte relação entre eles, ainda que raramente se vejam fora do trabalho. Em dias normais, Ferdinando é o mais entusiasmado. Fica sempre especulando sobre o conteúdo do envelope e, de certo modo, isso serve para ficarem prontos para o que virá. Eleazar já faz o tipo calmo, sereno, pronto para as respostas mais racionais e agir como o advogado do diabo. Roni gosta de pegar os papéis e canetas e ficar desenhando, da hora que chega à hora que sai. Crispim parece estar constantemente desligado, mas é aquele que faz as perguntas certas quando os outros estão numa sinuca de bico. Nubar mora muito longe, costuma ser o último a chegar e é especialista em dizer o óbvio, principalmente quando ninguém está vendo aquilo que salta aos olhos. Todos os cinco gostam que Othon abra o envelope, porque ele nunca deixa passar uma piada em branco e, como todos eles sabem, Othon é o palhaço do Escritório de Design Probabilístico.

A agência de empregos que os selecionou nunca foi muito clara quanto a quem seria o contratante do grupo. Disse apenas que era uma empresa do setor de criação, líder em seu ramo de trabalho. Todos os salários e benefícios são pagos pela própria agência, que insiste na privacidade do contratante, segundo ela, por questões de sigilo profissional. No começo, todos ficaram incomodados, à exceção de Roni, que diz que o salário é bom demais para ser questionado. Em alguns meses, ninguém mais estranhava coisa alguma em relação ao emprego. De fato, não entendiam a utilidade prática do que estavam fazendo. Além de parecer inútil, o trabalho também era intrigante demais para que se desistisse dele. Todos queriam ver no que aquilo tudo ia dar; então nenhum deles jamais faltou. Suas férias são simultâneas e, por todo o mês de julho, mantêm o escritório longe da vista e dos pensamentos.

Dentro do pequeno envelope pardo, havia sempre uma pergunta simples. A função do Escritório de Design Probabilístico era responder a ela. Mas o trabalho não era tão fácil porque, por trás dessa questão, sempre havia outras. Mistérios dentro do mistério. Do mais banal ao muito complexo, o questionamento sempre gerava dúvidas que precisavam, igualmente, ser dirimidas. E tudo precisava ser respondido até às cinco horas da tarde, quando, invariavelmente, um mensageiro batia à porta esperando por envelopes contendo todas as anotações do dia. Um dia normal de trabalho chegava a render quase cinquenta folhas de notas, escritas e desenhadas. Também havia as câmeras, para registrar todos os movimentos do escritório, que precisava ser abandonado pontualmente às seis da tarde. O grande relógio digital em fósforo âmbar, acima da porta de entrada, fica desligado até faltarem dez minutos para a passagem do mensageiro e, às cinco para as seis, ele começa a piscar de modo intermitente e a emitir um ruído irritante, que anuncia o fim do expediente.

Nenhum tipo de distração é permitido dentro do escritório. Celulares, tablets, computadores pessoais, jogos eletrônicos e até mesmo relógios, revistas, livros e jornais não podem ser levados ao ambiente de trabalho. A única ferramenta de que precisam, além de papéis, canetas e materiais de escritório, é a própria mente. É o método que o empregador utiliza para manter as proposições feitas afastadas, o máximo possível, de influências externas, o que invalidaria todo o processo de elaboração de respostas a ser produzido diariamente. Pois isso é o mais importante no escritório: a estruturação do procedimento de análises que levam às respostas, a visualização final do desenho das redes probabilísticas que culminaram numa solução final para o problema apresentado. Cada um desses designs é único e é justamente a busca pela unicidade diária que fez com que justamente esta equipe, dentre tantas combinações possíveis, fosse a selecionada para um emprego tão específico.

Othon tem um caderno de anotações em sua casa, no qual escreve todas as perguntas que já foram apresentadas no escritório. Mantém isso em segredo, pois não sabe se isso violaria alguma norma contratual. Ele gosta muito de algumas questões e as marca com um asterisco: "E se o copeque fosse atualmente a moeda mundial?", "Para que a China utilizará as imensas estruturas, aparentemente irregulares entre si, construídas em seus desertos?", "E se um cubo caísse no meio do maior parque da capital federal?", "Quais personalidades precisariam morrer para o mundo não enfrentar uma guerra mundial até o final do ano?", "Por que telenovelas reprisadas no período da tarde têm audiência?", "E se pessoas virtuais estivessem nas ruas?", "Quais as consequências da imunização da população mundial contra o bocejo?", "E se existissem civilizações nos átomos?", "E se os gatos nunca mais caíssem em pé?", entre muitas outras. É um jeito de encerrar o dia de labor e descansar. Ser rotineiro e pouco criativo fora do trabalho lhe parece o modo mais lógico de repor as energias para o dia seguinte. É o que faz. E fica feliz de sua namorada não se incomodar com isso. A vida parece então perfeita a Othon, que dorme tranquilo todas as noites, após assistir a um episódio aleatório de um seriado qualquer.

Chegou o dia em que, após todos se sentarem na grande mesa de reuniões, Othon abre o envelope. Todos tinham tomado seu café da manhã e Roni já havia espalhado suas dezenas de canetas coloridas pela mesa. Ferdinando estala os dedos, como gosta de fazer. Nubar olha para Crispim, apenas esperando o que virá. Othon puxa o pequeno papel branco, impresso em letras grandes, quase como um cartão usado por apresentadores de tevê. Ele faz uma cara estranha e todos estranham que não tenha vindo um trocadilho infame ou uma piada habitual. Em vez de ler o papel, ele o coloca no meio da mesa, para que todos vejam o que está escrito: "O que é o Escritório de Design Probabilístico?".

— E aí? Respondemos perguntas. Não é?

— Tá, Nubar, é isso que a gente faz. Mas pra quê?

— Ou pra quem — disse Othon, sem ser muito engraçado.

— É como eu sempre digo, caras: pagam a gente direitinho. É só responder as perguntas e aí é grana em caixa. O que é que os caras vão fazer com o que a gente responder? É um punhado de inutilidades.

— Uma parte é, Roni. Mas e aquelas perguntas que envolvem economia, política, geografia, segurança mundial, até exploração espacial? Vai dizer que você não acha nem um pouco estranho?

— Assim, Crispim: é um trampo esquisito, a gente responde perguntas bizarras, mas eu não me incomodo nem um pouco, sabe? Eu chego em casa, tenho tudo o que eu quero e até o que eu não quero. Antes de entrar nesse emprego eu tava na pior, sabe? Desempregado fazia anos, vivendo só de bico. Não vou ficar encanando sobre o que é ou o que não é este emprego.

— Certo, entendemos o seu ponto, Roni. O caso é que temos uma pergunta que precisa ser respondida. Tudo o que precisamos fazer é tratá-la do mesmo jeito que tratamos as outras. Nando, abre uma lista aí. Vamos levantar as possibilidades. Daí trabalhamos em cima delas. Não é melhor assim?

Eleazar, novamente, faz com que todos entendam que é apenas mais uma pergunta rotineira e especulativa em seu trabalho rotineiro e especulativo. Talvez com um caráter um pouco mais pessoal e com uma premissa menos humorada. Ainda assim, apenas um exercício criativo que, desta vez, envolve pessoas muito próximas. Os seis começam então a trabalhar e elaboram a primeira lista, que sempre abre os trabalhos diários do escritório: responder, do modo mais direto possível, a indagação proposta.

Na lista de Ferdinando começam a aparecer os temas, que serão apreciados e especulados durante todo o dia. No topo da lista, uma resposta direta à resposta, sem qualquer questionamento, como poderá ser vista por um observador externo: "É um escritório no qual seis pessoas se reúnem para responder questões sobre os mais variados temas durante uma jornada comercial de trabalho, nunca excedendo uma questão principal por dia." Após todos concordarem com essa resposta, cria-se uma lista, logo abaixo, na qual hipóteses são listadas.

Eles começam com as divertidas. É sempre melhor começar assim. O grupo atua como se fosse um dia normal de trabalho. Porém, enquanto discutem se o escritório tem como chefe um cineasta decadente em busca de novíssimas ideias ou uma agência de publicidade multinacional que os usa para criar conceitos diferenciados para o mercado publicitário mundial, cada um deles parece tentar esmiuçar as variantes para não chegar às outras hipóteses. As sérias. Pouco depois do que supunham ser o meio-dia, Crispim dirige a palavra a Eleazar, após uma piada de Othon seguida por uma grande gargalhada coletiva.

— E se o nosso empregador for menos nobre do que isso? E se for um grupo político, um empresário com intenções escusas? Sei lá, um grupo de militares?

— Ou um grupo terrorista.

Ninguém falou nada. Ferdinando continuou a anotar. Apenas os dois continuaram.

— Tá, Eli. Acho que é nisso que ninguém aqui queria chegar. Mas e se for? O que a gente está fazendo vai ajudar em que um grupo terrorista, militares ou gente corrupta?

— Você sabe que tudo o que a gente imaginou aqui pode ser extrapolado pra situações similares. Tem aquela história do cubo, por exemplo. E se fosse uma nova arma, jogada no meio de uma grande cidade? Foi ideia sua mesmo na época, lembra?

— Não só isso. Sei que aqui ninguém entende muito de economia, mas muitas coisas que já pensamos geraram suposições que mexeriam com a estrutura do comércio mundial. Se for um grupo poderoso, pode muito bem ser que tenham condições de manipular diversas variáveis para que coisas muito próximas aconteçam. Como daquela vez em que o Othon sugeriu que o conceito de um produto, e não um produto de verdade, contaminasse o mundo de modo que a população ficasse tão apegada a esse conceito que não poderia mais viver direito sem ele.

— Na verdade — disse Othon —, eu tirei a ideia de algum gibi que eu li faz tempo.

Roni, que estava rabiscando um soldado e um cogumelo nuclear, toma a palavra sem tirar os olhos do papel.

— É o seguinte, Cris. Até a coisa mais inocente que a gente tenha pensado pode ser distorcida. Lembro de um papo que a gente teve no primeiro mês de trabalho, quando a gente ainda conversava sobre o que tava fazendo nesta bagaça. Você disse que a gente tinha que detalhar bem algumas coisas porque não dava pra pressupor que quem fosse ler o que a gente cria nesta sala teria os mesmos referenciais. Mesmo entre nós seis as referências já são bem diferentes, mas este grupo é pequeno e podemos nos entender rapidamente. Escutem o que eu tô dizendo, é meio paranoia ficar pensando no empregador.

— Mas ele é o mais importante — disse Nubar.

— Não, cara, não é. Sabe por quê? É por que, mesmo entre esses grupos todos, a gente pode subdividir em tantos outros grupos e facções que daria para perder dias nisso. E cada um desses subgrupos poderia ser tão diferente de todos os demais que qualquer coisa que pensássemos poderia ser um desvio tremendo da pergunta original. E temos que encontrar pelo menos uma resposta adequada para ela.

— Mas isso nós já temos — insiste Nubar.

— Não temos, não. Nós temos uma descrição do que fazemos. Mas isso não é uma resposta. Porque tá meio que na cara que trabalhamos aqui há cinco anos por algum motivo. Achando esse motivo, achamos a resposta. Sem precisarmos nos preocupar com quem paga nosso salário. Sacaram?

— Mas tudo isso ainda vão ser só teorias.

— É, Nando, mas pelo menos serão boas teorias. Que acham?

Os seis acabam concordando que essa mudança de rumo da discussão dará frutos mais objetivos.

— Isso pode ser um experimento.

— Como assim, Nando?

— Tipo *reality show*, saca? Mas um pouco mais sério. Imagina só: seis caras que não estão trancados, podem ir e vir quando quiserem, menos no horário de trabalho, porque nessa hora não podem ter contato com o mundo exterior. Ficam respondendo a uma pergunta o dia todo e, durante esse tempo, alguém está apenas estudando o comportamento deles, vendo o que vai acontecer, para que, em horas como esta, exatamente como esta, se comece a colher os resultados exatos que se quer. Tudo muito psicológico.

— Pode ser isso mesmo, mas diferente — diz Eleazar. — E se o experimento de verdade não estiver aqui dentro? E se esse experimento se der fora daqui? Tudo o que fazemos é completamente inútil, o que importa é o que fazemos da hora em que saímos até a hora em que chegamos.

— Mas isso implicaria sermos vigiados o tempo todo fora daqui.

— E quem disse que isso é impossível, Othon? Câmera de segurança pra isso não falta. Nem pessoas. Ou alguém vai dizer que não conheceu nem um amigo novo desde que começou a trabalhar aqui? Você conheceu até sua namorada, Othon. E o Nubar acabou casando com uma namorada antiga que ele voltou a ver logo depois que começou no emprego.

— Vocês são mesmo uns paranoicos — insiste Roni.

— Tá bom. E pra você, cara, o que é tudo isso?

Crispim disse isso de saco muito cheio.

— Uma piada. Pode até mesmo ser um experimento, mas sem nenhum senso prático. Tipo um passatempo para alguém se divertir. Todo mundo aqui já deve ter notado as câmeras no teto. Eu não duvidaria de mais câmeras escondidas em outros pontos do escritório. Um *reality show* no seu sentido mais estúpido, meio *Show de Truman*, meio *sitcom*. Transmitido por, hum, sei lá, pra algum circuito fechado de ricaços que nunca precisaram entrar num escritório. Porque, se olharmos pra cada um de nós, somos uns personagens perfeitos.

— E se a minha namorada estiver mesmo lá para me espionar?

— Othon, se liga, é só uma hipótese.

— Mas é boa, não é?

Ele está pensando em seu caderninho, na sua namorada que fica o dia todo em casa, no tempo que ela tem para encontrar um jeito de descobrir o segredo do seu cofre e ler o que está contido no caderninho que nunca mostrou a ela. Pensando bem, Othon agora está pensando em por que ela nunca questionou muito o seu trabalho no escritório. Ou como ela, que parecia uma baladeira quando a conheceu, pôde ficar tão tranquila com a vida monótona a que ele obriga os dois a viverem.

Na verdade, fora Roni, todos estão meio quietos e pensando coisas como esta. Nubar decide abrir um salgadinho. Crispim abre seu terceiro refrigerante desde que começaram a discutir esses motivos. E Ferdinando, que normalmente se limita a concordar ou discordar empolgadamente dos argumentos dos outros, acaba quebrando o silêncio.

— Nós estamos criando fantasmas.

Todos pararam para ouvi-lo.

— Fantasmas. O mundo precisa de fantasmas. Coisas intangíveis que não podem ser explicadas, mistérios. Não são necessariamente coisas que aterrorizem a gente. Mas são coisas novas, esses fantasmas que criamos. E o homem costuma ter medo do novo. Olha o que está acontecendo desde que a gente leu essa pergunta. Não deveria haver motivo, mas a gente está com medo. Mesmo o Roni deve estar com medo de admitir que ele pode estar errado e isso ser, sim, alguma coisa séria.

— Mas muitas das coisas que a gente debate aqui são justamente soluções para acabar com situações em que as pessoas têm medo, Nando.

— Sabe quando a gente é criança, Eli, e a gente tem medo de mula sem cabeça, homem do saco, loira do banheiro, boitatá, saci? O medo vai ficando até o dia em que a gente entende que essas coisas não existem. E daí o medo acaba, bem na hora em que a gente mata os fantasmas dentro da gente. Mas tudo o que a gente faz aqui pode fazer com que a gente crie fantasmas novos para as pessoas. Fantasmas de todo tipo. Econômicos, sociais, alienígenas, culturais, para crianças, para velhos, para donas de casa, para todo tipo de gente. E olha só: bastou colocar a gente no meio para que a gente também ficasse com medo de pensar nisso.

Ferdinando tinha razão. O que deixou cada um ali finalmente apreensivo.

— Mas tem uma coisa boa nisso tudo. Quando a gente tira esse medo do subconsciente e joga pro raciocínio consciente, a gente pode dar um jeito nisso. Porque não temos medo de perguntar, de debater, nem de achar respostas. É esse o nosso jogo.

— O Nando tem razão. Se este for o problema, sabemos que há um jeito de resolvê-lo. Nós temos a noção de tudo o que fizemos aqui, em linhas gerais. Roni, tá pronto pra desenhar um mapão?

— Com certeza!

— Então pode pegar durex, canetinha e lápis, que isso vai ser bonito. Vamos botar nesse mapa tudo o que a gente lembrar que já fez. Daí a gente vai ter uma boa ideia.

— Do quê, Eli?

— De como seria essa suposta cartografia do medo, Othon. A partir daí, matamos os nossos fantasmas. Sem medo, acho que podemos dar uma bela resposta pra quem quer que tenha mandado essa pergunta para a gente hoje.

Foram emendando folha atrás de folha. Devia haver mais de vinte pedaços de papel emendados com fita adesiva. Roni escreveu na folha do meio a palavra MEDO assim mesmo, em letras maiúsculas e bem vistosas, num vermelho bem vivo, e desenhou um retângulo em volta. E começaram a se lembrar das indagações que lhes tinham feito.

Perceberam que Othon sabia de mais perguntas que todo mundo. Nem desconfiavam que ele olhara para essa lista a maior parte dos seus dias como funcionário do escritório. Roni escrevia cada questão lembrada com letras pequenas, circulava e traçava uma linha, tudo a lápis, até a palavra medo. Perderam umas duas horas nisso. Depois, Nubar teve a ideia de fazer conexões entre essas perguntas, traçando linhas coloridas entre elas. Roni agradeceu nessa hora por ter mais de sessenta cores de canetinhas. Começaram a fazer legendas para essas conexões, incluindo algumas estranhas para aquele contexto, como "Funk carioca", "Ataques auditivos" e "Amor". Ainda não tinham se dado por satisfeitos quando perceberam que o relógio havia sido acionado.

— É isso?

— É, Roni, é isso. Trabalho lindo.

— Mas e aí, Eli, o que a gente faz com tudo isso?

— Junta com todas as outras anotações e coloca num envelope, do mesmo jeito que fazemos todos os dias, Nando.

— Mas nós não chegamos a uma conclusão. Vão querer uma resposta.

— Com certeza querem. Mas tem algo que eu ouvi uma vez que serve muito bem de resposta.

Eleazar então pegou o mapa dobrado e a grande quantidade de papéis rabiscada naquele dia, colocando tudo em um grande envelope amarelo. Apanhou uma folha em branco, uma esferográfica e escreveu algo bem no meio da folha. Dobrou três vezes e também colocou no envelope. Pegou a cola e fechou. Dois minutos depois, o mensageiro estava à porta. Entregou o envelope ao rapaz e, em seguida, fechou novamente o escritório.

Todos estavam curiosos, mas foi Nubar quem perguntou.

— O que você escreveu naquele papel?

— Algo que eu ouvi certa vez, há muito tempo, que eu acho que serve bem como resposta ao nosso raciocínio: sempre existem aqueles que têm medo de que o medo chegue ao fim.

— Profundo isso.

— Bem, eu quero ir é pro fundo de uma banheira assim que eu chegar em casa!

Bem ao seu estilo, Othon quebra o gelo e todos vão até a cozinha para esquentar lanches de micro-ondas e pegar as bebidas para o café da tarde, que sempre tomam antes de ir embora. Normalmente eles costumam falar um pouco sobre a pergunta do dia, mas, desta vez, preferem falar de amenidades, fazer piadas e relaxar. Roni e Nubar gostam de conversar sobre quadrinhos, já Eleazar e Crispim quase disputam para saber quem sabe mais sobre os seriados da moda. Ferdinando, que começou a namorar há alguns meses, tem pedido nas últimas semanas algumas dicas para Othon, que também gosta de falar sobre jogos de tabuleiro, escovas de dente e relógios, coisas que ninguém ali achava que eram bons assuntos para uma boa conversa.

O tempo passa rápido e, quando percebem, o zunido insuportável que os expulsa de lá todos os dias começa. Ninguém se preocupa com a sujeira, pois pela manhã tudo estará limpo, como sempre. Roni é o primeiro a ir em direção à porta, mas, antes de abri-la, faz questão de fazer um comentário.

— Olha, acho que a gente fez um baita trabalho hoje. Só que eu ainda acho que rolou uma paranoia. Mas tudo bem! Não se fala mais nisso, ok? Té amanhã!

Um a um, todos vão embora. Othon resolve pegar um pacote de nachos para ir comendo no caminho e sai por último. Ao sair, olha bem para as paredes. Imagina onde estão as outras câmeras.

Procura distrair a cabeça enquanto caminha em direção ao metrô. Prometeu à namorada que a levaria ao cinema hoje e que, depois, fariam algo diferente. Um pedido dela. Ele já decidiu o que seria: boliche. Não lembra se ainda sabe jogar, então fica treinando com as mãos por todo o caminho, imaginando *strikes* e *spares*.

Chega em casa bem na hora em que uma porta se fecha. Ela já está pronta, apenas esperando que ele se apronte para que, enfim, possam sair. Abre a porta, toma um banho, veste-se e, antes de sair do quarto, abre o cofre para fazer sua anotação diária e, enfim, enterrar o assunto do dia, de vez. Ao pegar o caderno, porém, percebe que há também no cofre um papel do qual não se lembrava. Está dobrado em três partes, como o que enviaram pelo mensageiro no final do expediente. Abre-o com cuidado e, ao desdobrá-lo por inteiro, vê que a folha está em branco.

Quando sai do quarto, ela está radiante, como não vê há algum tempo. Ou era ele que não percebia? Othon a beija de um jeito apaixonado e, ao sair de casa, olha bem para todo o seu apartamento, com muito cuidado, imaginando onde estão as outras câmeras.

ERIC NOVELLO nasceu no Rio de Janeiro em 1978 e mora em São Paulo. Trabalha como tradutor, autor, copidesque, roteirista e consultor editorial. Publicou os romances *Dante, o guardião da morte* (Novo Século, 2004), *Histórias da noite carioca* (Lamparina, 2004) e *Neon azul* (Draco, 2010).

UM CHÁ COM ALICE

Alice estava deitada em um divã aveludado, os pés mostrando as meias listradas em branco e azul. Suas mãos repousavam sobre a cintura com os dedos irrequietos, enquanto falava sem parar na esperança de que o sono não a fizesse passar vergonha novamente diante do terapeuta.

Achava injusto pagar para ser ouvida por alguém que não respondia nada além de "uhum" antes de bebericar seu chá, mesmo quando ela gritava "por favor, por favor, só uma opinião", e sentia uma pontinha de inveja daquela profissão que permitia ao psicanalista ficar o dia inteiro sentado no ar condicionado ouvindo as histórias dos outros sem ser chamado de fofoqueiro.

Entretanto, eram essas as ordens de sua mãe, a condição para que tivesse as tardes livres com os amigos, e por isso não podia desobedecer. Como vingança, acabara transformando-a em seu assunto predileto, enchendo as orelhas do Dr. Cappellaio com as mesmas histórias.

Pela décima vez, falava da mania estranha de sua mãe de colecionar flamingos e de como a incomodava a total subserviência de seu pai. Tão baixinho, podia ter mais personalidade, ela argumentava. Um dia ainda perde a cabeça, eu sei.

O divã era uma peça da qual o doutor se orgulhava imensamente. Tinha sido herdada do pai, e o pai herdara de seu próprio pai, que inventou histórias fabulosas sobre ele. Uma legítima peça de família, dessas que sobrevivem ao tempo e aos cupins. Alice se lembrava da história como se a houvesse escutado minutos atrás. Tinha certeza de que o terapeuta estava bêbado naquele dia, fazendo uma dancinha pelo consultório enquanto falava da família. Ele tinha dito que o móvel deixava o paciente plenamente relaxado, submerso em um oceano de acabrunhados pensamentos. Assim, nessas palavras. Alice nunca tinha escutado a palavra *acabrunhado* e achou muito bacana ter pensamentos assim, apesar de não saber o significado.

Com uma coisa a jovem concordava. Bastava deitar no divã para deslizar para outra dimensão. Ou talvez fosse efeito do chá.

— Quer mais um pouco? — o psicanalista perguntou.

— Muito obrigada, mas acho que chega. Devo estar na terceira xícara ou mais. Assim não tem quem aguente de vontade de ir ao banheiro.

O psicanalista repousou o bule sobre a mesa do século XVI e voltou a fitar a paciente com a expressão inquisitória habitual. Desvendar os segredos da mente humana era uma obsessão da qual não queria se curar.

Alice tinha consciência do jogo, o que não significava dar importância a ele. Neste momento, ela olhava através do corpo do terapeuta, mirando um ponto preciso da parede. Era a terceira vez que repetia o ato, Cappellaio anotou em seu bloco, fazendo mais um risco. Com sorte fecharia um quadrado ainda nessa sessão. O velhote tinha especial predileção por alguns pacientes, e Alice se destacava na lista com um merecido primeiro lugar.

Ele esperou que a jovem voltasse a prestar atenção nele e perguntou, quebrando seu silêncio costumeiro:

— Há algo preocupando você, algo que ainda não compartilhou comigo? — sentia-se ansioso com a resposta.

— É tão óbvio assim? — Alice perguntou, improvisando uma expressão de timidez. "Se minha mãe soubesse que paga tanto para eu olhar as paredes", pensou, esforçando-se para encarar o psicanalista.

— Para um profissional como eu, nada passa despercebido — ele respondeu, despido de qualquer traço de modéstia.

De fato, Alice costumava fitá-lo durante as sessões. Era um gesto natural. Embora ele a tratasse com respeito, tinha algo que a incomodava em seu jeito. Um olhar de quem despe mais do que as roupas, tirando junto a pele e a carne para chegar aos ossos.

— É uma bobagem, não sei se vale a pena comentar.

— Nossos pensamentos sempre valem a pena. O que dizer então dos seus — ele não conteve o elogio.

Alice sorriu para se mostrar lisonjeada, mas achou mesmo uma esquisitice, o que não fez do seu sorriso um dos melhores que sabia dar.

"Lá vamos nós adentrar o mundo dos nuncas e dos sempres", pensou, e respirou profundamente antes de iniciar o seu relato.

— Atualmente tenho visto o mundo de um jeito diferente.

— Defina *diferente* — falou o doutor, rabiscando em seu papel.

— Tente acompanhar meu raciocínio.

Quando Alice falava assim, o psicanalista sabia que viria um turbilhão de palavras pela frente, dessas que afogam os desavisados sem chance de escapar.

— Farei o possível — ele respondeu, bebendo mais um gole.

— Estou baseando a minha afirmação em decisões e não em fatos. Ao mesmo tempo estou buscando um fato para tomar uma decisão. — O psicanalista ergueu as sobrancelhas e a olhou com muito interesse, o que a estimulou a continuar. — Para haver um fato eu precisaria defini-lo dentro de conceitos de tempo e espaço, mas o que tenho é uma sensação, uma experimentação através de outra pessoa, se é que me fiz entender. — Na verdade para ela pouco importava que Cappellaio a tivesse entendido ou não.

— Você tomou uma decisão e está buscando um fato para explicá-la racionalmente?

— Não, porque não preciso de fatos para decidir o que vou fazer, basta querer e pronto.

— Mas precisa deles para justificar a decisão para si, um sinal de que tem dúvidas sobre a tal decisão. Me parece que está diante de uma decisão difícil, Alice, e que, como acabou de dizer, já a tomou, mas não está lá muito segura, o que, pelo visto, não fará diferença. Então a questão não é o que esta decisão vai modificar na sua vida, mas o que foi modificado para que você a tomasse. Um dilema paradoxal para as cinco da tarde.

"De onde ele tira essas conclusões?", pensou, os olhos revirando. Queria poder ficar bem pequena e sumir entre os móveis ou crescer tanto que bastasse saltar alguns prédios para chegar em casa. Ah, se pudesse ficar invisível e atravessar paredes!

— Pois bem, doutor — Alice se ajeitou no divã, preparando-se para mais uma batalha verbal. Ia deixar Cappellaio desnorteado. — Imagine se de repente você descobrisse que o mundo não é exatamente como imaginou a vida inteira, mesmo sendo uma vida ainda no começo como a minha e não tão pro final quanto a sua — ela provocou. Queria continuar, mas achou que o momento era bom para uma pausa. Causaria maior impacto.

— Prossiga — disse ele, sem mudar uma única linha facial.

— Sabe aquela mesinha onde apoia o vaso de porcelana? E se ela pudesse se mexer à noite após o consultório ser fechado e retornasse ao lugar antes que a sua secretária chegasse?

Ou até depois, pois do jeito que é desatenta nem iria notar, veio na ponta da língua.

— Ela não seria uma mesinha — ele respondeu, processando a informação uma dezena de vezes para certificar-se de que nenhum detalhe lhe escapara.

— Por quê?

— Porque mesinhas não andam. Foge à sua definição — ele disse com certo desdém pela ideia simples demais para merecer atenção especial de sua parte. — Se as mesas voassem, não poderíamos deixar nada em cima delas, não é mesmo? — completou, deixando claro o sarcasmo com uma risada que o fez engasgar com o chá.

— Quando pronunciamos a palavra *mesa*, temos uma imagem pronta para ela. Acho que a sua afirmação imprecisa partiu deste ponto — Alice respondeu, intocável.

— Muito bem! — Cappellaio exclamou, feliz em ganhar o seu dinheiro daquela forma. Via um desafio se formando bem na sua frente. — Associamos ao conceito uma imagem que não existe no mundo real. As palavras são abstrações e é um conjunto de significados que as torna algo concreto.

— São pessoas condicionadas que nos fazem associar predefinições aos conceitos, obrigando-nos a transformar algo intuitivo em um método racional. Quem disse que, nos primórdios, as mesas não sabiam voar e com o tempo pessoas de imaginação limitada foram moldando os conceitos para se adequar a uma realidade que era delas e não dos demais?

— É o hábito que nos faz transformar um conceito em fato. Você pode ter razão — ele comentou para dar corda ao assunto. Será que ela finalmente havia enxergado o outro lado?

Alice movimentou os lábios, modificando a angulação da boca. Fez um bico de quem é pego de surpresa e precisa pensar rápido.

Como um bom psicanalista, Cappellaio interpretou o gesto como sinal de satisfação e o seu ego inflou-se mais e mais. Levou o lápis novamente ao bloco, fingindo um grande interesse pelo que escrevia, mas apenas desenhava um jogo da velha.

— E se os meus conceitos fossem modificados por alguém com fatos diferentes para apresentar? — Alice franziu o cenho.

Cappellaio sentiu como se houvesse cochilado na parte mais importante do raciocínio, o que o obrigou a retornar à questão inicial.

— Eu pediria mais uma vez para você definir o que é diferente

Andar em círculos é um dos sinais, pensou Alice. Tinha acontecido o mesmo com seus amigos. Quando a hora de experimentar a nova percepção dos sentidos estiver chegando, as antigas atitudes surgirão em círculos, um deles tinha explicado.

O psicanalista esperou calado pela resposta. Pela experiência acumulada durante anos de trabalho, sabia que o melhor a fazer era esperar, mas o fato de Alice estar mirando novamente o ponto na parede o incomodou. Ou se dava por vencido e olhava também ou acabava com isso agora.

— Levante-se — disse ele, e a voz monótona transformou-se em um brado.

— Desculpe — Alice voltou a atenção para ele, sentando-se sobre as pernas.

— Levante-se um instante. Quero fazer um exercício hoje.

— Exercício?

— Em frente ao espelho.

Cappellaio se levantou e puxou com cuidado a espelheira ao lado da estante, posicionando-a junto ao divã. Durante a ação, percebeu que Alice estivera olhando o antigo relógio cuco que enfeitava a parede, também parte de sua herança. A peça não funcionava mais, uma das molas havia se perdido durante o transporte. Entretanto, era uma obra de arte decorativa de valor inquestionável.

Alice atendeu ao pedido do psicanalista com certo receio. Deixou que os braços pendessem na lateral do corpo e movimentou os dedos devagar. Lembrando-se das aulas de ioga, posicionou os pés em paralelo e alinhou a coluna.

O psicanalista pigarreou seguidamente até que Alice voltasse a prestar atenção.
— O que devo fazer?
— Já estamos fazendo. Diga-me o que vê no espelho.
— Estou me vendo, estou vendo o senhor e uma parte do consultório.
— Primeiro me fale do consultório. No que ele é diferente do nosso?
— A qual das partes se refere?
— Ora, minha cara, qual delas poderia ser? — questionou, desconhecedor da resposta.
— A que vejo é igual a esta, mas invertida. Sobre o restante prefiro não me comprometer, pois não sei o que está acontecendo.
— Nada, como aqui.
— Mas aqui estamos vigiando.
— Então prestemos atenção em você — Cappellaio mudou o foco. — Começamos nossa conversa falando sobre a nova perspectiva de mundo surgida em sua mente.
— Mais ou menos.
Cappellaio prosseguiu. Não estava preparado para um mais ou menos.
— E que as coisas estavam diferentes, você falou.
— Exato.
— Preste atenção na Alice do espelho e me diga: o que vê?
Alice tentou entender as regras do jogo, mas só encontrou a pergunta pura e simples: Ele quer que eu me descreva fisicamente?
— Vejo uma menina de pele branca, com cabelos lisos negros que ultrapassam em um palmo a altura dos ombros. Ela tem um metro e setenta de altura, e pelo relevo de barriguinha desenhado na camisa diria que está com 66 quilos. Os olhos são a parte preferida do rosto e acha que as sobrancelhas bem-feitas ajudam a realçá-los.
— Explore mais a imagem, detalhe as roupas — falou Cappellaio, interessado pela cobaia. Alice estava quase chegando aonde queria.
— Ela está com a calça preta de lycra dos tempos em que dançava no teatro e de camisa branca com dois filhotes persas estampados. Deve adorar gatos — ela riu de si mesma. — Pela expressão, acho

que está com frio. Também pode ser que o cabelo partido ao meio esteja me dando essa impressão. Nossa! Como fico esquisita com o cabelo assim.

— Abstraia. Tente tocar a essência. As ideias estão no éter. Aquela não é você. É apenas um conceito e não um fato. Faz o inverso do que você faz, acha que o seu mundo é estranho enquanto você julga que é ela quem está presa no espelho.

— Ela me vê tão presa quanto eu a ela. Temos este ponto em comum.

— Não pode haver nada em comum, Alice. Ela é a sua imagem especular.

— Acho que passamos dos laivos.

— E alcançamos o ponto principal. O que vê de distinto nela?

— Em uma imagem invertida?

— Não. Olhe fundo nos olhos dela. O que vê de distinto nela hoje em relação aos outros dias?

— Ela é completamente diferente. Cada dia em que eu a olhasse ela seria outra pessoa.

— Já que você, a cada dia, é uma pessoa diferente. Agora, para ela, o mundo continua igual e quanto mais você mudar dia após dia, mais igual se tornará ao que ela está acostumada a ver, pois para ela tudo acontece de maneira inversa. Por dentro e por fora.

— Mas os objetos continuam sendo objetos? Eles também estão invertidos. A mesinha de canto permanece no lugar dela?

— Esteja deste ou daquele lado.

— E quem garante que eles não fingem? Que os móveis não se comportam somente até onde podemos enxergar? O bule, por exemplo, deste lado nós o vemos, mas do outro lado, quem nos garante que ele não escolheu um ponto diferente da sala para ficar?

Cappellaio respirou profundamente, refletindo sobre os anos de terapia de Alice. Questionou-se onde haveria errado e acertado, qual detalhe teria deixado escapar.

Alice se calou. Percebeu que ele analisava a imagem no espelho e achou muito estranho o modo como esta imagem o analisava sem pudores e disfarces intelectuais, como ela gostaria de fazer. A mão de Cappellaio pousada sobre seu ombro era fria e ossuda.

No espelho podia senti-la quente e áspera, desejosa de acariciar o seu pescoço.

Sem deixar o exercício se perder, ele seguiu fundo em seus pensamentos. A melhor parte das sessões. Sempre enxergara Alice como uma adolescente normal que vivia entre os sonhos e a realidade. Não, não cometera erro algum — e, se tivesse, era orgulhoso demais para admitir.

— Fatos são imutáveis. Isentos de significado. Diferem nas interpretações — Alice respondeu, dando a impressão ao psicanalista de ler sua mente.

— Era o que eu pensava — Cappellaio falou, decepcionado por deixar que os pensamentos escapassem com tanta facilidade.

— Você estava balbuciando enquanto pensava, consigo ler lábios desde pequena. Eu e minha mãe brincávamos de falar sem emitir som. Acabei aprendendo.

— Muito interessante. Diria que a sessão de hoje revelou muitas novidades para trabalharmos no futuro — ele respondeu, virando o cronômetro para Alice. Faltavam oito minutos.

— De pleno acordo — ela respondeu, gentil, e perguntou se poderia se sentar.

Cappellaio possuía o hábito de encerrar a sessão com uma xícara de chá. Não interessava o quanto tivessem bebido, sempre havia espaço para mais uma.

Alice escolheu o de maçã com canela. Deu um gole calculando a distância mais curta até o banheiro, mas suspirou como se degustasse o néctar dos deuses e agradeceu.

Espero que eles lavem os bules de vez em quando, pensou consigo, deixando escapar o riso.

O psicanalista largou a xícara e Alice o imitou. Não desperdiçaria a oportunidade de ouro de se livrar do chá. Voltou para o divã depressa e calçou os sapatos, com a sensação de que eles lhe apertavam os dedões.

— Um canário-belga não devia ficar preso dentro de um relógio.

— Canário? — o psicanalista demorou a entender. — O cuco do relógio! Como sabe que ele é um canário? Eu mesmo havia me esquecido.

— São seis batidas agora. Ele está voando sobre a sua cabeça.

Cappellaio não resistiu ao impulso e olhou para cima à procura do pássaro.

— Acho que me pegou desta vez, não foi? — disse, acostumado com suas brincadeiras.

— Ponto para mim — ela respondeu, vendo o pássaro voar pelo consultório até achar um lugar que pudesse fazer de poleiro. — Até a semana que vem.

Alice cumprimentou o terapeuta e se dirigiu à porta, sem resistir a uma última espiada no espelho. Do outro lado, seu reflexo desenhava na superfície laminada um pedido de socorro.

CIRILO S. LEMOS nasceu em Nova Iguaçu, Baixada Fluminense, em 1982. Formou-se em História e leciona no ensino fundamental e médio. Teve contos publicados nas antologias *Extraneus*, *Histórias fantásticas*, *Cursed City* (Estronho, 2010), *Imaginários: Vol. 3* e *Dieselpunk* (Draco, 2010). É autor do romance *O Alienado* (Draco, 2012).

A LUA É UMA FLOR SEM PÉTALAS

> POPSTeR: "Sou cristão, sou judeu, sou muçulmano." Ramanujan adere à moda do Quarto Povo do Livro, organização religiosa liderada pelo padre/rabino/mulá Vênus Samir. O artista conceitual é mais uma personalidade a ingressar na lista de seguidores da nova moda espiritual, que conta com fiéis como o guru da bioescultura Jasper Selton, o superarquiteto Leonard Zang e a banda senegalesa Africakorps. *Veja mais.*

Mirolha verificou se a arma, um fuzil Remington Agulha adaptado para crianças, estava em ordem e desceu a escada da viela. Respirava através de um lenço amarrado no rosto para escapar do cheiro de inseticida que o vento trazia e, quem sabe, parecer um pouco mais assustador. Causar medo é importante, ele pensava, tentando não escorregar nos degraus molhados.

A escadaria terminava num lamaçal entre duas paredes grafitadas. Umedeceu o único olho com saliva e virou-se para as flores desenhadas nos tijolos mofados. Cuspiu no chão. Flores eram para as bichas cheias da grana atrás dos Limes. Gente do seu tipo tinha de se contentar com sujeira e fumaça.

Com o comércio fechado, a rua estava deserta e um silêncio de morte tomava a favela. Tubarão pessoalmente transmitira pelos alto-falantes a ordem para os comerciantes fecharem as portas, os ambulantes recolherem as mercadorias e os fregueses se dispersarem. Todo mundo sabia o que isso significava. O chefe queria sangue. Mirolha queria ser como ele, temido, respeitado, andar de peito estufado pela Comunidade Autônoma Buraco da Pedra. Mas não era fácil. Tinha de ganhar consideração. Subir no conceito do movimento. Mostrar serviço. Ficar admirando flores estúpidas numa parede não ajudaria em nada.

Atravessou a viga de ferro que servia de ponte sobre uma vala. Dali era possível ver as propagandas luminosas estampadas nos balões corta-carbono que flutuavam lá pelos lados da praia, anunciando refrigerantes antibióticos, biquínis miméticos, filtros solares. Passou a mão suja de fuligem sobre o tufo de cabelo ressecado que ainda lhe restava na cabeça e pensou que um refrigerante antibiótico bem gelado até que não seria má ideia. Dobrou a esquina do Beco da Gaveta e seguiu por baixo das marquises para evitar surpresas desagradáveis vindas das ruínas.

Ouviu barulhos de latas caindo. Alguém saiu de repente de um monturo de lixo e correu em direção ao fim do beco.

Achei o cara, Mirolha gritou, tentando conter a excitação. Acho que ele correu para o Gueto dos Venéreos.

A resposta soou no Gooid em seu braço:

O puto enlouqueceu? Segura aí, moleque, segura aí. Não faz besteira que a gente tá chegando.

Mirolha entrou no beco. Viu o homem apontar uma arma para trás e se jogou atrás de uma pilha de entulho. Uma saraivada de agulhas atingiu a parede acima dele, derrubando parte do reboco. A poeira ardeu-lhe a vista. Respondeu aos disparos às cegas e escondeu-se outra vez. Olhou para cima. Os buracos na parede não deixavam dúvida: agulhas de aço padrão-2, mais leves que as suas. Arma fraca demais para os Comandos que disputavam a cidade do lado de cá dos Limes. Frescura típica dos milicos do Exército Estadual. Só podia ser o Barca.

Mirolha rastejou ao redor do entulho e observou o caminho adiante. Não viu nada além de uma nuvem fina de poeira. Levantou-se, caminhou devagar rente à parede suja de urina, tentando ignorar a irritação que o pó de concreto começava a causar ao olho vazio.

Aonde ele foi?, perguntaram pelo Gooid. A voz eletrônica de Torque era inconfundível.

Mirolha não respondeu. Subiu a elevação no fim do beco formada pelos escombros de edifícios demolidos e chegou à cerca de arame farpado que demarcava o gueto. O cheiro de carne podre, pungente e adocicado, atravessou o lenço feito faca, atingindo-o em cheio. Passou a respirar pela boca. Havia um labirinto de barracos ali, amontoados num espaço pequeno. Ele sabia dos riscos de entrar sozinho naquele lugar. Os Venéreos poderiam tentar contaminá-lo ou o Barca poderia sair de um buraco qualquer e explodir a outra metade da sua cabeça.

O melhor a fazer era esperar a chegada dos soldados do patrão, como Torque mandara.

Mas, que diabos, aquilo era uma oportunidade.

Se pegasse o Barca sozinho, cairia fácil nas graças de Tubarão. Talvez até recebesse o e-ye que carimbaria seu passaporte para o Bonde dos Cibernéticos do chefe. Sem titubear, Mirolha rastejou por entre o arame farpado e penetrou no Gueto dos Venéreos.

Havia gente circulando pelos becos, gente esquálida, rançosa, de olhares apodrecidos nas caras feitas de ossos, gente doente. Balbuciaram coisas, vieram em sua direção, arrastando os pés sobre a lama preta de fezes, pedindo, implorando, choramingando, xingando. Mirolha tentou abrir caminho acertando-os com o cabo do fuzil, mas a arma era leve demais, *ele* era leve demais, e havia tantos deles. Tomaram-lhe o fuzil, que de mão em mão desapareceu por entre os barracos, fecharam-se sobre ele como um vagalhão. Arrancaram-lhe a bermuda, a camisa listrada, as joelheiras, o Gooid, cravaram as unhas na sua carne, esfregaram as genitálias pútridas em sua boca, cuspiram-lhe no rosto. Mirolha fechou o único olho, segurou a ânsia de vômito e esperou o fim chegar.

O que veio foi uma tempestade de agulhas que derrubou os Venéreos às dúzias. Apavorados, eles soltaram o menino no chão e recuaram guinchando para o interior escuro dos barracos.

Torque mandou os homens suspenderem os disparos.

Que porra é essa, moleque? Não falei para esperar?, ele gritou, puxando Mirolha pelos cabelos.

O braço direito de Tubarão. Seu pescoço, ombro, clavícula e braço direito haviam sido destroçados por tiros de uma Gamble 0.9, disparados pelo Bonde do Dourado durante uma invasão malsucedida. Tubarão, que demonstrava apreço pelos seus soldados patrocinando próteses bioplásticas para salvá-los da morte certa, não hesitara em torrar 600 mil ameros em implantes para seu lugar-tenente. Após perder metade da cara na explosão de uma granada, Mirolha iludiu-se achando que tinha valor suficiente para receber do chefe um olho novo. Mas esse era um privilégio para poucos.

Vamos ver, foi o que disse Tubarão quando o médico informou-lhe dos custos de um e-ye e da reconstrução facial. Se o garoto mostrar serviço, quem sabe?

Agora ele estava ali, humilhado diante do Bonde dos Cibernéticos, patético, nu, sujo de merda e tremendo de medo.

Cadê o fuzil que emprestei a você?, perguntou Torque, fazendo sinal para os homens saírem daquele chiqueiro.

Mirolha olhou para o lado, envergonhado.

Você perdeu?

O menino fez que sim.

Puta que pariu, moleque.

Irritado, Torque soltou-o no chão e seguiu atrás do bando, praguejando com sua voz de máquina. O chefe ia acabar com a raça daquele guri quando soubesse do prejuízo. Encontrou os homens esperando perto de um buraco na parede de um antigo bar, muito além do Gueto dos Venéreos. Os scanners estavam acionados.

Cadê o garoto?, perguntou Jairo.

Vindo aí atrás, respondeu Torque. E o Barca?

Lá dentro, atrás de um balcão, disse Pirata, coçando a barba vermelha.

Torque também ativou o seu scanner. Viu, através da parede, o esqueleto esverdeado do sargento Barca enfiar um carregador novo na pistola, fazer o sinal da cruz e abrir fogo.

O Bonde dos Cibernéticos, ao redor do buraco, ouviu os projéteis passarem assoviando perto de suas cabeças. Pirata apertou o capacete manchado e gargalhou:

Caralho, essas passaram perto.

Torque pediu a espingarda ao Bolota, mudou sua função para Curta-Distância e plugou o sistema de mira ao Gooid. Encostou o cano na parede e, com a paciência de um cirurgião, buscou na imagem que surgiu a mão com a qual Barca empunhava a pistola.

Alvo na mira. 99,7% de probabilidades de acerto.

O projétil atravessou a parede e explodiu na mão do sargento, que caiu gritando, o sangue arterial esguichando feito um chafariz.

O bando entrou pelo buraco e o arrastou para fora do bar. No piso empoeirado ficou um rastro vermelho.

Torque devolveu a espingarda ao Bolota e acendeu um cigarro anfetamínico.

Não me mata, não, cara, gemeu Barca. Vou trazer a encomenda, eu juro.

Você não tem de se explicar pra mim, parceiro. Fala direto com o homem, respondeu Torque, indiferente. Fez uma holochamada pelo Gooid (A$ 3,99 por minuto). A figura obesa do chefe do Buraco da Pedra apareceu de repente acima de seu antebraço erguido, deitado em seu luxuoso divã-móvel.

Barca, Barca, Barca, disse ele, a voz rouca misturando-se à estática. Você achou que poderia meter a mão no meu dinheiro e sair na boa?

Não, Tubarão, respondeu Barca, cada vez mais pálido. Eu ia trazer sua encomenda, eu juro, mas as coisas se complicaram.

Três meses. Você saiu com o adiantamento há *três meses* e até agora nada dos arquivos para imprimir as peças dos blindados. As pessoas estão rindo pelas minhas costas, achando que é fácil fazer o Tubarão de otário. Eu não gosto de ser tirado como otário, sargento. Não gosto mesmo.

Não estou conseguindo baixar os esquemas dos tanques. Até fuzil está difícil agora. O coronel está marcando junto. Pelo amor de Deus, Tubarão, me arranja alguém para estancar este sangue.

Você me deve dinheiro. E os arquivos daquela KK-63 foderam duas impressoras.

Só preciso de mais um tempo para acessar as contas. Vim aqui dar uma satisfação, porra.

Tubarão bufou impaciente. Virou-se para o bando:

Agora é questão de respeito. A gente aqui não conseguiu montar a peça, mas lá no Bando do Dourado a coisa funcionou. Já disse: se tem negócio comigo, é *só comigo*. Trairagem é só eu sentir o cheiro que descasco que nem cebola. Queimem o milico.

Não, caras, pelo amor de Deus. Eu tenho família.

A imagem piscou e desapareceu.

Pirata preparou o lança-chamas.

Quando o Bonde dos Cibernéticos ateou fogo ao sargento Barca, transformando-o numa fogueira humana, Mirolha se deu conta de que perdera uma grande oportunidade de mostrar serviço.

> FRANKFURTREVIEW: Bancos Centrais da economia-mundo Europa e economia-mundo Ásia alinham suas taxas de juros para suportar a fase descendente do ciclo Kondratieff, que promete ser turbulenta. *Veja mais*. Leilão Internacional de Fontes Naturais neste domingo agita mercado corporativo. *Veja mais*.

Mirolha não queria que Azaleia o visse chorando. Perderia o respeito de sujeito homem.

Subiu ao telhado de zinco do barraco e se deitou ali.

Não devia estar em casa àquela hora da noite, era seu turno na sentinela. Foi Pirata quem o impediu de retornar com o bando para a mansão fortificada de Tubarão no topo do morro. O chefe estava alterado demais para ver um moleque franzino (e que perdera um armamento caro, diga-se de passagem) sujando de bosta seus carpetes sem lhe enfiar uma bala na testa.

Não havia como negar que dera um grande passo para trás na corrida para subir na hierarquia da Comunidade. Precisava reverter isso, só não sabia como. Tragou um cigarro anfetamínico e ficou olhando os lasers estamparem logotipos luminosos nas nuvens que vinham do mar.

Barulho de motor a gasolina. Mirolha viu Torque desligar a moto e fazer um sinal para que descesse. Fodeu, pensou ele, soprando para o alto a fumaça do cigarro. Saltou do telhado no barril emborcado que usava para ir buscar a cota semanal de água e foi abrir o portão. Torque cumprimentou-o com um aperto de mão.

Azaleia estava na janela.

Entra, porra, mandou Mirolha, vendo o olhar que Torque jogava em direção à sua irmã.

É o seguinte, disse o Cibernético, voltando-se para ele. Seu teste sanguíneo tá beleza. Deu sorte, guri, não foi contaminado. Mas o Tubarão tá puto contigo. Disse que, se você não aparecer com o material lá no muquifo dele até amanhã, ele vai te botar na horizontal. O fuzil ou o dinheiro, o que tiver na mão aí.

Mirolha engoliu em seco.

Não foi culpa minha ter perdido. O negócio foi que...

Ele não vai querer saber, Mirolha. Tem ideia do prejuízo que ele teve com seu erro? Um fuzil daqueles, ainda mais na versão infantil, é uma baba. E com as impressoras dando pau, não vai ser fácil substituir.

Vou pedir pra descontar do meu pagamento.

A voz metálica de Torque assumiu um tom áspero:

Se liga, moleque. Com o pagamento de batedor você ia levar uns dez anos pra quitar a dívida e provavelmente já estaria morto antes disso. O negócio é arrumar o dinheiro ou ir embora da Comunidade. Mas para onde você vai, né? Se sair do território do Tubarão, o pessoal do Dourado ou do Quarto acaba com a sua raça. Nos bairros dos grã-finos, nem sonhando.

Mirolha cobriu o rosto com as mãos.

Torque percebeu que ele se esforçava para não chorar. Abriu um sorriso, foi até a moto e voltou com um embrulho.

Sabe o que é isso?, perguntou.

Mirolha ergueu o olho por entre os dedos e fez que não.

Seu fuzil. Encontrei nos barracos fedorentos dos Venéreos. Foi arriscado pra caralho entrar naquele lugar de novo, mesmo de máscara e tal. Vou devolver pra você.

O garoto segurou a respiração.

Se me der algo em troca, acrescentou Torque.

O que você quer?

A resposta de Torque foi outro olhar comprido na direção da janela onde Azaleia estivera pouco antes.

Isso não, respondeu Mirolha, sem muita convicção.

Torque enlaçou-o com o braço natural.

Pense bem. Não é só a sua vida. É a dela também. Se você não estiver por aqui, quem vai cuidar da menina? Vamos. É só por uma ou duas horas. Vou devolver em bom estado.

Mirolha o encarou por um longo momento.

Pegou o fuzil. Foi para longe do barraco. Ouviu a voz da irmã chamá-lo quando Torque entrou na casa. Pensou em voltar e descarregar as agulhas naquele cuzão aproveitador. Mas que futuro teriam se fizesse uma coisa dessas?

As luzes se apagaram. O choro abafado de Azaleia parecia um punho áspero espremendo seu coração. Mirolha coçou a cabeça, olhou para o céu. O que havia lá em cima para ele e sua irmã? O que havia além da lua, que surgia por entre a fumaça como uma flor sem pétalas?

> ToONF@N: Sob uma trilha sonora composta de oboés, flautas, trombones e violinos, o rato explode a barriga do gato após fazê-lo engolir dinamite disfarçada de banana caramelada. *Veja mais.*

Domingo era dia de baile autorizado no Buraco da Pedra. O morro enchia, e não só de pessoas dos bairros diretamente controlados por Tubarão. Gente dos bairros atrás dos Limes acessava da segurança de seus condomínios iluminados o *streaming* particular do baile e penetrava em suas orgias sensoriais. Isso significava um aumento considerável nas vendas de *candy*.

Tubarão passava as festas inteiras em seu divã-móvel, entupindo-se de comida e sendo chupado na Realidade Virtual pelas madames esculpidas em bioplástico ávidas por experiências novas ao som da batida hipnótica de variações neofunk do *blend* e do *suyba*.

Pirata era o responsável por criar as conexões de RV que alimentavam o baile. Os grandes servidores isolavam porções do planeta consideradas potencialmente perigosas para a segurança da Rede. Bandidos e terroristas podiam causar tantos danos à propriedade privada com um terminal de acesso pleno quanto com bombas. As Comunidades Autônomas brasileiras eram dessas porções, de acordo com organismos corporativos de segurança, e a título simbólico recebiam acesso a esferas isoladas de RV dentro da Rede sem nenhuma conexão externa. Oficialmente, pelo menos.

Faço coisas incríveis com meu córtex, um terminal com interface neural e uma garrafa de vodca, riu Pirata, evitando tropeçar nas pedras. Carregava um equipamento caro demais para desperdiçar rolando a encosta do morro.

Sei, grunhiu Mirolha, vindo logo atrás.

Gente como o Pirata conhecia meios de criar pontes de tráfego entre a esfera de RV da favela e outras partes. Só precisava de uma antena que driblasse os bloqueadores flutuando na ionosfera e um pouco de jeitinho brasileiro. Uma vez estabelecido um túnel, os grã-finos on-line voavam para o baile do Buraco da Pedra como moscas atraídas pelo mel.

O diabo é que naquele dia a conexão estava uma bela porcaria. Impaciente, Pirata conferiu o sinal do satélite e constatou que a transferência estava baixa demais até para a pouca quantidade de terminais ligados naquele momento. Os bloqueadores estavam mais fortes sobre a Comunidade. Isso era um problema. Quando o baile começasse e mais terminais fossem ligados, o congestionamento iria fazer a RV sofrer um blecaute instantâneo. Tubarão ia ficar puto da vida.

Pirata coçou a barba, respirou fundo e apontou a antena para o lado oposto às colunas de fumaça que cobriam parte do céu. O sinal continuava péssimo.

Quem sabe se levasse o equipamento para a antiga caixa-d'água do Lote do Morrinho? Não custava nada tentar. Falou da ideia com Torque pelo Gooid.

Leva o Mirolha com você.

Mirolha veio com cara de poucos amigos. Não portava mais fuzil, perdera a confiança do chefe; agora era obrigado a andar com uma pistola de pólvora, um ponto eletrônico no ouvido e sinalizadores ultrassônicos para alertar em caso de invasão.

Puta retrocesso, disse Pirata, quando o garoto explicou a razão de seu azedume. Como se não bastasse essa cara de cu que você ganhou com aquela granada filha da puta. Bom, pelo menos o chefe não te matou por causa do fuzil.

Mirolha riu por entre os dentes. De outro não aguentaria esse tipo de comentário, mas o Pirata era gente boa. Ajudou-o a pegar o equipamento. Passaram pelo portão blindado da mansão e tomaram o caminho para o Lote do Morrinho.

A noite já descia sobre o Rio de Janeiro. Pirata mandou Mirolha apertar o passo, ou não daria tempo de montar a aparelhagem no alto da caixa-d'água. O matagal que cobria a área estava coalhado de minas, enterradas por um antigo chefe do Buraco da Pedra, um paranoico que achava que os *marines* americanos não tinham nada melhor para fazer na guerra que invadir uma favela insignificante.

Elas obrigavam os passantes esporádicos a seguir por uma trilha estreita, espremida entre uma ribanceira e o mato alto. Do outro lado, uma queda íngreme até o mar.

Pirata e Mirolha subiram pela trilha com cuidado. Enquanto o garoto bufava com o peso do módulo de antena que carregava na mochila velha de napex, Pirata se gabava das coisas que era capaz de fazer com seu córtex, um terminal com interface neural e uma garrafa de vodca. Bravatas sobre fazer upload de grupos de memórias inteiros para a Rede. Mirolha não estava interessado em nada disso. Não conseguia tirar da cabeça a humilhação que sofrera, a cara preta de imundície, o Remington Agulha perdido, a irmã vendida. Fodam-se os uploads de grupos de memórias inteiros.

Quantos anos você tem, moleque?, perguntou Pirata, como que adivinhando o peso dos pensamentos que escureciam o rosto de Mirolha.

Treze.

Treze anos? Está acabado, hein, garoto. Treze anos e essa carranca toda ferrada. Nem cabelo no saco você deve ter e te botam para carregar um fuzil classe agulha. Tinha que dar zebra mesmo. Tubarão nem pode reclamar.

Tenho cabelo no saco o suficiente para dar conta de um fuzil, rosnou Mirolha.

Tem nada. Vi você chorando pelado lá no Gueto dos Venéreos, o pinto lisinho. Com 13 anos, eu tinha uma floresta na virilha. Deve ser falta de hormônio. Não pode ficar bebendo essa porra de leite em pó que a Ajuda Humanitária solta de avião por aí. Aquilo é pra broxar a Comunidade inteira e a gente não poder procriar igual a rato. É o que sempre digo: querem mais é que a escória desapareça deste mundo.

Não sou escória, retrucou Mirolha.

Claro que é. Se não tem dinheiro, é escória.

A torre da caixa-d'água era uma estrutura enferrujada de vinte metros de altura. Antigamente, o reservatório propriamente dito ocupava um terço do tamanho da torre, mas fora desmontado e reaproveitado pelos moradores como paredes para os barracos. A escada protegida por aros de ferro, porém, ainda estava lá.

Vou subir, disse Pirata. Fique com isso aqui para provar que tem cabelo no pau.

Mirolha pegou o Remington Agulha que o Cibernético lhe oferecia e sorriu. Não queria sorrir, mas não pôde evitar. A arma era mais pesada que a versão infantil que costumava carregar, e mais larga também. Mero detalhe, ele pensou, e quase desejou que o Bando do Dourado invadisse a favela para poder testar aquela gracinha em gente de verdade. Sentou-se no chão e ficou observando Pirata subir a escada com o equipamento. Definitivamente, aquele era o cara mais legal do mundo.

OLHO.SOCI@L: Exército Federal apoia as declarações feitas pelo Coronel Afonso à crise ética do Senado. Instituto de Ciências Políticas de Brasília alerta para os riscos de um racha entre o governo e os militares. *Veja mais.*

A vasta garagem subterrânea da mansão de Tubarão foi esvaziada para dar espaço ao baile. Torque já havia montado seu equipamento de media-jockey e agora observava a fila da entrada serpenteando morro abaixo.

O rosto vermelho de Pirata apareceu na tela do seu Gooid.

Que foi?

Esse sinal está horrível, respondeu Pirata. As nuvens estão baixas demais, tem fumaça grossa no céu e os bloqueadores estão mais fortes hoje. Nem o que estou captando aqui na caixa-d'água vai dar vazão para alimentar tanto tráfego para o baile virtual.

Não quero saber de problema, Pirata. Ponha esse negócio para funcionar logo porque a gente tem hora pra começar aqui.

Então, chefia, o que posso fazer aqui é puxar um gato da conexão de alguém lá do outro lado dos Limes. Só que tem de ser de alguém grande, tipo uma empresa, porque aí ninguém percebe, saca?

Sei não, Pirata. Mexer com esses caras dá encrenca. O Tubarão já avisou que te mata se você mexer com isso outra vez. Já se esqueceu da confusão que deu ano passado com o gato que seus manos puxaram? Oito mortos, e você só não rodou também porque era o único que sabia calibrar o divã-móvel.

Não, não, se liga só: vou fazer a coisa diferente dessa vez. Eu puxo uma parte, digamos uns 75% da conexão. O bastante pra nós e ainda sobra pras funções internas deles, tipo segurança, monitoramento, comunicação 2D. Hoje é domingo, não tem expediente mesmo, nenhum escritório vai usar um fluxo alto para RV. Os caras não vão nem perceber, vão estar em casa com as famílias. Depois do baile, eu regularizo a parada toda e os ricaços não vão sentir diferença na segunda de manhã.

A gente vai pra vala se der algo errado.

Fica tranquilo, chefe. Ninguém vai ficar sabendo de nada.

A tela do Gooid se dividiu em duas e o rosto de Tubarão apareceu.

Como é?, grasnou ele. Cadê a porra da RV pro meu baile?

Já vai, chefe, respondeu Torque, dando sinal verde para Pirata botar sua ideia em prática.

THEBooKER: O ganhador do Nobel de Literatura Moshe Lepard lança novo romance, *Vampiros de Cabul*. Veja mais.

Pirata ativou os sincronizadores da antena, plugou-se e delirou de prazer quando penetrou no ciberespaço. Os estímulos sensoriais, familiares e estranhos ao mesmo tempo arrepiaram os pelos da sua nuca e causaram um vazio na boca do estômago nos primeiros segundos de imersão. Havia quem vomitasse nessas ocasiões, mas Pirata não era desses: relaxava os músculos, aproveitava o passeio. Viajar a outro universo era sempre uma experiência poderosa.

Após passar pelo túnel camuflado na esfera do Buraco da Pedra, procurou, dentre as dezenas de esferas de RV corporativas que flutuavam na Rede, uma cuja cor estivesse menos viva que as outras, evidência de que não era utilizada no momento. Levou quase uma hora para encontrar a da Feng-Brasil. Nadou ao seu redor para se certificar de que não havia antivírus ilegais por ali, daqueles que fritam o cérebro. Não havia.

Para ter o acesso liberado, ele enfileirou uma série de senhas transmorfas que, graças aos trilhões de cálculos instantâneos de processadores quânticos crackeados, se adaptaram em poucos minutos à senha original da Feng. A esfera se abriu ao meio e despejou uma deliciosa torrente de acesso. Pirata sorriu e conduziu o fluxo até a minúscula bolha de RV da sua Comunidade. Isso seria o suficiente para algumas horas de festa. Agora vinha a parte difícil: manter as defesas da Rede afastadas usando o próprio cérebro como escudo. Uma dor de cabeça dos infernos.

> ToONF@N: Agosto é o mês adulto na programação do seu canal favorito de desenhos. Peça autorização ao seu papai e sua mamãe e se divirta com as peripécias dos seus personagens favoritos em busca de um pouco de diversão e sexo. *Veja mais.*

Azaleia arrancou da parede os pôsteres de atores de novelas interativas e derrubou a prateleira de bichinhos animatrônicos. De repente aquelas coisas não eram mais para ela, não enquanto os hematomas ainda fossem tão dolorosos.

Despiu-se diante do espelho e correu os olhos pelo corpo quase infantil. As costelas estavam laceradas onde as partes metálicas de Torque se esfregaram com brutalidade. No pescoço e nos seios, que mal passavam de duas pequenas elevações, eram visíveis as marcas arroxeadas de beijos violentos.

Onze anos, apenas. Não era para ser daquele jeito. Estava morta por dentro. E talvez fosse melhor mesmo estar morta. Como olharia para as pessoas outra vez?

Seria bom se Deus lhe desse a chance de rasgar o pescoço daquele monstro. A arma que usaria, uma agulha de tricô com ponta aguçada, estava atravessada num coque volumoso no alto da cabeça.

> CELEBRITYV: Nebula Hill se apresenta para um milhão de pessoas em Londres com o espetáculo NIHIL, que conquistou admiradores entre as celebridades brasileiras em sua última turnê. *Veja mais.*

Após receber o sinal verde de Pirata, Torque inseriu na pick-up o cenário-padrão do baile, e a viagem começou. Quinhentas mentes do outro lado dos Limes singraram o ciberespaço em direção ao salão virtual onde as orgias já começavam. Pobres e ricos se encontraram na RV e compartilharam drogas, orgasmos e música.

A RV de Tubarão não se sujeitava às regras que vigoravam na civilização além dos Limes. Através de avatares secundários clandestinos, as mulheres vinham aos montes em busca de experiências sexuais com o que chamavam de pavorosos sub-humanos da favela. Homens se conectavam para transar com representações de suas mães, seus bichos, seus filhos. O baile do Buraco da Pedra era o lugar para se realizar desejos sem medo das represálias dos puritanos. Por um precinho camarada.

Quem não conseguia bancar um terminal (os habitantes da Comunidade, diga-se) não tinha razão para se queixar — o baile off-line era pervertido o suficiente, com a vantagem de ser mais barato. E por isso a garagem subterrânea fervia de gente. Vapores e soldados de Tubarão circulavam pela multidão oferecendo merla, *candy,* cigarros anfetamínicos, transmacs, pílulas sexuais e picos, vez ou outra precisando botar a arma na cara de algum usuário mais atirado. Garotas de várias idades formavam filas para fazer sexo oral nos Cibernéticos plugados ao mesmo tempo que as patricinhas praticavam neles seus boquetes virtuais, uma orgia em duas realidades.

Tubarão preferia se manter longe da RV: as mulheres do mundo real eram muito mais saborosas, quentes e macias. No conforto de seu divã-móvel, ele enterrava os dedos nas vaginas que se ofereciam e os lambia com gosto, sem tirar os olhos da tela que mostrava sua conta secreta inchando minuto a minuto. Isso — ele pensou — é poesia.

> POPSTeR: Ramanujan, artista conceitual, trabalha o próprio corpo como uma forma de arte. Através de implantes e bioescultura, transforma-se na versão humana das vacas sagradas hindus. "A questão da violência é complexa. Culpar a sociedade sem compreender todo o sistema por trás dela é ingenuidade. Devemos retroceder ao Divino que há em nós." *Veja mais.*

Mirolha estava com frio.

Do Lote do Morrinho, ele podia ver as luzes mortiças da favela. A mansão do chefe piscava ao longe e, mais além, os anúncios de néon dos bairros murados faziam propaganda de coisas fora do seu alcance.

Já não se importava mais: o mundo inteiro estava fora do seu alcance e não havia muito que fazer além de se conformar. O baile, por exemplo. O som das batidas ecoava pelo morro inteiro, mas ele não podia sair dali. Imaginou as garotas fáceis iluminadas pelo globo de luz colorida, os cigarros que poderia fumar, a comida que poderia comer ou esconder num canto e levar para Azaleia. Adiantava ficar remoendo? Não adiantava. Tinha que engolir as vontades e mostrar serviço.

> CELEBRITY V: Últimos capítulos da novela *Trilhas para Marte*. Será que Armando Ricardo conseguirá permanecer ao lado de Vykaia-17, seu grande amor? Casamentos! Partos! Vilões loucos/mortos/presos! Não perca as surpresas finais de *Trilhas para Marte*, onde você constrói a história com um simples rolar de dados. *Veja mais.*

Sandro Dourado, sua esposa travesti e cinco homens de sua confiança subiram os 14 andares do antigo Hotel Andrada, agora tomado por ratos e prostitutas, e se dirigiram ao terraço. Mesmo com a fumaça, a noite estava perfeita demais para se ficar trancado numa fortaleza de concreto. Armaram cadeiras de praia, acenderam cigarros transmacs e jogaram conversa fora na brisa fresca e ruidosa.

Dourado, o homem de 24 quilates, recostou-se no parapeito. Os cordões, os anéis e o braço banhado a ouro emitiam um brilho pálido.

Vagamente iluminada contra o horizonte escuro, o morro do Buraco da Pedra, a grama sempre mais verde do vizinho. Era lamentável que um território com um potencial absurdo como aquele estivesse nas mãos gordurosas de um porco gordo como Tubarão. Ele devia estar lá agora, aproveitando o frango frito e as putas abundantes de seu baile.

O mundo é tão injusto, resmungou Dourado.

Disse alguma coisa, amor?, perguntou Pisca, o travesti, calando as risadas drogadas dos colegas com um gesto.

Me passe a belezinha que o Barca trouxe semana passada, neném.

Pisca jogou para Dourado um rifle KK-63, projetado para tiros de longa distância, com telescópio inteligente Leopold de alta precisão e bipé. Deu trabalho imprimir cada pequena peça, mas valeu a pena. Era realmente uma beleza.

O travesti sentou-se no parapeito, cruzou pernas cobertas pela meia arrastão e disse:

Estão comentando por aí que o pessoal do Tubarão deitou o Barca.

Dourado encostou o olho esquerdo no visor. Girou o rifle no bipé. Dava para ver as crateras da lua pelo telescópio. Foi descendo a mira devagar.

É. Fiquei sabendo. Parece que o Barca não fez umas entregas que havia prometido. Tanques e tal.

Pisca arregalou os olhos maquiados.

Tanques? Pra que o Tubarão quer tanques? Por acaso ele está planejando romper a trégua entre os Comandos ou o quê?

É o que parece. O gordo é dono do maior feudo do estado e está de olho no meu humilde pedaço.

A mansão de Tubarão apareceu na mira, depois o Lote do Morrinho com seu matagal e em seguida a torre da caixa-d'água.

Algo se mexeu ali.

Dourado ajustou o foco, voltou a conferir a mira. Subiu pelo corpo da torre lentamente.

Viu alguém no topo.

Aumentou o zoom em trinta vezes. A barba ruiva de um Cibernético encheu a tela. Estava plugado e, pelo equipamento que pilotava, andava aprontando coisa das grandes. Dourado gargalhou: só podia ser o baile. Era bom demais para ser verdade. Beijou a guia que trazia por dentro da camiseta e tocou o dedo no gatilho.

O que foi, amor? Tem alguém na mira?

Cala a porra da boca.

A mira travou no alvo e os mostradores vermelhos ficaram verdes. Dourado apertou o gatilho. A seis quilômetros dali, um pedaço da cabeça de Pirata voou pelos ares e levou junto o baile do Buraco da Pedra.

> PORNOVISION: Não perca a programação do Dia das Mães no maior portal erótico do mundo. Estreia de *Sempre cabe mais um*, cujo trailer pode ser conferido *aqui*. *Veja mais*.

Com um baque estranho na nuca, Torque se percebeu olhando para a multidão que dançava — uma multidão real. Ainda desorientado pelo corte abrupto da conexão, viu dezenas de pessoas tirarem os acessórios de seus corpos e se levantarem sem saber direito do que reclamavam. Só quando ouviu a voz de Tubarão explodir no Gooid foi que teve a certeza de que algo muito errado estava acontecendo.

> SPORTVX: O peso médio Vanderson "Flash" Santos declarou publicamente seu apoio à liberação de aprimoramentos físicos pela Associação Mundial de MMA. *Veja mais.*

Do outro lado dos Limes, na cobertura da Torre Tan, Eduardo Severo Júnior, presidente da Feng-Brasil, preparou seu avatar para fazer um grande lance no Leilão Internacional de Fontes Naturais. A aquisição de três grandes concentrações de água doce, duas no Brasil e uma no Camboja, eram de importância estratégica para os planos em médio prazo da transnacional, além de um grande passo na carreira do executivo em direção à diretoria mundial. Mas a conexão de RV enfraquecera abruptamente, e o avatar ficou off-line. Os técnicos enlouqueceram tentando resolver o problema sob os gritos furibundos de Severo Júnior por mais de uma hora, mas a fonte da anomalia ficou saltando para vários servidores ao redor do mundo, o que tornava impossível triangulá-la. Quando as coisas pareciam não poder piorar, novo golpe: a conexão particular da Feng-Brasil simplesmente deixou de existir por 13 segundos. E então se restabeleceu como se nada tivesse acontecido.

Com profundo desgosto, Eduardo Severo Júnior foi informado que a Sawa S.A. arrematara as fontes por um valor bem abaixo do que a Feng estava disposta a desembolsar. Sua úlcera começou a doer. Enquanto tomava um antiácido, uma assistente disse-lhe ao ouvido que a súbita queda do sistema tornara vulnerável a fonte da anomalia.

Ele odiava os domingos.

Liguem-me com o Administrador Público de Segurança, Severo disse, apertando feito um Napoleão a boca do estômago.

> OLHO.SOCI@L: O líder do Partido dos Pobres, Genuíno Tenório, foi preso esta manhã sob a acusação de lavagem de dinheiro e extorsão por investigadores da Casa Fiscal. "Pobre não precisa de esmola, precisa é de emprego e educação", disse Tenório ao ser preso. "Com tão pândego slogan, não é de admirar que o excêntrico político não

seja levado a sério", rebateu o presidente nacional da Representação da Classe Média, logo após a votação da Nova Lei de Propriedade Privada. *Veja mais.*

O baile está off-line, disse Tubarão, ao ver Torque se juntar a Bolota, Calango e Marcelo. Nenhum terminal está funcionando, nem a conexão padrão a gente tem mais. Sabem o prejuízo que a boca está tomando a cada segundo que eu passo gastando cuspe com vocês? E sabem a humilhação que é não conseguir levar esse baile adiante? Preciso pagar pessoas, sustentar filhos, manter uma casa e sete mulheres gastadeiras. Vocês sabem quanto custa uma esposa, meus caros? Pois imaginem sete. Não posso me dar ao luxo de perder um dia de baile. Compromete minha balança e meu orgulho. Como vou ficar diante dos credores amanhã? Como me explicam o que está acontecendo?

Pedi ao Gárgula para entrar em contato com o Pirata, respondeu Torque.

E por onde anda o Pirata? Não vi aquela fuça vermelha desde que o baile começou.

No Lote do Morrinho, Torque hesitou. A recepção do sinal era melhor lá.

Muito melhor. Merda de sinal, isso sim. Ponha ele na linha. Se a conexão não voltar em dez minutos, vai ter gente amanhecendo na vala. E pode ser quem for.

Tubarão respirou fundo e foi para sua sala. Se fosse preciso, matava mesmo uns dois ou três para o povo saber o que acontecia com os vacilões da área. Sabia, contudo, que reverter a queda da RV não salvaria o baile do naufrágio. Os volúveis endinheirados, uma vez desconectados, dificilmente retornariam naquela noite. Teria de se virar com o baile real e — puta que pariu — este não rendia nem um quinto do virtual.

Torque cuspiu um palavrão irritado após ouvir pela terceira vez o Gooid de Pirata se desculpar por ele não poder atender no momento. Algum de vocês conseguiu?, perguntou aos colegas.

Não, respondeu Calango. Não tem ninguém lá com ele?

Torque olhou-o desconfiado.

Vou saber pessoalmente o que está havendo.

Alguém vai morrer hoje, porra!, ele ouviu Tubarão gritar. Devia estar verificando a conta bancária.

> FRANKFURTREVIEW: Dezessete samurais das finanças cometeram suicídio esta madrugada em Tóquio, após a vertiginosa queda da bolsa ontem. Com a crise que se aproxima, estima-se que um bilhão de empregos seja perdido. *Veja mais.*

Tubarão olhou para a bandeira da Administração Estadual piscando na tela grande de seu holofone. Franziu o cenho. Aceitou a ligação.

A que devo a honra?, disse, com toda a amabilidade que podia fingir.

Deixemos de lado o cinismo e sejamos objetivos, senhor Tubarão, respondeu o Administrador de Segurança Hermenegildo Freitas, enfiado num terno frouxo que evidenciava sua estatura diminuta. Os olhos da raposa faiscavam de raiva. O que estava tentando fazer?

Tubarão não entendeu:

Do que está falando?

A Feng-Brasil me enviou agora há pouco uma queixa não oficial. Sabe o que isso significa? Que eles estão me encostando contra a parede e me ameaçando com um monte de papéis e petições. Por sua causa.

Continuo sem entender.

Um desvio clandestino do sinal privado de RV deles atrapalhou um negócio grande. Coisa de bilhões de ameros. Muito dinheiro e influência. Tudo perdido. Os caras estão cuspindo lagartos, querem ver cabeças rolando. A sua.

Minha?, Tubarão se assustou.

O desvio partiu da sua Comunidade Autônoma. Você é realmente muito estúpido. Não está satisfeito com seus negócios? Tem de se meter com os graúdos?

Tubarão coçou a papada.

Pirata. Só podia ser. O desgraçado desviara o sinal outra vez. Filho da mãe. Ia estripar aquele bosta quando aparecesse em sua frente.

Senhor Administrador, talvez eu possa dar a cabeça do responsável por esse lamentável incidente, se me der algum tempo.

Freitas balançou a cabeça.

Você não compreendeu. Tentarei ser claro: a Feng-Brasil está pressionando o Estado a enviar uma força de ocupação à Comunidade Autônoma Buraco da Pedra para colocar seu bando no devido lugar.

Mas o Estado não pode meter a colher fora dos Limes. Existe um tratado assinado com os Comandos, caso o senhor não se recorde.

Já que aprecia tanto tratados assinados, replicou Freitas, mostrando uma folha timbrada, esta aqui é a Nova Lei de Propriedade Privada, caso não tenha acompanhado os noticiários. Ela dá a qualquer grupo particular o direito de assumir a proteção de seu patrimônio caso o Estado se mostre incapaz de fazê-lo. Proteção armada. Isso inclui a punição aos perpetradores de prejuízo e o recolhimento de valores para fins de ressarcimento. Na prática, está autorizando a Feng a enviar sua milícia corporativa à sua Comunidade para matar qualquer um que carregue uma arma e tomar seus negócios. Se o Exército Estadual não puder agir. E não pode. Porque há um tratado assinado, e o Estado não deve (como foi mesmo que o senhor disse?) meter a colher fora dos Limes.

Tubarão sentiu sua sala ficar quente e desconfortável.

Se me der algumas horas, eu acho o culpado.

O Administrador sorriu. Um dos maiores barões do país praticamente implorava pela vida através do holofone. Poderia tirar grandes proveitos da situação.

Talvez eu pudesse conseguir algumas horas. Se eu recebesse uma *doação* para ajudar na campanha para Tesoureiro da União do ano que vem.

Ótimo. Terá a porra do dinheiro, seu aproveitador do caralho.

Ei, ei, ei. Acalme-se. O número da conta seguirá em anexo. Faça o depósito e você terá duas horas para consertar sua burrada.

A imagem de Freitas desapareceu. Tubarão mandou chamar Torque, mas descobriu que ele não estava por ali e ninguém sabia onde tinha se enfiado. Chamou-o pelo Gooid. Não houve resposta.

Cadê esse cuzão?, ele berrou.

Uma suspeita começou a crescer no fundo de sua mente. Seu braço direito estava ficando poderoso na Comunidade. Popular. Influente. Perigoso. E vinha se comportando de forma estranha nos últimos dias. Será que seu amigo mais leal, aquele pelo qual não medira esforços nem poupara dinheiro quando estava todo despedaçado na rua, era um traidor? Será que havia uma conspiração em andamento no Buraco da Pedra? Imaginou-se morto, humilhado na frente do povo. Torque era esperto, se estivesse de fato planejando usurpar seu poder, não ia deixar seus filhos vivos. Como ele mesmo não deixara vivos os filhos do chefão anterior.

Não, não, estava sendo paranoico. Ou não? Considerou seriamente a hipótese de matar Torque e oferecer sua cabeça ao Administrador Público de Segurança. Depois ligou para Gárgula, o responsável pelas comunicações.

Nada do Pirata ainda, chefe, mas Torque passou por aqui. Depois saiu depressa.

Rastreie o Gooid dele.

Gárgula inseriu alguns comandos no computador. A foto de Torque surgiu no canto superior esquerdo da holotela, sobreposta a um mapa do morro em três dimensões. Um hexágono verde piscava dentro de uma vala.

Ou ele está morto ou o Gooid foi jogado no esgoto da viela 37, chefe. O que está acontecendo?, perguntou Gárgula, confuso.

Aquele Judas Iscariotes, gritou Tubarão, a suspeita se transformando em certeza.

> OLHO.SOCI@L: Surto do vírus G2M2 assusta autoridades sanitárias em Calcutá. *Veja mais.*
>
> AIN322.TV: O Vaticano se recusa a comentar a campanha pela independência da Igreja sul-americana. *Veja mais.*

Jogar fora o Gooid havia sido um lance muito arriscado, pensou Torque. Mas não podia ser pego pelo rastreador no local onde seriam encontrados os corpos de Pirata e do moleque caolho. Inventaria uma desculpa qualquer, seria bem mais fácil justificar a falta de um Gooid que dois cadáveres.

Calculou por alto o prejuízo causado pela queda da RV: uns dois milhões e meio de ameros. Só isso já seria suficiente para Tubarão arrancar fora algumas cabeças com aquela espada japonesa que ele adorava. Mas as coisas se complicaram ainda mais. Grampeara as comunicações do gordo e havia acabado de ouvir um pulha do governo ameaçar fazer vista grossa para uns graúdos tomarem a Comunidade. Conhecendo o chefe, ele ia encontrar uns bodes expiatórios para limpar sua barra: Pirata e Mirolha. Se fossem torturados, acabariam dizendo que ele tinha autorizado o desvio. E aí, meu amigo, adeus Torque. Tubarão não ia querer saber dos anos de serviços prestados.

O vento desenhava ondas no matagal aos pés da caixa-d'água. Torque desceu da moto e seguiu devagar pelo resto da trilha. Não havia ninguém ali. Teriam fugido, os sacanas? Tocou a mão artificial na torre. Uma gota de sangue pingou em seu ombro. Sacou a pistola-metralhadora e subiu a escada.

O corpo de Pirata jazia inerte lá em cima, caído sobre seu precioso equipamento. Pedaços de cérebro e lascas de ossos se espalhavam pelo console e pelo piso. Torque respirou fundo. Trabalho do moleque?

Não. Mirolha estava encolhido uns cinco metros adiante, no meio das sombras. Torque se aproximou e cutucou-o com a bota. O garoto abriu o olho.

Mataram ele, Torque. Mataram o Pirata.

Quem fez isso?

Mirolha tremia.

Não sei. Juro que não sei. Ouvi alguma coisa estourando, subi pra ver, era a cabeça dele. Não tive culpa, eu prestei atenção. O chefe vai me castigar.

Não, ele não vai.

Mirolha não queria ver outra vez um cara tão legal quanto o Pirata com a cabeça estourada feito um coco. Desviou o olhar para o alto, viu a lua amarela e sua luz fraca parecer por entre a fumaça. Pensou novamente em como ela se parecia com uma flor sem pétalas. Uma flor como sua Azaleia.

Um tiro calibre .45 atravessou seu peito magro.

Olhou surpreso para Torque, que baixava o cano fumegante da pistola-metralhadora. As pernas ficaram dormentes, tentou falar e não conseguiu. Por que a boca estava tão seca? A visão do único olho foi inundada por uma luz estranha, que foi apagando da memória o rosto de sua irmã. Era bom não ter de pensar nela. Não ter de pensar em nada. Nunca mais.

Lei da sobrevivência, Torque disse a si mesmo. Se não matasse o moleque, era ele quem morreria.

Jogou os corpos pela encosta do morro para que desaparecessem na escuridão das ondas lá embaixo.

Agora precisava garantir que a corda não arrebentasse do seu lado, tinha de inventar uma história convincente. Ligar Pirata e o menino ao Dourado, talvez. Seguiu em direção à rua da mansão, tentando entender como fora se meter naquela encrenca.

Ao dobrar a esquina deparou-se com Bolota e Jairo, que vinham caminhando em sua direção. Ao vê-lo, os dois Cibernéticos abriram um sorriso.

Até que enfim, disse Jairo.

Tubarão quer você de volta com urgência, avisou Bolota.

Torque olhou discretamente para os fuzis em suas mãos. Viu dedos nos gatilhos.

Eu já estava voltando.

Claro que sim, retrucou Jairo. Tentou apontar a arma. Torque reagiu golpeando-o com força no meio do rosto com o punho artificial. O globo ocular direito do homem saltou de sua órbita, dentes voaram para fora da boca e o nariz se tornou uma massa sangrenta. Ele caiu no chão, inerte.

Bolota apertou o gatilho. Torque conseguiu bater em seu braço, desviando para o alto a maioria dos disparos. Com um movimento rápido, puxou a pistola-metralhadora e derrubou o ex-companheiro com um tiro na testa.

As coisas acabavam de piorar, constatou Torque. Levantou a camisa e verificou os ferimentos. Três dos disparos abriram rombos nos implantes, mas o quarto atingira a carne: a costela fora perfurada e o sangue vazava, quase preto.

Fodeu.

Vozes começaram a chamar no Gooid dos mortos.

Torque cambaleou para longe dali, o frio aumentando a cada passo, um frio cortado por relâmpagos que corriam pelo corpo, como daquela vez em que delirara de febre durante duas semanas por causa do Influenza Mutante. Estava delirando agora ou ouvia realmente passos nas ruas de baixo? Mais gente do Tubarão, na certa. Não tinha como escapar. Fugiria para onde, as terras do Dourado? Olha só o que conseguira da última vez que foi para aqueles lados.

Desceu a ladeira. No meio do caminho, o ar lhe faltou e ele tombou. Encostou a cabeça no muro, arfando feito cão hidrófobo. Cada vez mais difícil respirar, cada vez mais difícil enxergar. Talvez morrer fosse isso, tudo se tornar cada vez mais cansativo até que se desejasse apenas dormir e descansar.

Mirolha morava ali perto. É, Mirolha podia ajudá-lo.

O que estava dizendo, porra? Acabara de matar o moleque lá atrás.

Distinguiu uma silhueta descendo a ladeira em sua direção. Formas suaves, com alguma coisa na mão. Um anjo cuja imagem ia e voltava. Torque tentou erguer a arma, mas estava pesada demais. Depois quis dizer algo bonito, mas as palavras teimavam em se transformar em gorgolejos brutos.

Havia um sorriso alucinado no rosto cada vez mais diáfano do anjo, um esgar de satisfação como se estivesse diante de uma grande oportunidade. Torque sentiu alguma coisa fina como uma agulha penetrando-lhe a garganta, rompendo os implantes e os tecidos, misturando sangue e saliva.

Viu o rosto do anjo e sorriu. Conhecia-o de algum lugar, talvez de um sonho ou de uma memória que já se apagava. Acima dele, o céu ribombou. Torque não sabia se eram as hostes celestes ou os primeiros helicópteros de guerra sobrevoando a favela.

> OLHO.SOCI@L: Guerra explode em Comunidade Autônoma do Rio de Janeiro. Trezentos e cinquenta mortos nas primeiras horas de confronto. Fontes seguras confirmam o envolvimento de milícias corporativas nos combates. *Veja mais.*

Este livro foi composto na tipologia Bembo Std,
em corpo 12,5/15,1, e impresso em papel off-white 80g/m^2
no Sistema Cameron da Divisão Gráfica
da Distribuidora Record.